21 世纪高等学校规划教材

Visual Basic 程序设计
理论与实践

胡西川　编著

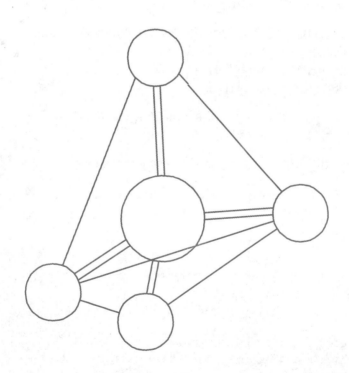

中国电力出版社
http://jc.cepp.com.cn

内 容 提 要

Visual Basic 是国内外流行的程序设计语言之一。Visual Basic 程序设计是比较理想的学习程序设计的第一门课程。本书主要涉及 Visual Basic 程序设计概述，程序设计基础，选择结构，循环结构，数组，过程，用户界面设计，数据文件，图形操作，数据库应用基础等内容。

本书文字精练、由易到难，较好地兼顾了程序代码设计与可视化界面设计的关系。通过配以丰富的习题和实验案例，加强实践环节，培养分析问题和解决问题的能力。配套实验教材《Visual Basic 程序设计习题与实验指导》给出每章后的习题和实验案例的详细分析，为上机操作提供辅助支持。本书有配套的电子教案与程序源代码，为读者的学习提供方便。

本书可以作为高等院校本科和高职高专学生基础课程的教材，也可以作为 IT 人员开展软件开发的重要参考资料。本书全面与计算机等级考试接轨，可直接作为计算机等级考试的培训教材和辅导资料。

图书在版编目（CIP）数据

Visual Basic 程序设计理论与实践 / 胡西川编著. —北京：中国电力出版社，2009
21 世纪高等学校规划教材
ISBN 978-7-5083-8311-8

Ⅰ. V… Ⅱ. 胡… Ⅲ. BASIC 语言－程序设计－高等学校－教材 Ⅳ. TP312

中国版本图书馆 CIP 数据核字（2008）第 212027 号

中国电力出版社出版、发行
（北京三里河路 6 号 100044 http://jc.cepp.com.cn）
北京丰源印刷厂印刷
各地新华书店经售

*

2009 年 2 月第一版 2009 年 2 月北京第一次印刷
787 毫米×1092 毫米 16 开本 14.75 印张 357 千字
定价 **25.00** 元

敬 告 读 者

本书封面贴有防伪标签，加热后中心图案消失
本书如有印装质量问题，我社发行部负责退换

前　言

Visual Basic 是基于 Windows 环境的计算机程序设计语言。它采用面向对象与事件驱动的程序设计思想，使编程变得更加方便、快捷。使用 Visual Basic 既可以开发个人或小组使用的小型工具，又可以开发多媒体软件、数据库应用程序、网络应用程序等大型软件，是国内外最流行的程序设计语言之一。Visual Basic 简单易学、生动直观，它将高深的理论作了简单的表达和实现，极适合于初学者理解复杂的软件结构和 Windows 系统。Visual Basic 是开启面向对象程序设计的敲门砖，掌握了相关的概念和对象用法后，触类旁通，会使得其他程序设计语言的学习更加容易。Visual Basic 应用十分广泛，已引起广大学生，IT 工作者的浓厚学习兴趣。许多学校已把 Visual Basic 程序设计作为学习程序设计的首门语言，国家和各省市也把 Visual Basic 程序设计纳入计算机等级考试的重要科目。

本书的特色之一是十分重视实践能力的培养，在基本内容叙述透彻的前提下，配置了丰富的实验案例和习题，为上机操作和巩固提高提供了方便的条件，符合学习程序设计的基本规律。本书的另一特色是结合多年教学实践经验，对程序设计中容易犯的一些错误进行了分析，使学习起来更轻松，上手容易，化解了疑难。本书对基本概念的叙述力求精练、准确而不冗长，配以较多的图示，深入浅出，全面与计算机等级考试接轨，可直接作为计算机等级考试的培训教材和辅导资料。

全书共分 10 章，内容包括 Visual Basic 程序设计概述，程序设计基础，选择结构，循环结构，数组，过程，用户界面设计，数据文件，图形操作，数据库应用基础等。与教材配套的《Visual Basic 程序设计习题与实验指导》，给出每章后的习题和实验案例的详细分析，内容丰富实用，有利于学生上机实践、巩固和提高课堂知识。本书是立体化精品课程建设的成果，可提供系列化教学解决方案和教学资源，为采用本书的教师免费提供教学课件，需要的可通过 bljdream@gmail.com 信箱联系。

本书在编写过程中参考了大量有关资料，对所涉及的专家、学者表示衷心的感谢。中国电力出版社白立军先生对本书的策划、出版做了许多工作，在此深表感谢。由于时间紧迫，加上作者水平有限，书中难免有疏漏或不妥之处，恳请读者不吝赐教，以便再版时及时更正。

编　者
2008 年 10 月

目　录

第1章　Visual Basic 程序设计概述

1.1　基　本　要　求

（1）了解 Visual Basic 的主要功能特点。

（2）熟悉 Visual Basic 集成开发环境。

（3）学会编写简单 Visual Basic 应用程序。

（4）学会调试和运行简单 Visual Basic 应用程序。

（5）掌握对象和类的基本概念。

（6）掌握窗体、文本框、标签、命令按钮等基本控件的应用。

（7）熟悉调试和运行程序时的常见错误。

1.2　Visual Basic 简　介

1.2.1　引例

Visual Basic 是一种可视化的、面向对象的和采用事件驱动方式的结构化高级程序设计语言，简单易学、容易掌握而且效率高，可用于开发 Windows 环境下功能强大、图形界面丰富的应用程序。为了对 Visual Basic 的基本特点有一些感性认识，先分析一个简单程序实例。

【例1.1】　简单的字幕滚动程序。

在具有背景图案的窗体上显示一行文字，通过用鼠标单击右上角的按钮，文字可以自下而上地移动，一次移动 20Twip（$1Twip=1/1440in=1.8\times10^{-3}cm$），文字超出顶边时，又自动从底部开始向上移动。

（1）设计用户界面。利用左边的工具箱在窗体上建立控件，并设置相关的属性，如图 1.1 所示。

（2）编写事件过程。在代码窗口编写程序代码，使得单击按钮就能控制文字移动，如图 1.2 所示。程序运行的界面如图 1.3 所示。

1.2.2　Visual Basic 的主要特点

通过对［例1.1］的分析，总的看来，Visual Basic 具有以下主要特点：

（1）运用方便、直观的可视化设计工具。

（2）拥有事件驱动的编程机制。

（3）采用面向对象程序设计方法。

（4）具有易学易用的应用程序集成开发环境。

（5）继承了传统结构化程序设计语言的优点。

（6）具有完整的联机帮助功能。

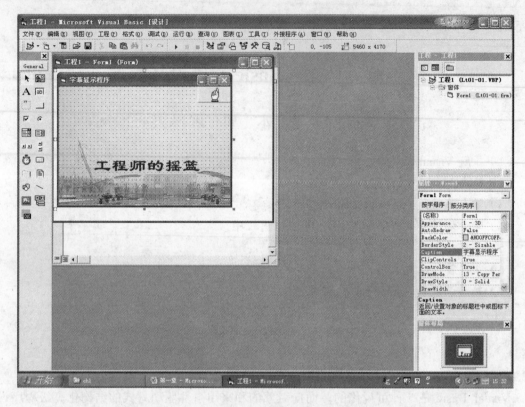

图 1.1　界面设计

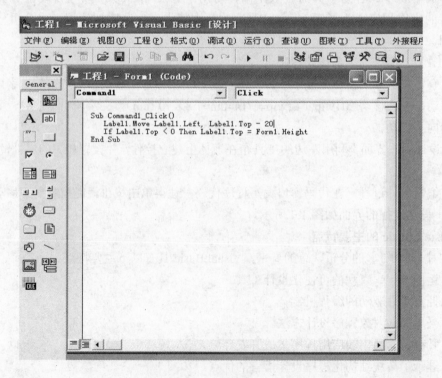

图 1.2　代码设计

（7）强大的多媒体、数据库和网络功能。

（8）代码具有高度可移植性。

图 1.3　运行界面

1.2.3　Visual Basic 的版本

1991 年 Microsoft 公司推出 1.0 版后多次升级，到 1998 年推出 6.0 版。2002 年推出了 Visual Basic .NET。随着版本的升高，Visual Basic 具有更多功能更强的用户控件，多媒体、数据库和网络功能更强大。

Visual Basic 6.0 包括三种版本：学习版、专业版和企业版。学习版是 Visual Basic 的基础版，包括所有内部控件（标准控件）、网格（Grid）控件、Tab 对象以及数据绑定控件。专业版进一步为专业编程人员提供了一整套软件开发工具，如 Active 控件、Internet 控件、Crystal Report Write 和报表控件。企业版则使专业人员能开发强大的分布式应用程序，进一步拥有自动化管理器、部件管理器、数据库管理工具、Microsoft Visual Source Safe 面向工程版的控制系统。在功能上三个版本依次呈包含关系。

1.3　Visual Basic 的集成开发环境

1.3.1　Visual Basic 的集成开发环境简介

启动 Visual Basic 6.0 后将出现如图 1.4 所示的创建窗口，窗口中列出了 Visual Basic 6.0 所能够创建的应用程序类型，初学者只需选择默认的"标准 EXE"。

窗口中有"新建"、"现存"和"最新"三个选项卡，新建选项卡是新建工程，"现存"选项卡可选择打开现有的工程，"最新"选项卡将列出最近使用过的工程。

单击"新建"按钮后，就可以创建相应类型的应用程序，进入如图 1.5 所示的 Visual Basic 的集成开发环境。

Visual Basic 的集成开发环境包括标题栏、菜单栏、工具栏、工具箱、上下文菜单、工程资源管理器窗口、属性窗口、对象浏览窗口、窗体窗口、代码编辑器窗口、立即窗口、本地窗口和监视窗口等。

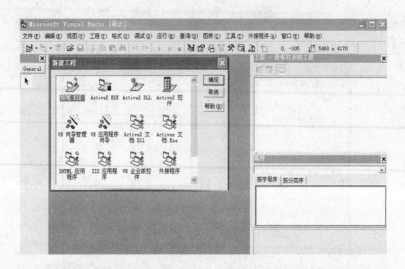

图 1.4　创建应用程序

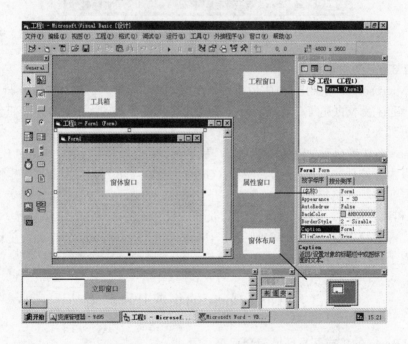

图 1.5　Visual Basic 的集成开发环境

1.3.2　Visual Basic 的三种工作模式

Visual Basic 6.0 有三种工作模式，如下所示。

（1）设计（Design）模式：可以进行程序的界面设计、属性设置、代码编写等。在此模式下，单击"运行"按钮进入运行模式。

（2）运行（Run）模式：可以查看程序代码，但不能对其进行修改。当程序运行出错或单击"暂停"按钮可暂停程序的运行，进入中断模式。

（3）中断（Break）模式：可以查看程序代码、修改程序代码、检查数据。单击"停止"按钮，可停止程序的运行；单击"运行"按钮继续运行程序，进入运行模式。

1.3.3　Visual Basic 的菜单

Visual Basic 菜单栏中包括 12 个下拉菜单，如下所示。

（1）文件（File）：用于创建、打开、保存、显示最近的工程及生成可执行程序。

（2）编辑（Edit）：用于程序源代码的编辑。

（3）视图（View）：用于查看集成开发环境下的程序源代码和控件。

（4）工程（Project）：用于控件、模块和窗体等对象的处理。

（5）格式（Format）：用于窗体对象的对齐等格式操作。

（6）运行（Run）：用于程序启动、设置中断和停止等程序运行的命令。

（7）查询（Query）：在设计数据库应用程序时用于设计 SQL 属性。

（8）图表（Diagram）：在设计数据库应用程序时编辑数据库的命令。

（9）工具（Tools）：用于集成开发环境下工具的扩展。

（10）外接程序（Add-Ins）：用于为工程添加或删除外接程序。

（11）窗口（Windows）：用于屏幕窗口的层叠、平铺等布局以及列出所有打开文档窗口。

（12）帮助（Help）：帮助用户系统学习掌握 Visual Basic 的使用方法及程序设计方法。

1.3.4　Visual Basic 的工具栏

工具栏可帮助快速执行常用的菜单命令，有标准、编辑、窗体编辑器和调试等工具栏。图 1.6 为 Visual Basic 的标准工具栏。

图 1.6　Visual Basic 的标准工具栏

1.3.5　Visual Basic 的窗体

窗体（Form）设计窗口是屏幕中央的主窗口，用户用来建立 Visual Basic 应用程序的界面。通过选择运行菜单命令"工程"→"添加窗体"，可以为一个应用程序设置多个窗体。在设计状态下窗体设计窗口上分布着网格点，用菜单命令"工具"→"选项"可以重新设置。

代码（Code）窗口是输入应用程序代码的编辑器。通过双击窗体或窗体上的任何对象或通过"工程资源管理器"窗口中的"查看代码"按钮来打开代码窗口。代码窗口包括用对象显示的对象列表框和能列出对应所选对象的事件过程名称和用户自定义过程名称的过程列表框。

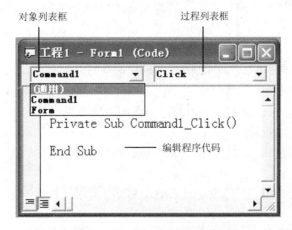

图 1.7　Visual Basic 的代码窗口

属性（Properties）窗口用于显示和设置所选定的窗体和控件等对象的属性。属性是指对象的特征，如大小、标题或颜色等数据。属性窗口有四个部分：对象列表框、属性显示排列方式、属性列表框和属性含义说明，如图 1.8 所示。

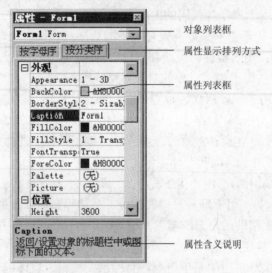

图 1.8   Visual Basic 的属性窗口

1.3.6   Visual Basic 的工程资源管理器

工程资源管理器（Project Explorer）窗口保存一个应用程序所有的属性以及组成这个应用程序的所有文件。工程是所创建的应用程序的文件集合。工程资源管理器以层次化管理方式列出当前工程的窗体和模块，而且允许同时打开多个工程，以工程组的形式显示。工程文件的扩展名是.vbp，工程文件名显示在窗口的标题栏内。

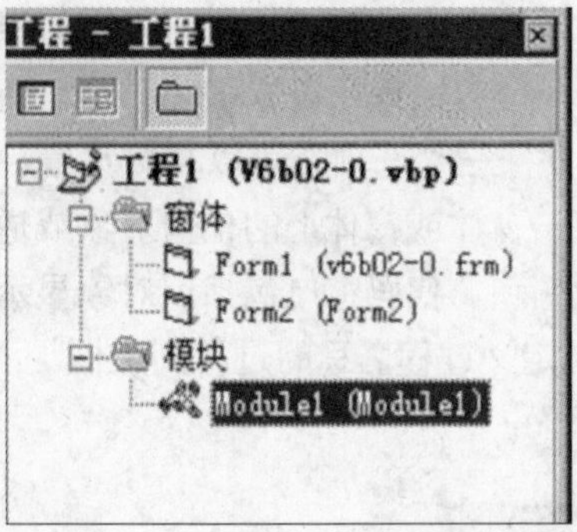

工程资源管理器窗口标题栏下的三个按钮："查看代码"按钮——可以切换到代码窗口，显示和编辑代码；"查看对象"按钮——切换到窗体窗口，显示和编辑对象；"切换文件夹"按钮——切换文件夹的显示方式。工程资源管理器窗口如图 1.9 所示。

工具箱（ToolBox）窗口上有 21 个按钮形式的图标，是提供给用户设计界面的工具。除指针是用于对对象的调整操作外，其余 20 个工具称为标准控件。通过"工程"菜单下的"部件"命令打开对话框，可在工具箱窗口中添加

图 1.9   工程资源管理器窗口

ActiveX 控件和可插入对象等工具。

窗体布局（Form Layout）窗口用其中表示屏幕的小图像来调整应用程序中各窗体的位置，对多窗体应用程序是比较重要的。

立即窗口可帮助调试程序，还可以直接验证命令或函数。

1.4   Visual Basic 中的类和对象

类是同类对象集合的抽象，它规定了这些对象的公共属性和方法；对象是类的一个实例。

对象和类之间的关系相当于程序设计语言中变量和变量类型的关系。在一般的面向对象程序设计语言（如 C++）中，类由程序员自己定义。而在 Visual Basic 中，系统已设计了大量的控件类，如图 1.10 所示。

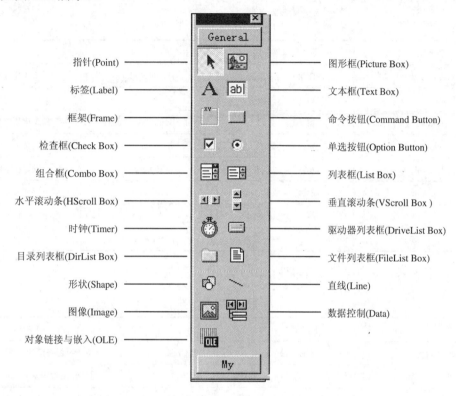

指针(Point)			图形框(Picture Box)
标签(Label)			文本框(Text Box)
框架(Frame)			命令按钮(Command Button)
检查框(Check Box)			单选按钮(Option Button)
组合框(Combo Box)			列表框(List Box)
水平滚动条(HScroll Box)			垂直滚动条(VScroll Box)
时钟(Timer)			驱动器列表框(DriveList Box)
目录列表框(DirList Box)			文件列表框(FileList Box)
形状(Shape)			直线(Line)
图像(Image)			数据控制(Data)
对象链接与嵌入(OLE)			

图 1.10　Visual Basic 的标准控件

Visual Basic 中的控件类包括窗体、菜单、文本框和按钮等，这些控件通过实例化后可直接在窗体上形成控件对象；另外程序员也可定义自己所需的类。

对象的三要素包括属性、方法和事件。

（1）属性用于描述对象的外部特征。不同的对象有不同的属性，也有一些属性是大多数控件公有的。利用属性窗口或代码窗口可对对象的属性进行设置。

（2）方法是附属于对象的行为和动作。它实际上是对象本身所内含的一些特殊的函数或过程，通过调用这些函数或过程可实现相应的动作。

（3）事件是由 Visual Basic 预先设置的、能被对象识别的动作。一个对象可以识别和响应多个不同的事件。Visual Basic 程序的执行通过事件来驱动，当在该对象上触发某个事件后，就执行一个与事件相关的事件过程；当没有事件发生时，整个程序就处于等待状态。

1.5　窗　体　与　控　件

1.5.1　窗体

窗体类似一块"画布"，是所有控件的容器。当对窗体设置了 Font 系列属性后，在该窗体上所建立的控件将具有相同的 Font 系列属性值。对于窗体与窗口的关系，一般认为程序运行设计模式称为窗体，程序运行后称为窗口。在设计时，窗体是程序员的"工作台"；在运行时，每个窗体对应一个窗口。下面字母顺序列出窗体的常用属性，这些属性同时也适用于其他对象，如表 1.1 所示。

表 1.1　　　　　　　　　　　　　　　　窗　体　属　性

属 性 名	意 义 描 述	属 性 名	意 义 描 述
AutoRedraw	控制屏幕图像重画	Height Width	窗体高度宽度
BackColor	窗体背景颜色	Icon	窗体最小化图标
BorderStyle	窗体边框类型	MaxButton MinButton	最人化最小化按钮
Caption	定义窗体标题	Name	定义对象名称
ControlBox	设置窗口控制框	Picture	设置显示图形
Enabled	设置激活或禁止	Top Left	设置顶边左边位置
Font	字形属性设置	Visible	设置对象可见性
ForeColor	文本或图形的前景色	WindowsState	设置窗口操作状态

与窗体有关的事件较多，下面列出常用事件，如表 1.2 所示。

表 1.2　　　　　　　　　　　　　　　　窗　体　事　件

事件	意 义 描 述	事件	意 义 描 述
Click	单击鼠标左键的事件	DbLClick	双击鼠标左键的事件
Load	窗体装入工作区的事件	Unload	窗体卸载时触发的事件
Activate	成活动窗体时的事件	Deactivate	其他窗口成活动窗口事件
Paint	移动放大或覆盖时事件		

【例 1.2】　　在窗体上建立一个命令按钮 Command1 和 Command2，先在属性窗口设置窗体和命令按钮的 Caption 属性，再进一步用代码分别设置窗体和命令按钮的有关属性。设计界面如图 1.11 所示，运行界面如图 1.12 所示。代码如下：

```
Private Sub Command2_Click()
    i = InputBox("输入鼠标指针形状 0～15")
    Form1.MousePointer = i
End Sub

Private Sub Form_Click()
    Command1.FontName = "黑体"
    Command1.FontSize = 10
    Command1.FontBold = True
    Command1.FontItalic = True
    Command1.FontUnderline = True
    Command1.Enabled = False
    Command2.FontName = "隶书"
    Command2.Enabled = True
End Sub
```

图 1.11　设计界面

图 1.12　运行界面

运行时鼠标单击下面的命令按钮，将弹出输入对话框，如图 1.13 所示。输入 0~15 的数字后确认，可改变窗体上鼠标指针的显示形状。

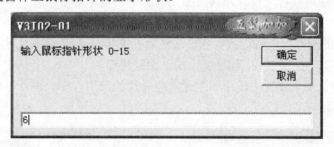
图 1.13　输入鼠标形状参数

1.5.2　控件

在 Visual Basic 中，窗体、控件、菜单等都是 Visual Basic 中的对象，它们是应用程序的"积木块"，共同构成用户界面。控件以图标的形式存放在工具箱中。Visual Basic 中的控件分为如下三类。

（1）内部控件（或称标准控件）：出现在工具箱上的 20 个控件。

（2）Active X 控件：扩展名为.OCX 或.DLL 的独立文件，通过选择"工程"→"部件"命令添加到工具箱。

（3）可插入对象：通过选择"工程"→"部件"命令的"可插入对象"选项卡将所需的应用程序添加到工具箱窗口作为控件使用。

一般情况下控件对象都有默认名称，如 Form1、Text1 和 Command1 等。在给控件对象重新命名时要考虑取有意义的名字，加上系统约定的前缀可提高程序的可读性。为了方便使用，Visual Basic 为每种控件规定了一个默认值，给这个属性赋值时可不必给出属性名，通常把这个属性称为默认属性。

画控件时首先用鼠标单击选中工具箱中对应的控件按钮，然后在窗体上拖出一个矩形框，在窗体上就形成一个相应的控件了。在程序设计中通过 Load 命令可添加所需的控件。

在窗体上可对控件作一些基本操作。单击操作可选择对应一个控件，选择多个控件可用鼠标画一虚框，框内的控件全选定。对选定的控件用尺寸调节柄可改变其大小，用拖动可改变其位置。对选中的控件可删除或复制。

1.6　Visual Basic 应用程序的创建

1.6.1　Visual Basic 程序的组成

在 Visual Basic 中，一个应用程序就是一个工程，以.vbp 工程文件的形式保存。一个工程中必须包含一个或多个.frm 窗体文件、自动产生的.frx 二进制文件（如属性窗口装入的图片等），还可有.bas 标准模块文件及.cls 类模块文件。

1.6.2　Visual Basic 程序的保存

在完成一个应用程序的创建、编辑、调试后，应将其保存到外部存储介质中。注意：保存一个工程时不要遗漏文件，一般先保存.frm 文件（若有多个.frm 或有.bas、.cls，应分别对其加以保存），最后保存工程文件。要区分窗体名称和窗体文件名，前者是在程序中使用的窗体对象名；后者是存放在磁盘上的文件名。

程序运行和生成可执行文件。在 Visual Basic 中，可通过"运行"→"启动"命令来按照解释运行模式运行程序，便于程序调试，但速度较慢。通过选择"文件"→"生成.exe"命令将 Visual Basic 源程序生成可执行程序，然后在 Windows 环境下执行，但这时必须有在Windows 环境下运行 Visual Basic 程序所需的动态链接库。

【例 1.3】　设计一个实现人民币和欧元双向兑换的应用程序。设计界面、运行界面如图1.14 和图 1.15 所示。

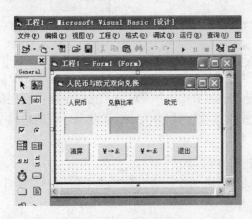
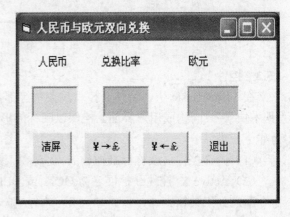

图 1.14　设计界面　　　　　　　　　　　　图 1.15　运行界面

代码如下：

```
Private Sub Command1_Click()
    Text1 = ""
    Text2 = ""
    Text3 = ""
End Sub
Private Sub Command2_Click()
    Text3 = Val(Text1) / Val(Text2)
```

```
End Sub
Private Sub Command3_Click()
    Text1 = Val(Text3) * Val(Text2)
End Sub
Private Sub Command4_Click()
    End
End Sub
```

1.6.3　常见错误类型与调试

在 Visual Basic 中，常见错误类型可分为三种类型。

（1）语法错误：编辑程序时系统会检查出输入错误或编译时语言成分错误，这时系统显示"编译错误"并提示用户修改。

（2）运行时错误：程序没有语法错误，但运行时出错，单击"调试"按钮，程序将停留在引起错误的那一条语句上，要求用户修改。

（3）逻辑错误：程序正常运行后没有得出预期结果，这类错误最难检测，通常可以设置断点进行调试。

一般采用以下方法来调试程序。

（1）设置断点：程序运行到有断点的地方时处于中断模式，然后逐语句跟踪相关变量、属性和表达式的位来判断是否能得到预期结果。

（2）利用 Debug.Print 方法在"立即"窗口中显示相关变量的值。

1.6.4　创建应用程序的过程

（1）建立用户界面的控件对象。

（2）控件属性的设置。

（3）控件事件过程及编程。

（4）保存应用程序。

（5）程序调试和运行。

1.7　Visual Basic 帮助系统的安装和使用

与以前 Visual Basic 版本不同的是，Visual Basic 6.0 联机帮助文件使用 MSDN 文档的帮助方式，与 Visual Basic 6.0 系统不在同一光盘上，而与"Visual Studio"产品的帮助集合在两张光盘上，在安装过程中，系统会提示插入 MSDN 盘。

使用 Visual Basic 帮助最方便的方法是选中欲获得帮助的对象，按 F1 键，即可显示同该对象相关的帮助信息。

1.8　错　误　和　难　点

1. 标点符号错误

在 Visual Basic 中只允许使用西文标点，任何中文标点符号在程序编译时会产生"无效字符"错误，系统使该行以红色字显示。用户在编写 Visual Basic 代码时不要使用中文标点符号。中、西文状态下的标点符号对照如表 1.3 所示。

表 1.3   中、西文状态下标点符号对照表

西文标点	,	.	'	"	:	–	<
中文标点	，	。	''	""	：	——	《

2. 字母和数字形状相似

要注意区分 L 的小写字母 "l" 和数字 "1"、O 的小写字母 "o" 与数字 "0"，避免单独将它们作为变量名使用。

3. 对象名称（Name）属性输入错误

在窗体上创建的每个控件都有其名称（Name），系统为每个创建的对象提供了默认对象名，例如，Text1、Text2、Command1、Label1 等。用户也可以将属性窗口的（名称）属性改为自己指定的名称，如 txtInput、txtOutput、cmdOk 等。当程序中的对象名输入错误时，系统显示 "要求对象" 的信息，并对出错的语句以黄色背景显示。在代码窗口的 "对象列表" 框可以检查该窗体所使用的对象。

4. Name 属性和 Caption 属性混淆

Name 属性的值用于在程序中唯一地标识该控件对象，在窗体上不可见；而 Caption 属性的值是在窗体上显示的内容。

5. 对象的属性名、方法名输入错误

当程序中对象的属性名、方法名输入错误时，Visual Basic 系统会显示 "方法或数据成员未找到" 的提示信息。

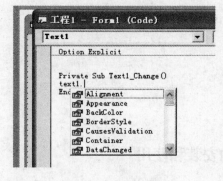

图 1.16   自动列出成员

在编写程序代码时，应尽量使用自动列出成员的功能，即当用户在输入控件对象名和句点后，系统自动列出该控件对象在运行模式下可用的属性和方法，如图 1.16 所示，用户按空格键或双击鼠标左键即可，这样既可减少输入也可防止此类错误出现。

6. 变量名输入错误

用 Dim 声明的变量名，如果在后面的语句中表示同一变量而将变量名输入错误，Visual Basic 编译时就认为是两个不同的变量。

【例 1.4】   下面程序段求 1～100 整数的和，结果放在 Sum 变量中。

```
Dim Sum As Integer,i As Integer
    Sum=0
    For i=1 To 100
    Sum=Sun+i
Next i
Print Sum
```

显示的结果为 100。原因是累加和表达式 Sum=Sum+i 中右边的变量名 Sum 误写成 Sun。Visual Basic 对变量的声明有两种方式，可以用变量声明语句显式声明，也可以用隐式声明，即不声明就直接使用。上述变量名的写错，导致系统为两个不同的变量各自分配了内存单元，造成计算结果不正确。因此，为了防止此类错误产生，必须限制变量声明为显式声明方式，

也就是在通用声明段加 Option Explicit 语句。

7. 语句书写位置错误

在 Visual Basic 中，除了在"通用声明"段使用 Dim 等变量声明、Option 语句外，任何其他语句都应在事件过程中，否则程序运行时会显示"无效外部过程"的提示信息。若要对模块级变量进行初始化工作，则一般放在 Form _Load()事件过程中。

```
Private Sub Form_Load()
    …
End Sub
```

8. 代码无法更改

当程序处于运行模式时，代码窗口中的代码是不能更改的，只有在设计或者是中断模式时代码才能更改。

9. 打开工程时找不到对应的文件

通常一个最简单的应用程序也应由一个工程文件.vbp 和一个窗体文件.frm 组成。工程文件记录该工程内的所有文件，如窗体文件.frm、标准模块文件.bas、类模块文件.cls 等的名称和在磁盘上所存放的路径。

若在上机结束后，把文件保存到软盘上，但又遗漏了某个文件，下次打开工程时就会显示"文件未找到"的提示信息。在 Visual Basic 环境外，利用 Windows 资源管理器或 DOS 命令将窗体文件等改名，而工程文件内所记录的还是原来的文件名，也会造成打开工程时显示"文件未找到"的提示信息。

解决此问题的方法：一是修改工程文件.vbp 中的有关文件名，二是通过选择"工程"菜单的"添加窗体"中的"现存"选项，将改名后的窗体加入工程。

习　题　一

一、选择题

1．Visual Basic 6.0 是一种面向对象的可视化程序设计语言，采用_____的编程机制。

　（A）机器驱动　　　　　　　　（B）事件驱动

　（C）结构化模块化　　　　　　（D）可视化的

2．窗体设计器的主要功能是_____。

　（A）编写代码　　　　　　　　（B）画图

　（C）设计用户界面　　　　　　（D）设置控件属性

3．集成开发环境中不能完成的功能是_____。

　（A）输入编辑源程序

　（B）编译生成可执行程序

　（C）调试运行程序

　（D）自动查找并改正程序中的错误

4．窗体文件的文件扩展名是_____。

　（A）vbp　　　　　　　　　　（B）vbw

　（C）exe　　　　　　　　　　（D）frm

5. 下列关于 Visual Basic 编程的说法中，不正确的是_____。

（A）属性是描述对象特征的数据

（B）事件是能被对象识别的动作

（C）Visual Basic 程序采用的运行机制是面向对象

（D）方法指示对象的行为

6. 在工具箱中要加入 20 个标准控件以外的其他控件，可以用"工程"菜单中_____命令。

（A）工程属性　　　（B）添加窗体　　　（C）部件　　　　　（D）引用

7. 对于含有多个窗体的工程，在默认情况下工程的启动窗体是_____。

（A）第一个添加的窗体　　　　　　（B）启动 Visual Basic 时建立的窗体

（C）控件最多的窗体　　　　　　　（D）命名为 Frm1 的窗体

8. 下面关于对象的描述中，_____是错误的。

（A）对象就是自定义结构变量

（B）对象代表正在创建的系统中的一个实体

（C）对象是一个特征和操作的封装体

（D）对象之间的信息传递是通过消息进行的

9. 要使 Print 方法在 Form_Load 事件中起作用，要对窗体的_____属性作设置。

（A）BackColor　　　　　　　　　（B）ForeColor

（C）AutoRedraw　　　　　　　　 （D）Caption

10. 如果在窗体上已经创建了一个文本框对象 Text1，可以通过_____事件获得输入键值的 ASCII 码。

（A）Change　　　（B）LostFocus　　　（C）KeyPress　　　（D）GotFocus

11. 以下关于窗体的叙述中错误的是_____。

（A）执行 Unload Form1 语句后，窗体 Form1 消失，但仍在内存中

（B）窗体的 Load 事件在加载窗体时发生

（C）当窗体的 Enabled 属性为 False 时，对窗体的所有操作都被禁止

（D）执行 Hide Form1 语句后，窗体仍在内存中

12. 系统符号常量的定义可以通过_____取得。

（A）代码窗口　　　　　　　　　　（B）对象浏览器窗口

（C）属性窗口　　　　　　　　　　（D）立即窗口

13. 不能在工程资源管理器窗口中列出的文件类型是_____。

（A）.bas　　　　（B）.res　　　　（C）.dll　　　　（D）.frm

14. 在程序运行时可以对窗体的_____属性进行设置。

（A）MaxButton　（B）BorderStyle　（C）Name　　　（D）Top

15. 若要使标签控件显示时不覆盖其背景内容，要对_____属性进行设置。

（A）BackColor　　　　　　　　　（B）Borderstyle

（C）ForeColor　　　　　　　　　 （D）BackStyle

16. 文本框没有_____属性。

（A）Enabled　　　（B）Caption　　　（C）BackColor　　　（D）Top

17．要显示当前过程中的所有变量及对象的取值，可以利用_____窗口。

　　（A）本地　　　　（B）监视　　　　（C）立即　　　　（D）布局

18．不论何控件，共同具有的是_____属性。

　　（A）Text　　　　（B）Name　　　　（C）ForeColor　　（D）Caption

19．将调试通过的工程经"文件"菜单的"生成.exe 文件"编译成.exe 文件后，该可执行文件到其他机器上不能运行的主要原因是_____。

　　（A）运行的机器上无 Visual Basic 系统

　　（B）缺少.frm 窗体文件

　　（C）该可执行文件有病毒

　　（D）以上原因都不对

20．决定一个窗体有无控制菜单的属性是_____。

　　（A）MinButton　　　　　　　　（B）Caption

　　（C）BackColor　　　　　　　　（D）ControlBox

21．要使 Form1 窗体的标题栏显示"欢迎使用 Visual Basic"，以下_____语句是正确的。

　　（A）Form1.Caption="欢迎使用 Visual Basic"

　　（B）Form1.Caption='欢迎使用 Visual Basic'

　　（C）Form1.Caption=欢迎使用 Visual Basic

　　（D）Forml.Caption="欢迎使用 Visual Basic"

22．Visual Basic 中_____对象是其他控件的容器，是最基本的对象。

　　（A）文本框　　　（B）命令按钮　　（C）窗体　　　　（D）标签

23．要判断在文本框是否按下 Enter 键，应在文本框的_____事件中判断。

　　（A）Change　　（B）KeyDown　　（C）Click　　　（D）KeyPress

24．Visual Basic 6.0 中，下列_____是不对的。

　　（A）可以编写 ActiveX 控件

　　（B）开发网络程序

　　（C）可以通过直接访问或建立连接的方式访问大型数据库

　　（D）可以编写 16 位应用程序

25．文本框的 ScrollBars 属性设置了非零位，却没有效果，原因是_____。

　　（A）文本框中没有内容

　　（B）文本框的 MultiLine 属性为 False

　　（C）文本框的 MultiLine 属性为 True

　　（D）文本框的 Locked 属性为 True

26．编辑代码时，Visual Basic 系统可以自动检测出_____错误。

　　（A）语法错误　　　　　　　　（B）编译错误

　　（C）运行错误　　　　　　　　（D）逻辑错误

27．要使窗体在运行时不可改变窗体的大小和没有最大化和最小化按钮，只要对_____属性设置就有效。

　　（A）MaxButton　　　　　　　　（B）BorderStyle

　　（C）Width　　　　　　　　　　（D）MinButton

28．保存新建的工程时，默认的路径是_____。

（A）My Document　　　　　　　　（B）Visual Basic 98

（C）\　　　　　　　　　　　　　　（D）Window

29．以下叙述错误的是_____。

（A）打开一个工程文件时，系统自动装入与该工程有关的窗体等文件

（B）打开一个窗体文件时，系统自动装入与该窗体有关的工程文件

（C）保存 vll 应用程序时，应分别保存窗体文件和工程文件

（D）事件可以由用户激发，也可由系统激发

30．当需要上下义帮助时，选择要帮助的内容，然后按_____键，就可出现 MSDN 窗口及显示所需的帮助信息。

（A）Help　　　　（B）F10　　　　（C）Esc　　　　（D）F1

二、填空题

1．Visual Basic 程序既以解释方式运行，也可编译成扩展名为___（1）___的文件以编译方式运行。

2．为了同时选择多个控件，可以按住___（2）___键，然后单击每个控件。

3．属性窗口显示属性的方式分为___（3）___和___（4）___。

4．菜单编辑器可分为三个部分，即数据区、___（5）___和___（6）___。

5．Visual Basic 应用程序通常有三类模块，分别是窗体模块、___（7）___和___（8）___。

6．要新建工程时，在模块的"通用声明"段自动加入 Option Explicit 语句，应对___（9）___菜单的___（10）___的___（11）___选项卡进行相应选项的选择。

7．工程资源管理器窗口顶部有三个按钮，分别为___（12）___、"查看对象"和___（13）___。

8．对象的属性是指___（14）___。

9．窗体、图片框或图像框中的图形通过对对象的___（15）___属性设置。

10．在刚建立工程时，使窗体上的所有控件具有相同的字体格式，应对___（16）___的___（17）___属性进行设置。

11．在代码窗口对窗体的 BorderStyle、MaxButton 属性进行了设置，但运行后没有效果，原因是这些属性___（18）___。

12．当对命令按钮的 Picture 属性装入.bmp 图形文件后，选项按钮上并没有显示所需的图形，原因是没有将___（19）___属性设置为 1（Graphical）。

13．若已建立了 Form1、Form2 两个窗体，默认启动窗体为 Form1。通过___（20）___菜单___（21）___的___（22）___选项卡，可将启动窗体设置为 Form2。在程序中若要显示 Form1窗体，则执行___（23）___语句。

14．在文本框中，通过___（24）___属性能获得当前插入点所在的位置。

15．要对文本框中已有的内容进行编辑，按下键盘上的按键，就是不起作用，原因是设置了___（25）___属性值为 True。

16．在窗体上已建立多个控件如 Text1、Label1、Command1，若要使程序一运行时焦点就定位在 Commandl 控件上，应对 Command1 控件设置___（26）___属性的值为___（27）___。

17．在设计阶段，双击窗体上的某个控件打开的是___（28）___。

18．用 Public Const 语句声明一个全局符号常量时，该语句应放在___（29）___。

19．用驱动器列表框的___（30）___属性可以返回或设置驱动器列表中当前选中的磁盘驱动器的索引值。

三、简答题

1．当正常安装 Visual Basic 6.0 后，误把 Windows 子目录删除。当重新安装 Windows 后，是否需要重新安装 Visual Basic 6.0？

2．Visual Basic 6.0 分为学习版、专业版和企业版，如何知道所安装的是哪个版本？

3．Visual Basic 6.0 有多种类型的窗口，若要在设计时看到代码窗口，应怎样操作？

4．当建立好一个简单的应用程序后，假定该工程仅有一个窗体模块。试问该工程涉及多少个要保存的文件？若要保存该工程中的所有文件，应先保存什么文件？再保存什么文件？若不这样做，系统会出现什么信息？

5．保存文件时，若不改变目录名，则系统的默认目录是什么？

6．安装 Visual Basic 6.0 后，帮助系统是否也已安装？

7．属性和方法之间的区别是什么？

8．当标签边框的大小由 Caption 属性的值进行扩展或缩小时，应对该控件的什么属性进行何种设置？

9．在 Visual Basic 6.0 中，命令按钮的显示形式可以有标准的和图形的两种选择，它们通过什么属性来设置？若选择图形的，则通过什么属性来装入图形？若已在规定的属性里装入某个图形文件，但该命令按钮还是不能显示该图形，而显示的是 Caption 属性设置的文字，应怎样修改？

10．如果文本框要显示多行文字，应将什么属性设置为何值？

11．文本框获得焦点的方法是什么？

12．简述文本框的 Change 与 KeyPress 事件的区别。

13．当某文本框输入数据后（按了回车键），经判断后认为是数据输入错，应怎样删除原来文本框中的数据？

14．程序运行前，对某些控件设置属性值，除了在窗体中直接设置外，还可以通过代码设置，这些代码一般存放在什么事件中？例如，程序要将命令按钮定位在窗体的中央，试写出事件过程。

15．Visual Basic 6.0 提供的大量图形文件存放在哪个目录？若你的计算机上没有安装，应怎样安装这些图形文件？

实　验　一

实验 1.1　简单的 Visual Basic 程序

创建一个简单 Visual Basic 应用程序，程序运行效果如图 1.17 所示。

【实验目的】

（1）掌握简单 Visual Basic 应用程序的建立、编辑、调度、运行和保存。

（2）学习窗体、标签、文本框和命令按钮的设置。

（3）学习编写简单事件过程代码。

【实验要求】

（1）在屏幕标签中显示"信息工程学院教职工名册"。

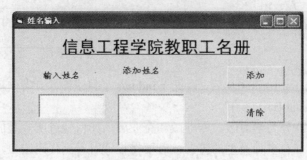

图 1.17　简单程序

（2）并在"输入姓名"提示下的文本框中输入姓名。

（3）单击"添加"命令按钮，将右边文本框中的姓名添加到左边文本框中。

（4）按"清除"命令按钮，清除左边文本框中内容。

【实验步骤】

启动 Visual Basic，进入集成开发环境，如提示有"新建工程"对话框，从中选择"标准 EXE"。也可选"文件"菜单，执行"新建工程"命令，在对话框中选择"标准 EXE"。

（1）绘制界面。在窗体上分别建立三个标签、两个文本框和两个命令按钮。

先在控件工具箱中单击标签控件工具，然后在 Form1 窗口的适当位置，按住鼠标左键进行拖动，画出一个相应大小的标签 Label1 对象。仿照上述步骤，依次画出另外两个标签和两个文本框，两个命令按钮。

（2）属性设置。各对象的属性值参见表 1.4。

<table>
<tr><td>表 1.4</td><td colspan="2" align="center">属 性 设 置</td></tr>
<tr><td align="center">对 象 名</td><td align="center">属 性 名</td><td align="center">属 性 值</td></tr>
<tr><td rowspan="2">Form1</td><td>Caption</td><td>姓名输入</td></tr>
<tr><td>Font</td><td>小四号、常规、楷体</td></tr>
<tr><td rowspan="2">Label1</td><td>Caption</td><td>信息工程学院教职工名册</td></tr>
<tr><td>Font</td><td>二号、黑体、有下划线</td></tr>
<tr><td>Label2</td><td>Caption</td><td>输入姓名</td></tr>
<tr><td>Label3</td><td>Caption</td><td>添加姓名</td></tr>
<tr><td rowspan="2">Text1</td><td>Text</td><td>（空白）</td></tr>
<tr><td>Font</td><td>五号、宋体</td></tr>
<tr><td rowspan="2">Text2</td><td>Text</td><td>（空白）</td></tr>
<tr><td>Font</td><td>五号、宋体</td></tr>
<tr><td>Command1</td><td>Caption</td><td>添加</td></tr>
<tr><td>Command2</td><td>Caption</td><td>清除</td></tr>
</table>

控件对象的属性可以在设计状态下到属性窗口设置，也可在代码中设置，运行程序后有效。先单击选择窗体，在其属性窗口的 Caption 属性中输入"姓名输入"，再选择 Font 属性，单击右边的按钮，弹出"字体"对话框，从中可更改字体、字形以及大小等，按题目要求选

择小四号，常规、楷体。

　　单击鼠标选择 Label1 标签对象，在其属性窗口的 Caption 属性中输入"信息工程学院教职工名册"，再选择 Font 属性，单击右边的按钮，弹出"字体"对话框，更改字体为黑体、大小为二号，加下划线。以同样的方法对 Label2 和 Label3 作设置。

　　对 Text1 和 Text2 文本框，选中后将其 Text 属性中内容删除掉，在 Font 属性中将字体改为宋体、大小为五号。分别单击 Command1 和 Command2 命令按钮对象，将其 Caption 属性改为"添加"和"清除"。

　　（3）代码编写。主要是 Command1 和 Command2 两个命令按钮。

　　双击 Command1 后，转入代码窗口，以自动生成的代码模块为基础编程，代码如下：

```
Private Sub Command1_Click()
    Text2.Text=Text2.Text+Text1.Text & "   "
    Text1.Text=""
End Sub
```

再双击 Command2 进行编码。代码如下：

```
Private Sub Command2_Click()
    Text2.Text2=""
End Sub
```

　　（4）保存和调试。执行"运行"菜单中的"启动"命令，进入运行状态，测试程序功能，如出错或不理想，则单击工具栏上的"结束"按钮，修改后再运行调试，直至获得预期效果。

　　完成程序调试后，在文件菜单中选择"保存工程"命令，或单击工具栏上的"保存工程"按钮。因是首次保存，系统将先弹出保存窗体的"文件另存为"对话框，把 Form1 窗体保存为扩展名为.frm 的 sy01-01.frm 文件。完成窗体文件保存后系统将继续打开另一个保存工程文件的"文件另存为"对话框，将工程文件保存为扩展名是.vbp 的 sy01-01.vbp 工程文件。

实验 1.2　成绩统计程序

创建一个简单的成绩统计程序。

【实验目的】

　　（1）巩固掌握简单 Visual Basic 应用程序的建立、编辑、调度、运行和保存。

　　（2）进一步学习 Visual Basic 应用程序的编译。

　　（3）学习在控件上设置图案。

【实验要求】

　　（1）在"期终成绩"和"期中成绩"提示下的文本框中可输入分数。

　　（2）在"期终成绩比例"提示下的文本框中可输入期终成绩所占比例。

　　（3）单击"计算"命令按钮，在总成绩文本框中的将显示出总成绩。

　　（4）按"清零"命令按钮，清除所有文本框中内容。

　　（5）单击结束按钮，终止程序的执行。

　　（6）程序保存，文件名为 sy01-02.vbp。将程序编译成.exe 文件。

【实验步骤】

（1）界面设计如图 1.18 所示。

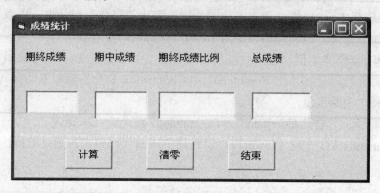

图 1.18　成绩统计

（2）属性设置如表 1.5 所示。

表 1.5　　　　　　　　　　**属 性 设 置**

控 件 名	属 性 名	属 性 值
Form1	Caption	成绩统计
	Font	五号、常规、宋体
Label1	Caption	期终成绩
Label2	Caption	期中成绩
Label3	Caption	期终成绩比例
Label4	Caption	总成绩
Text1	Text	（空白）
Text2	Text	（空白）
Text3	Text	（空白）
Text4	Text	（空白）
Command1	Caption	计算
Command2	Caption	清零
Command3	Caption	结束

（3）代码编写如下。

```
Private Sub Command1_Click()
    Text4=Val(Text1)*Val(Text3)+Val(Text2)*(1-Val(Text3))
End Sub
Private Sub Command2_Click()
    Text1=""
    Text2=""
    Text3=""
    Text4=""
```

```
End Sub
Private Sub Command3_Click()
    End
End Sub
```

（4）调试运行。单击工具栏上的"启动"按钮，运行调试程序。

（5）保存工程。将窗体、工程分别以 sy01-02.frm 和 sy01-02.vbp 作为文件名保存。

（6）编译运行。在"文件"菜单中选择"生成 sy01-02.exe"命令，打开"生成工程"对话框后，确定文件存放的位置，生成 sy01-02.exe 文件。退出 Visual Basic，双击编译生成的 sy01-02.exe 文件查看效果。用"工程"菜单中的"工程属性"命令打开对话框，可调整生成参数，如图 1.19 所示。

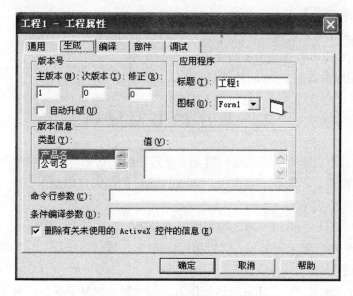

图 1.19　"工程属性"对话框

第2章　程序设计基础

2.1　基　本　要　求

（1）了解程序的书写规则。

（2）掌握常用函数的使用方法。

（3）掌握数据类型、常量和变量的定义方法。

（4）学会正确书写表达式。

（5）学会赋值语句的使用。

（6）掌握 InputBox 与 MsgBox 的使用。

（7）掌握 Print 方法和 Format 格式的使用。

2.2　程序的书写规则

所有程序设计语言都有一定的编码规则，不遵守编码规则会导致程序产生语法错误、编译错误或者运行错误，不能被正确执行。Visual Basic 的编码规则如下。

（1）字母不区分大小写。

（2）一行可书写几条语句，但之间要用冒号分隔。

（3）一条语句可分若干行书写，但要用续行符"_"连接下一行。"_"前要有空格，一行小于等于 255 个字符。

（4）以 Rem 或撇号"′"开头的部分作为语句注释。撇号引导的注释放在语句后。

（5）用"设置/取消注释块"命令可将若干行语句或文字设置为注释块或取消注释。

2.3　数　据　类　型

2.3.1　基本数据类型

Visual Basic 提供的数据类型如图 2.1 所示。表 2.1 列出了数据、关键字、类型符和占用空间等内容。

每种数据类型可用关键字或类型符表示，不同的数据类型占用不同的存储空间，可根据实际问题选择合适的数据类型。

经常使用的数据类型有整型、单精度型、逻辑型、字符型、日期型。当整型、单精度型数据范围不够时，可使用长整型和双精度型。

整数是没有小数点和指数符号的数，机内以补码形式表示。整数运算速度快、精确，但数值的表示范围小。例如，789、−78、+56、96%均为整型数；45&、−78914&为长整型数。浮点数就是实数，分为单精度和双精度，分别用 Single 和 Double 表示。单精度数表示形式有：$\pm n.n$、$\pm n!$、$\pm n\mathrm{E}\pm m$、$\pm n.n\mathrm{E}\pm m$。如：78.5、689.2!、78.2E+4 等。双精度浮点数，对于小数形式，只要在数字后加 "#"，指数形式用 "D" 代替 "E" 或 "e"，或直接在数字后面加 "#"。如 254.3＃、2.3D–7、3.21E+2#等。

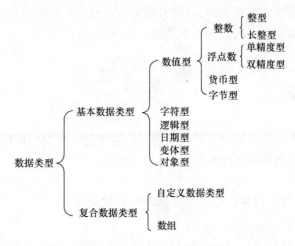

图 2.1　Visual Basic 的数据类型

表 2.1　　　　　　　　　　　　　　基 本 数 据 类 型

数据类型	关键字	类型符	字节数	范　　　围
字节型	Byte	无	1	$0\sim2^8-1(0\sim255)$
逻辑型	Boolean	无	2	True 与 False
整型	Integer	%	2	$-2^{15}\sim2^{15}-1(-32\,768\sim32\,767)$
长整型	Long	&	4	$-2^{31}\sim2^{31}-1$
单精度型	Single	!	4	$-3.4\times10^{38}\sim3.4\times10^{38}$ 精度 7 位
双精度型	Double	#	8	$-1.7\times10^{308}\sim1.7\times10^{308}$ 精度 15 位
货币型	Currency	@	8	$-2^{96}-1\sim2^{96}-1$ 精度 28 位
日期型	Date/Time	无	8	01,01,100～12,31,9 999
字符型	String	$	依串长	0～65 535 个字符串
对象型	Object	无	4	任何对象引用
变体型	Variant	无	按需定	

Visual Basic 中字符型数据以 Unicode 码存放西文字符和汉字，均占两个字节。变体型数据类型可存放任何类型的数据，由所赋值的类型决定。虽然 Visual Basic 中提供了灵活的变体型数据类型，但这也增加了程序的不稳定性。

字符型存放文字信息，首尾用双引号括起。字符型分为定长和变长两种。字符串中的双引号可用连续的两个双引号表示。

逻辑型又称布尔型，有真（True）和假（False）两个值。在机内占两个字节，True 对应 16 位 1，False 对应 16 位 0。

日期型按 8 个字节的浮点数来存储，表示的日期范围从公元 100 年 1 月 1 日～9999 年 12

月 31 日，而时间范围是 0:00:00～23:59:59。

2.3.2　复合数据类型

复合数据类型是以基本数据类型为基础，根据特定的方法而组成的比较复杂的数据类型。复合数据类型主要包括枚举、用户自定义类型、数组和文件。

2.4　常　量　与　变　量

2.4.1　常量

在程序运行过程中，其值始终保持不变的量称为常量。在 Visual Basic 中，常量有三类：普通常量、用户自定义常量和系统常量。

（1）普通常量。

① 字符串常量：用双引号括起，如"asdfg"、"12345"。

② 逻辑常量：只有 True 和 False 两个值。

③ 整常量：有三种形式，例如，1234（十进制）、&H12A（十六进制，以&H 开头）、&O123（八进制，以&O 或&开头）。

④ 长整常量：有三种形式，例如，12 345 678（十进制）、&H12A&（十六进制，以&H 开头，&结尾）、&O123&（八进制，以&O 或&开头，以&结尾）。

⑤ 单精度常量：有三种形式，如 12.34、123!、123.45E-5。

⑥ 双精度常量：有两种形式，如 12.34#、123.45D-5。

⑦ 日期时间常量：用一对##括起，例如#12/27.0001#、#13:30:45#。

（2）用户自定义常量。

形式：Const 常量名=表达式

例如，Const PI=3.14159。为区分，用户定义的常量名用大写字母；常量名在程序中只能引用，不能改变。

（3）系统常量。系统定义的常量位于对象库中，在"对象浏览器"中的 Visual Basic（VB）、Visual Basic for Application（VBA）等对象库中列举了 Visual Basic 的常量。

例如：vbCr（回车符）、vbNewLine（回车换行）、vbLeftButton（鼠标左键）、vbKeyTab（Tab 键）等。

2.4.2　变量

程序运行时经常要利用内存单元来存放数据，为便于存取，需要对内存单元进行命名，被命名的内存单元就可认为是变量，而内存单元的名称就是变量名。变量的三要素是变量名、类型、值。

（1）变量命名规则。

变量名以字母或汉字开头，由字母、汉字、数字或下划线组成，长度小于等于 255 个字符；不能使用 Visual Basic 中的关键字；Visual Basic 中不区分变量名的大小写。

（2）变量的声明。

① 显式声明：Dim、Static、Public、Private 等声明语句显式声明变量及类型。

② 隐式声明：变量不经声明直接使用，该类变量类型为 Variant 变体类型。

③ 强制显式声明：在通用声明段加入强制声明语句，程序中用到的变量就必须先声明后

使用。强制显式声明语句如下：

```
Option Explicit on
```

（3）变量的初值。

系统默认数值型变量为零，字符型变量为空（""），对象变量为 Nothing。

2.5　运 算 符 及 优 先 级

运算符是实现某种运算的符号。Visual Basic 中有算术运算符、关系运算符、逻辑运算符和字符串运算符四种。

2.5.1　算术运算符

算术运算符中有乘方（^）、负号（−）、乘（*）、除（/）、整除（\）、取模（Mod）、加（+）和减（−）。其中负号是单目运算。算术运算符的优先级是：

乘方→负号→乘、除→整除→取模→加、减

算术运算符的操作数一般应是数值型数据，如果是由数字组成的字符串或逻辑型数据，将会自动转换为数值型，再运算。

2.5.2　字符串运算符

字符串运算符有"&"和"+"两个，它们的作用都是把字符串连接起来。但两者有差别，"+"运算符要求两个操作数都是字符串，如一个是字符串，一个是数值将考虑转换类型后进行加法运算，不能做加法运算将出错。"&"的操作数不管是字符串还是数值，都将转换成字符串进行连接。

2.5.3　关系运算符

关系运算符全部是双目运算，其作用是将两个操作数进行大小比较，关系成立返回值为True，否则返回 False。关系运算符有：等于（=）、大于（>）、小于（<）、大于等于（>=）、小于等于（<=）、不等于（<>）、字符串匹配（Like）和比较（Is）。所有关系运算符的优先级是相同的。

在比较时如果操作数是数值则直接比较其大小，如果操作数是字符型则从左向右逐个比较字符的 ASCII 码值，直至出现不等或所有字符比较完。汉字以拼音为序进行比较。

2.5.4　逻辑运算符

逻辑运算符有取反（Not）、与（And）、或（Or）和异或（Xor），其作用是对操作数作逻辑运算。取反是单目运算，其余都是双目运算。逻辑运算的优先级是：

取反→与→或、异或。

取反（Not）运算是将操作数为 True 时结果为 False，操作数为 False 时结果为 True。与（And）运算则是当两个操作数同时为 True 时，结果为 True，其余为 False。或（Or）运算是当两个操作数有一为 True 时，结果为 True，否则为 False。异或（Xor）是在两个操作数不相同时，结果才为 True，其余为 False。

不同类型的运算符之间的优先级是：

算术运算符→字符串运算→关系运算符→逻辑运算符

2.6　表　达　式

表达式是由变量、常量、运算符、函数和圆括号等有机组成的、有一定意义的式子。
表达式书写规则如下。

（1）从左到右在一行上书写，无高低区分。

（2）乘号不能省略。

（3）表达式中的局部运算式可以用圆括号括起，以改变运算的优先级。

（4）不能使用方括号或花括号，圆括号可以嵌套，但要配对。

在算术表达式中，若出现不同的数据类型，自动向精度高的数据类型转换。

2.7　常　用　函　数

Visual Basic 中函数的概念与数学中的函数概念相似。Visual Basic 中的函数有内部函数
（标准函数）和用户自定义函数两类。内部函数是系统为方便实现一些功能而设置的内部程序，
包括有数学函数、字符串函数、日期和时间函数、转换函数、格式函数等。用户自定义函数
是用户根据需要自己定义的函数。

调用函数的形式：函数名[(参数列表)]

2.7.1　数学函数

数学函数与数学中的用法基本一致，表 2.2 列出了常见的数学函数。

表 2.2　　　　　　　　　　　　　　　　数　学　函　数

函　数　名	功　　能	实　　例
Abs(N)	返回自变量 N 的绝对值	Abs(−5.7)
Sqr(N)	返回自变量 N 的平方根，要求 x≥0	Sqr(8)
Exp(N)	返回自变量 N 的以 e 为底指数	Exp(4)
Log(N)	返回自变量 N 的以 e 为底的自然对数	Log(7)
Sin(N)	返回自变量 N 的正弦值	Sin(2)
Cos(N)	返回自变量 N 的余弦值	Cos(1)
Tan(N)	返回自变量 N 的正切值	Tan(4)
Atn(N)	返回自变量 N 的反正切值	Atn(1)
Rnd[(N)]	产生一个小于 1 但大于或等于 0 的随机数	Rnd

说明：

（1）在三角函数中，Sin、Cos 和 Tan 函数自变量的单位为弧度。Atn 函数的返回值是以
弧度为单位。

（2）Sqr 函数的自变量必须大于或等于 0。

（3）Rnd 函数中自变量的值决定了生成随机数的方式。每一次连续调用 Rnd 函数时都用
序列中的前一个数作为下一个数的种子。在调用 Rnd 之前，先使用无参数的 Randomize 语句

初始化随机数生成器，该生成器具有基于系统计时器的种子。

自变量值小于零则连续生成的随机数都相同。自变量值大于零则连续生成的随机数是序列中的下一个随机数。自变量值大于零则连续生成的随机数取最近生成的数。省略自变量值则连续生成的随机数是序列中的下一个随机数。

要产生指定范围的随机整数，可使用表达式：Int（Rnd×（上界－下界+1）+基数）。

2.7.2 字符串函数

Visual Basic 中的字符串函数相当丰富，使用起来十分方便。常用的字符串函数如表 2.3 所示。

表 2.3　　　　　　　　　　　字 符 串 函 数

函 数 名	功 能	实 例
InStr(C1,C2)	检查 C2 是否包含于 C1，分别返回位置或 0	Instr("abcd","bc")
Left(C,N)	取 C 字符串中左边 N 个字符	Left("abcd",2)
Len（C）	测 C 字符串长度	Len("fg 上海")
Mid (C,N1[,N2])	在 C 中从第 N1 个字符位开始，取 N2 个字符构成的子串，缺省 N2 则取到结尾	Mid("abcd",2,1)
Right(C,N)	取 C 字符串中右边 N 个字符	Right("abcd",2)
Space(N)	产生由 N 个空格组成的字符串	Space(5)
Replace(C,C1,C2)	在 C 中用 C2 取代 C1	Replace("abcd", "ab", "1")
Split(C,D)	将 C 按分隔符 D 分隔成字符数组	Split("ab,cd.ef", ",")
String(N,C)	生成由 N 个 C 中首字符组成的字符串	String(5, "rtyu")
Trim（C）	除去 C 字符串首尾的空格	Trim(" abcd ")
Join(A[,D])	将 A 数组中元素以 D 为分隔符合成字符串	A=array("12", "34", "5")Join(A, "")

2.7.3 转换函数

常用的转换函数如表 2.4 所示。

表 2.4　　　　　　　　　　　转 换 函 数

函 数 名	功 能	实 例
Int(N)	取不大于 N 的最大整数	Int(6.9) Int(−6.9)
Fix(N)	取整	Fix(−4.2)
Hex(N)	将十进制数 N 转换为十六进制数	Hex(64)
Oct(N)	将十进制数 N 转换为八进制数	Oct(24)
Asc（C）	返回 C 字符串中首字符的 ASCII 码	Asc("a")
Chr(N)	根据 ASCII 码值返回字符	Chr(65)
Str(N)	将数值转换成字符串	Str(645)
Ronud(N[,N1])	对 N 按小数指定位数 N1 四舍五入取整	Round(−3.5) Round(3.5)
Cint(N)	对 N 的小数作四舍五入转换成整数	Cint(2.34)

续表

函 数 名	功　　能	实　　例
Ccur(*N*)	将 *N* 转换为货币类型，小数至多四位且自动四舍五入	Ccur(7.23)
CDbl(*N*)	将 *N* 转换为双精度数	Cdbl(45.2)
CLng(*N*)	将 *N* 小数部分四舍五入转换为长整型	CLng(56.4)
CSng(*N*)	将 *N* 转换为单精度数	CSng(5.1D+3)
CVar(*N*)	将 *N* 转为变体类型	CVar(78)
LCase（C）	将 C 中大写字母转换成小写	LCase("AsDf")
UCase（C）	将 C 中小写字母转换成大写	Ucase("abHjk")
Val（C）	将由数字组成的字符串转换成数值	Val("456")

说明：

（1）Chr 和 Asc 函数互为反函数，如 Asc（Chr（34））的结果仍然是 34。

（2）Str 函数非负数值转换成字符型值后，会在转换后的字符串左边增加空格作符号位。

（3）Val 将数字字符串转换成数值，直到出现非数值符号，如 Val（"−7.8E-2"）转换后为−7.8。

2.7.4　日期函数

常用的日期函数如表 2.5 所示。

表 2.5　　　　　　　　　　　　　日　期　函　数

函 数 名	功　　能	实　　例
Date	返回系统日期	Date
Day(C|D)	返回日期中号数	Day(2008,07,15)
Month(C|D)	返回日期中的月份数	Month(2008,07,15)
Now	返回系统日期时间	Now
Time	返回系统时间	Time
Year(C|D)	返回日期中的年号数	Year(Now)
DateAdd(X,N,D)	对 D 日期按增减量 N 和增减形式 X 算出新日期	dd=#2008/7/15#Date Add("d",34,dd)
DateDiff(X,D1,D2)	以间隔形式 X 计算日期 D1 和 D2 的间隔数	DateDiff("d",Now,#2007/7/15#)

说明：

（1）DataAdd 增减日期函数。

形式：DataAdd（要增减日期形式，增减量，要增减的日期变量）。

作用：对要增减的日期变量按要增减的日期形式做增减。

（2）DateDiff 函数。

形式：DateDiff（要间隔日期形式，日期 1，日期 2）。

作用：对于两个指定的日期按要间隔日期形式求其相差的日期量。

日期的形式参见表 2.6。

表 2.6   日 期 形 式

形式	yyyy	q	m	y	d	w	ww	h	n	s
意义	年	季	月	天数	日	日数	星期	时	分	秒

2.7.5 Shell 函数

运用 Shell 函数可调用其他的应用程序，函数格式为：

Shell(应用程序文件及路径，[运行窗口类型])

例如：k=Shell("calc.exe",1)

2.8 赋 值 语 句

赋值语句的作用有两方面，一是计算赋值号右边表达式值，二是将计算所得的值赋给左边的变量。在 Visual Basic 中赋值语句还可对对象的属性和自定义类型声明的变量中的元素赋值。

赋值语句的形式为：

变量名=表达式
对象.属性=属性值
变量名.元素名=表达式

几点说明：

（1）赋值号不同于求解中的等号和比较运算符的相等比较运算符。

（2）一条赋值语句只能对一个变量赋值。

（3）把数字字符串的值赋值给数值型变量时，自动转换成数值类型。非数字字符串的值赋值给数值型变量时，出错。

（4）赋值号两边同为数值型，但精度不同，将转换为左边变量的精度类型后再赋值。

（5）任何非字符型的值赋值给字符型变量，自动转换为字符型。

（6）可利用类型转换函数进行匹配。

2.9 数 据 输 入 与 输 出

2.9.1 InputBox 函数

InputBox 函数的作用是弹出输入对话框，在其中的文本框中输入数据，函数返回值为字符类型。

函数格式：

[变量]=InputBox(<提示>[,<标题>][,<缺省值>][,<x 坐标位置>][,<y 坐标位置>])

其中：

<提示>是出现在对话框中的提示消息。

<标题>是字符串表达式，在对话框的标题上显示。缺省时用应用程序名。

<缺省值>是在对话框中设置的初始值。

<x 坐标位置>、<y 坐标位置>用于确定对话框左上角在屏幕上的位置，以屏幕左上角为

坐标原点。

【例 2.1】 某单位职工工资由 500 元基本工资和奖金组成，奖金是职工个人营收的 10%，试编程计算实发工资。

数据输入界面如图 2.2 所示，结果输出窗体如图 2.3 所示。

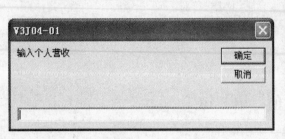
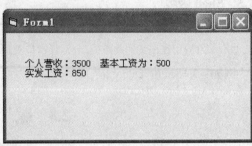

图 2.2　输入界面　　　　　　　　　　　　　图 2.3　输出窗体

程序代码如下：

```
Private Sub Form_Click()
    Dim sfgz, jbgz, x As Single
    jbgz = 500
    x = Val(InputBox("输入个人营收"))
    sfgz = jbgz + x * 0.1
    Label1 = "个人营收：" & x & "  基本工资为：" & jbgz & vbCrLf
    Label1 = Label1 & "实发工资：" & sfgz
End Sub
```

2.9.2　MsgBox 函数或过程

MsgBox 函数或过程的作用是弹出 MsgBox 对话框，提示用户选择按钮，控制程序的流向。如果是过程则无返回值，一个按钮，一般用于简单信息的显示。

格式：

[变量]=MsgBox(<提示>[,<按钮>][,<标题>])

其中：

<提示>、<标题>与 InputBox 中含义完全相同。

<按钮>用以确定按钮的类型、显示图标的种类和数目以及默认按钮，是由上述三个数值加起来的和，如表 2.7 所示。

表 2.7　　　　　　　　　　　　　　按　钮　设　置

符 号 常 量	值	作　　用
VbOkOnly	0	只显示"确定"按钮
VbOkCancel	1	显示"确定"和"取消"按钮
VbAbortRetryIgnore	2	显示"终止"."重试"和"忽略"按钮
VbYesNoCancel	3	显示"是"、"否"和"取消"按钮

符号常量	值	作 用
VbYesNo	4	显示"是"和"否"按钮
VbRetryCancel	5	显示"重试"和"取消"按钮
VbCritical	16	显示关键信息图标，红色〔Stop〕
VbQuestion	32	显示询问信息图标，〔?〕
VbExclamation	48	显示警告信息图标，〔!〕
VbInformation	64	显示信息图标，〔i〕
VbDefaultButton1	0	默认第一个按钮为活动按钮
VbDEfaultButton2	256	默认第二个按钮为活动按钮
VbDefaultButton3	512	默认第三个按钮为活动按钮

函数返回的值如表 2.8 所示。

表 2.8   **函 数 返 回 值**

操 作	符号常量	返回值	操 作	符号常量	返回值
选"确定"按钮	VbOk	1	选"忽略"按钮	VbIgnore	5
选"取消"按钮	Vbcancel	2	选"是"按钮	VbYes	6
选"终止"按钮	VbAbort	3	选"否"按钮	VbNo	7
选"重试"按钮	VbRetry	4			

【**例 2.2**】 设计检查账号合法性的程序。要求账号为不超过 8 位的数字，如果不正确则显示账号非法的信息框。文本框中只显示"*"。

运行界面如图 2.4 所示，账号非法的消息框如图 2.5 所示。

图 2.4　输出窗体

图 2.5　弹出消息框

代码如下：

```
Private Sub Form_Load()
    Text1.Text = ""
    Text1.MaxLength = 8
    Text1.PasswordChar = "*"
End Sub

Private Sub Command1_Click()
    If Not IsNumeric(Text1.Text) Then
        MsgBox "账号非法", , "警告"
```

```
            Text1.Text = ""
            Text1.SetFocus
        End If
End Sub
```

2.9.3 Print 方法

运用 Print 方法实现数据的输出。

格式：[对象.]Print[定位函数][输出表达式列表][分隔符]

其中：

对象为窗体、图片框、打印机等对象。

输出表达式列表是待输出的内容。

分隔符为逗号或分号。逗号定位在下一个输出区域的开始处输出，一个输出区为 14 列。分号则从上一个输出的字符后开始输出。

定位函数主要有 Spc(*n*)和 Tab(*n*)，Spc(*n*)函数表示在下一个项输出前先插入 *n* 个空格。如 *n* 小于输出行宽，直接在当前位置输出。如 *n* 大于行宽，则输出位置为当前位置+(n Mod 行宽)。Tab(*n*)函数是将输出定位到 *n* 指定的位置，省略 *n*，则在下一行开头输出。如当前位置大于 *n*，则在下一行的 *n* 列输出；*n* 小于 1，则默认位置为 1；如 *n* 大于行宽则输出位置为 n Mod 行宽。

在窗体或图形框显示表达式内容，即可通过 Tab、Spc 函数来确定表达式值输出的位置，也可通过输出项之间的分隔符 "，" 或 "；" 来进行输出定位。Print 语句后没有分隔符，表示输出后换行。

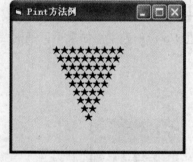

图 2.6　输出结果图

【例 2.3】　编程显示倒三角形图案，输出的图形如图 2.6 所示。

代码如下：

```
Private Sub Form_Click()
    Print: Print: Print
    For i = 1 To 9
        Print Tab(10+i); String(10-i,"★")
    Next i
End Sub
```

2.9.4 格式输出函数 Format

格式输出函数 Format 将数值型数据转换为字符型再根据格式字符串中的结构将其格式化输出。

格式：Format(数值表达式,[,格式字符串])

数值表达式是要格式化的数值，格式字符串是由一些特定的符号组成的，用来说明如何确定格式。常用的格式化符号如表 2.9 所示。

表 2.9   数值格式化符号

符号	作　　用	符号	作　　用
0	实际数字位数少于符号位数时，数字前后加 0	$	在数字前强行加$
#	实际数字位数少于符号位数时，数字前后不加 0	+	在数字前强行加+

续表

符号	作　用	符号	作　用
.	加小数点	–	在数字前强行加-
,	加千分位	E+	用指数表示
%	数值乘以 100，加百分号	E–	用指数表示

2.10　常见错误和难点分析

1. 变量类型要分别设置

程序中有时要同时声明多个变量，应分别给每个变量加 As 子句，说明其数据类型。如果将声明三个整型变量的语句写成：

```
Dim x, y, z  As Integer
```

那么实际上只是将 z 变量说明成整型，x,y 两个变量只能是变体型的。

2. 赋值不能写成连式

同时给 x、y、z 三个整型变量赋初值 1，由于数学上的习惯，很容易写成连式：x=y=z=1。这样写的赋值语句在编译时不会产生语法错，但存在严重的逻辑错误。

在 Visual Basic 中，一条赋值语句只能给一个变量赋值，上述 3 个 "=" 系统产生不同的释义。最左的一个为赋值号，其余为关系运算符等号。因此将 y=z=1 作为一个关系表达式先处理好，再将表达式的结果赋值给 x。

在 Visual Basic 中，默认数值型变量的初值为 0，因此表达式 y=z=1 的结果为由 False 值转换得来的 0。语句执行后 x 赋得的值为 0，y、z 变量的值保持为原来的默认数值 0。

3. 不要用系统保留字作为变量名

例如：

```
Private Sub Form_Click()
    Dim tan As Integer
    tan = 4
    Print tan(1)
    Print tan
End Sub
```

tan 是标准函数名，虽然语法上没有错误，但导致 tan 函数无效，系统认为 tan 是数组名。

4. 注意逻辑错误

逻辑表达式书写错误，编译时没有造成语法错而形成逻辑错。

有的同学将数学表达式如 $3 \leqslant x < 10$，以 Visual Basic 的逻辑表达式表示，直接写为 3<=x <10。此时在 Visual Basic 中不产生语法错，程序能继续运行，但不管 x 的值为多少，表达式的值永远为 True，虽然程序能正常运行，但其结果却不是期望值。

因为在 Visual Basic 中，当两个不同类型的变量或常量参加运算时，有自动向精度高的类型转换的功能。例如，逻辑常量 True 转换为数值型的值为–1，False 为 0；反之数值型非 0 转换为逻辑型的值为 True，0 为 False。同样数字字符与数值运算，转换为数值型。

根据此原因，表达式值的计算过程：

（1）根据 x 的值计算 3<=x，结果总为 True(−1)或 False (0)。

（2）根据（1）计算的结果(−1 或 0)与 10 比较结果永远为 True。

正确的 Visual Basic 表达式书写为：

3<=x　And　x<10

5. 标准函数名输入错误

Visual Basic 提供了很多标准函数，如 IsNumeric()、Date()、Left()等。当函数名写错时，如将 IsNumeric 写成 IsNummeric，系统显示"子程序或函数未定义"，并将该写错的函数名选中提醒用户修改。

如何判断函数名、控件名、属性、方法等是否写错，最简便的方法是当该语句写完后，按 Enter 键，系统把被识别的上述名称自动转换成规定的首字母大写形式，否则为错误的名称。

6. 数据合法性检查中引起程序的死循环

数据输入时，经常需要对输入的数据作合法性检查，以确保程序运行的正确性。如在实验 2.1 题中，输入的温度要求是数字，否则删除原输入的内容，焦点仍定位于文本框。有关属性设置参如表 2.10 所示。

表 2.10　　控件属性

有关控件名	TabIndex
Text1	2
Text2	3
Command1	4
Command1	5

程序段如下：

```
Private Sub Text1_LostFocus()
    If Not IsNumeric(Text1) Then
    Text1=""
    Text1.SetFocus
    End If
End Sub
```

对 Text 2 设计类似的程序段。当华氏温度（Text1）输入值有错误按回车键后，焦点在 Text2 处不停地闪动，程序产生死循环。

原因是当 Text1 输入结束按 Tab 键，激发 Text1_Lostfocus 事件，焦点已到 Text2；但当判断 Textl 文本框输入数据错时，执行 Text1.SetFocus，使焦点从 Text2 拉回到 Text1；而又激发 Text2_LostFocus 事件，此时判断 Text2 文本框输入数据错，又执行 Text2.SetFocus，使焦点从 Text1 拉回到 Text2，如此交错造成死循环。

而当摄氏温度（Text2）输入错时，程序正常运行。因为当 Text2 输入结束按 Tab 键，焦点已到 Command1，因此不会产生死循环。

解决方法：只要把 Private Sub Text2_LostFocus()事件的If 表达式 If　Not IsNumeric (Text2) Then 改为：　If　Text2<>" "　And Not IsNumeric(Text2) Then 即可。

7. SetFocus 方法不起作用

在 Form_Load 事件中，Print 方法、SetFocus 方法不起作用。

因为系统在窗体装入内存时无法同步地用 Print、SetFocus 方法显示或定位控件的焦点。

（1）Print 显示解决的方法：在属性窗口将窗体 AutoReDraw 属性设置为 True（默认 False）。

（2）SetFocus 定位解决方法：在属性窗口对要定位焦点的控件将其 TabIndex 值设置为 0 即可。

习　题　二

一、选择题

1. 在一语句内写多条语句时，每个语句之间用_____符号分隔。
　　（A），　　　　　（B）：　　　　　（C）、　　　　　（D）；

2. 一条语句要在下一行继续写，用_____符号作为续行符。
　　（A）+　　　　　（B）–　　　　　（C）_　　　　　（D）…

3. 下面_____是合法的变量名。
　　（A）x_yz　　　　（B）123abc　　　（C）integer　　　（D）x-y

4. 下面_____是不合法的整常数。
　　（A）100　　　　（B）&O100　　　（C）& H100　　　（D）%100

5. 下面_____是合法的字符常数。
　　（A）ABC$　　　（B）"ABC"　　　（C）'ABC'　　　（D）ABC

6. 下面_____是合法的单精度型变量。
　　（A）num!　　　（B）sum%　　　（C）xinte$　　　（D）mm #

7. 下面_____是不合法的单精度常数。
　　（A）100!　　　　　　　　　　（B）l00.0
　　（C）IE+2　　　　　　　　　　（D）100.0D+2

8. 表达式 16 / 4-2^5*8 / 4 MOD 5 \ 2 的值为_____。
　　（A）14　　　　　（B）4　　　　　（C）20　　　　　（D）2

9. 货币型数据小数点后最多可有_____位。
　　（A）1　　　　　（B）4　　　　　（C）2　　　　　（D）8

10. 函数 Int(Rnd*1001+1)表示的是_____范围内的数。
　　（A）[2,1001]　　（B）[1,1000]　　（C）[2,1000]　　（D）[1,1001]

11. 能将任意两位数的个位和十位对调的表达式是_____。
　　（A）(x Mod 10)*10+x\10　　　　（B）(x \10)*10+x Mod 10
　　（C）10*x Mod 10 +x\10　　　　（D）(x Mod 10)*10+x/10

12. Rnd 函数不可能为下列_____值。
　　（A）0　　　　　（B）1　　　　　（C）0.1234　　　（D）0.0005

13. Int (–298.6555*100 +0.5) / 100 的值为_____。
　　（A）–298　　　（B）–299.6　　　（C）–298.66　　　（D）–200

14. 已知 A$="12345678"，则表达式 Val (Left(A$, 4)+Mid (A$,4,2))的值为_____。
　　（A）123456　　（B）123445　　　（C）1279　　　（D）8

15. MsgBox 函数返回值的类型是_____。
　　（A）整型　　　（B）字符型　　　（C）变体　　　（D）数值或字符型

16. InputBox 函数返回值的类型是_____。
　　（A）整型　　　　　　　　　　　（B）字符型
　　（C）变体　　　　　　　　　　　（D）数值或字符型

17. 表达式 23/2-6\2 Mod 10 的值是_____。

　(A) 10　　　　(B) 14　　　　(C) 11.2　　　　(D) 11.5

18. 以下关系表达式中，其值为 False 的是_____。

　(A) "ABC"<"AbC"　　　　　　　(B) "女">"男"

　(C) "BASIC"<>UCase ("basic")　　　(D) "123"<"23"

19. 下面正确的赋值语句是_____。

　(A) x+y=50　　　　　　　　　(B) y＝π*r*r

　(C) y=x+30　　　　　　　　　(D) 3y=x

20. 为了给 x、y、z 三个变量赋初值 1，下面正确的赋值语句是_____。

　(A) x=1:y=1:z=1　　　　　　　(B) x=1,y=1,z=1

　(C) x=y=z=1　　　　　　　　　(D) xyz=1

21. 赋值语句：a= 333+Mid ("123456", 3,2)执行后，a 变量中的值是_____。

　(A) "33334"　　(B) 333　　　　(C) 34　　　　(D) 367

22. 执行如下两条语句后，窗体上显示的是_____。

a=123 & Mid ("123456",3,2)

Print a

　(A) "12334"　　(B) 123　　　　(C) 12334　　　(D) 157

23. 语句：Print"Sqr (9)="；Sqr(9)的输出结果是_____。

A=56458.4326

Print Format(a,"$00,00.00")

　(A) $56,458.43　　　　　　　　(B) $56458.43

　(C) $56,45 .43　　　　　　　　　(D) $00,00.00

24. 执行下列语句将显示出输入对话框，现单击其中的确定按钮，则变量 StrIn 的内容是_____。

StrIn=InputBox("请输入","abcd","1234")

　(A) "abcd"　　(B) "1234"　　(C) 空字符串　　(D) 字符串

25. 数学表达式 3≤x<10 在 Visual Basic 中的逻辑表达式为_____。

　(A) 3<=x<10　　　　　　　　　(B) 3<=x AND x<10

　(C) x>=3 OR x<10　　　　　　　(D) 3<=x　 AND <10

26. \、/、Mod、*四个算术运算符中，优先级别最低的是_____。

　(A) \　　　　　(B) /　　　　　(C) MOD　　　(D) *

27. 与数学表达式 $\dfrac{ab}{3cd}$ 对应，不正确的 Visual Basic 算术表达式是_____。

　(A) a*b / (3*c*d)　　　　　　　(B) a/3*b/c/d

　(C) a*b/3/c/d　　　　　　　　　(D) a*b/3*c*d

28. 数学公式 $\dfrac{-b+\sqrt{b^2-4ac}}{2a}$ 对应的 Visual Basic 表达式是_____。

　(A) –b+sqr(b*b+4ac)/2/a　　　　(B) –b+sqr(b^2+4*a*c)/2/a

　(C) (–b+sqr(b^2+4*a*c))/2/a　　　(D) (–b+sqr(b^2+4*a*c))/2a

29. 要计算现在离 2020 年 1 月 1 日还有多少小时，下列表达式正确的是_____。

　（A）DateAdd("d",Now,2020/01/01)　　（B）DateDiff("d",Now,#2020/01/01#)

　（C）DateDiff("h",Now,#2020/01/01#)　（D）DateDiff("n",Now,#2020/01/01#)

30. 设 x=2，y=2，则以下不能在窗体上显示出"x+y=4"的语句是_____。

　（A）print x+y=4　　　　　　　　　（B）print "x+y";4

　（C）print "x+y";x+y　　　　　　　（D）print "x+y"&x+y

二、填空题

1. 在 Visual Basic 中，478%、536&、6.3E+5、1.26D+25 个常数分别表示 ___(1)___、___(2)___、
___(3)___、___(4)___ 类型。

2. 要产生一个在［500,600］区间的正整数，实现的表达式是___(5)___。

3. 数学表达式 $\sin 45° + \dfrac{e^{10} + \ln 10}{\sqrt{x+y+1}}$ 的 Visual Basic 术表达式为 ___(6)___。

4. 表示 x、y 之一不大于 100 的 Visual Basic 表达式为___(7)___。

5. 表示 x 是 6 的倍数或是 9 的倍数的逻辑表达式为___(8)___。

6. 已知 a=3.5, b=5.0, c=2.5, d= True，则表达式：a>=0 And a+c>b+3 Or Not d 的值是
___(9)___。

7. Int(−8.5)、Int (3.9)、Fix(−4.5)、Fix(6.5)、Round (−3.4)、Round(3.6)的值分别是___(10)___、
___(11)___、___(12)___、___(13)___、___(14)___、___(15)___。

8. 表达式 DateAdd("m",2,#10/25/2008#)的值是___(16)___。

9. 在直角坐标系中，x、y 是坐标系中任意点的位置，用 x 与 y 表示在第二或第四象限
的表达式是___(17)___。

10. 利用 Shell 函数在 Visual Basic 程序中调用画图程序的形式是___(18)___。

11. 执行下列程序段后，变量 b 的值为___(19)___。

```
A=5
B=7
A=B-A
B=A+B
B=A+B
```

12. 表示字符型变量 s 的值只取单个字母字符并且不区分大小写的逻辑表达式为___(20)___。

13. 下面程序段的输出结果为___(21)___。

```
X=35:y=6
print"("&x&"\"&y&")*"&y &"="&(x\y)*y
```

14. 下面程序段的输出结果为___(22)___。

```
X=10:y=20
Print x;"+";y;"=";Format(X+Y,"000.00")
```

三、简答题

1. 利用 Shell 函数，如何在 Visual Basic 程序中分别执行画图和 Word 应用程序？

2. 哪种数据类型所需的内存容量最小，且可存储诸如 3.2345 这样的值？

3. 将数字字符串转换成数值，使用什么函数？判断是否是数字字符串，使用什么函数？

取字符串中的某几个字符，使用什么函数？实现大小写字母间的转换，使用什么函数？

实 验 二

实验 2.1　温度转换

利用文本框控件进行输入和输出，设计华氏温度与摄氏温度之间转换的程序，运行界面如图 2.7 所示。

图 2.7　温度转换

【实验目的】
（1）掌握简单程序的设计。
（2）用文本框控件实现输入/输出数据的方法。
（3）数据类型的转换。

【实验要求】
（1）设计包括有 Form1、Text1、Text2、Command1、Command2、Label1 和 Label2 等控件的程序运行界面。
（2）分别为 Command1 和 Command2 命令按钮设计代码，实现华氏温度和摄氏温度的互相转换。

【提示】
程序中要使用的转换公式是：

$$F = \frac{9C}{5} + 32 \qquad \text{'摄氏温度转化为华氏温度，} F \text{ 为华氏温度}$$

$$C = \frac{5}{9}(F - 32) \qquad \text{'华氏温度转化为摄氏温度，} C \text{ 为摄氏温度}$$

Text 文本框存放 String 类型数据，为了使程序正常运行，应通过 Val() 函数将字符串转换为数值类型。公式中的变量 F、C 的值可通过由 Text1.Text、Text2.Text 赋值获得。例如，在 Text1 中输入华氏温度，要在 Text2 显示转换后的摄氏温度，事件过程如下：

```
Private Sub Command1_Click()
    Dim F!,C!
    F =Val(Textl)
    C=5/9*(f-32)
    Text2=Format(C,"0.00")
End Sub
```

也可以不用 F、C 变量，直接利用文本框的 Text 属性和 Val() 函数来实现：

```
Private Sub Command1_Click()
    Text2=Format(5/9*( Val(Textl)-32 ),"0.00")
End Sub
```

两者效果相同。

实验 2.2　圆面积与圆周长

利用文本框和命令按钮控件设计简单程序，要求输入圆的半径，分别计算出圆周长和圆面积，如图 2.8 所示。

【实验目的】

（1）掌握 SetFouse 方法。

（2）IsNumeric 函数。

（3）MsgBox 函数的使用。

（4）学习在文本框中输入数据时实现对数据的验证。

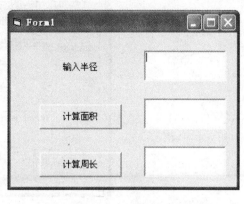

图 2.8　圆面积周长

【实验要求】

（1）为了保证程序的正确运行，对输入的半径数据要进行合法性检查，数据检查调用 IsNumeric 函数。

（2）若有错，利用 MsgBox 显示出错信息。

（3）通过 SetFocus 方法定位于出错的文本框处，重新输入。

（4）计算结果保留 2 位小数。

【提示】

数据输入结束可有两种方法，分别编写事件过程对数据进行检验。

（1）按 Tab 键，检查数据的合法性，这时利用 Text1 LostFocus 事件。

（2）按 Enter 键，利用 Text1_keyPress 事件，返回参数 "KeyAscii" 的值为 13 表示输入结束。

```
Private Sub Command1_Click()
    Text2 = Val(Text1) ^ 2 * 3.14
End Sub
Private Sub Command2_Click()
    Text3 = Val(Text1) * 2 * 3.14
End Sub
Private Sub Text1_LostFocus()
    If Not IsNumeric(Text1) Then
        MsgBox "输入数据有错"
        Text1 = ""
        Text1.SetFocus
    End If
End Sub
Private Sub Text1_KeyPress (KeyAscii As Integer)
    If KeyAscii = 13 Then
        If Not IsNumeric(Text1) Then
            Text1 = ""
        End If
    End If
End Sub
```

实验 2.3　字符串替换

编写能用三种方法实现字符串替换的程序，程序运行界面如图 2.9 所示。

【实验目的】

（1）掌握字符串处理函数 InStr、Replace、Mid 等的运用。

（2）Shell 函数的运用。

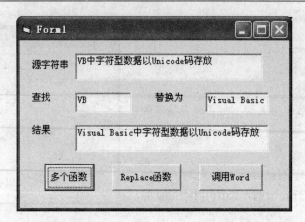

图 2.9　字符替换

（3）控件属性的设置。

【实验要求】

（1）单击"多个函数"按钮，利用查找（InStr）、取子串（Left、Mid）等函数实现。

（2）单击"Replace 函数"按钮利用 Replace 函数实现。

（3）单击"调用 Word"按钮，执行 Word 程序。

【提示】

对字符串处理函数进行综合运用。

```
Private Sub Command1_Click()
    i = InStr(Text1, Text2)
    k = i + Len(Text2)
    Ls = Left(Text1, i - 1)
    Text4 = Ls + Text3 + Mid(Text1, k)
    Text4 = Left(Text1, i - 1) + Text3 + Mid(Text1, k)
End Sub

Private Sub Command2_Click()
    Text4 = Replace(Text1, Text2, Text3)
End Sub

Private Sub Command3_Click()
    i = Shell("C:\Program Files\Microsoft Office\Office10\winword.exe", 1)
End Sub
```

实验 2.4　记事本程序

创建一个简单的记事本程序。

【实验目的】

（1）学习命令按钮属性设置。

（2）学习文本框 SelText 等属性的使用。

【实验要求】

（1）实现文本的剪切、复制和粘贴操作。要求对 Textl 选中的内容进行操作。选中的内容通过 Text1 的 SelText 属性获取。

（2）设置文本框中文本的字体、大小。使得 Text1 的字体和字号根据命令按钮上显示的
要求改变。

（3）设置结束按钮，终止程序的执行。

（4）程序保存，文件名为 sy01-03.vbp。先将程序编译成 **EXE** 文件，再将程序打包。

【实验步骤】

界面设计如图 2.10 所示。

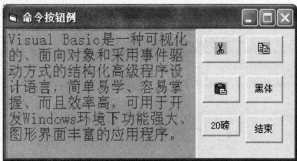

图 2.10　简单记事本

代码编写

```
Dim st As String
Private Sub Command1_Click()
    st = Text1.SelText
    Text1.SelText = ""
End Sub
Private Sub Command2_Click()
    st = Text1.SelText
End Sub
Private Sub Command3_Click()
    Text1.SelText = st
End Sub
Private Sub Command4_Click()
    Text1.FontName = "黑体"
End Sub
Private Sub Command5_Click()
    Text1.FontSize = 20
End Sub
Private Sub Command6_Click()
    End
End Sub
```

第 3 章　选　择　结　构

3.1　基　本　要　求

（1）掌握逻辑表达式的正确书写形式。
（2）掌握单分支与双分支选择结构的使用。
（3）掌握多分支条件语句的使用。
（4）掌握情况语句的使用及其与多分支条件语句之间的区别。

3.2　单分支选择结构

选择结构通过对条件进行判断，来控制程序的不同走向。Visual Basic 中通过 If 语句和 Select Case 语句来实现选择结构。

单分支选择结构语句相对比较简单，其格式主要有两种。

格式一：

```
If <条件表达式> Then
<语句块>
End If
```

格式二：

```
If <条件表达式> Then <语句>
```

其中，条件表达式可以是算术表达式、关系表达式或逻辑表达式，根据条件表达式的值来判断是否执行语句或语句块，值为 True 则执行，否则就不执行，执行其后续语句。条件表达式为非 0 就是 True，0 为 False。

单行格式的 If 语句不需要与 End If 关键字配对，而多行格式的 If 语句必须与 End If 配对。多行格式的 If 语句的语句块可以是多条分行排列语句，而单行格式中的语句可以是一条语句或者是用“:”分隔的多条语句。

3.3　双分支选择结构

双分支选择结构语句也有单行形式的多行形式两种。

格式一：

```
If <条件表达式> Then
<语句块 1>
 Else
<语句块 2>
End If
```

格式二：

```
If <条件表达式> Then <语句 1>  Else  <语句 2>
```

单行格式中的语句可以是一条语句或者是用"："分隔的多条语句，而多行格式的 If 语句的语句块可以是多条分行排列的语句。

3.4 多分支选择结构

多分支选择结构语句格式是：

```
If <条件表达式 1>  Then
<语句块 1>
ElseIf <条件表达式 2> Then
<语句块 2>
…
[Else
<语句块 n >]
End If
```

多分支选择结构语句所实现的功能是：如果表达式 1 的值为 True，则执行语句块 1，否则判断表达式 2，若为真则执行语句块 2，依次类推，若表达式的值都为假，则可执行 Else后的语句。

注意：当 If 结构内有多个条件为 True 时，Visual Basic 仅执行第一个为 True 的条件后的语句块，然后跳出 If 结构。关键字 ElseIf 中间不能有空格。

【例 3.1】 输入一个字符，判断该字符是字母字符、数字字符还是其他字符。

代码如下：

```
Private Sub Command1_Click()
    Dim zf As String * 1
    zf = InputBox("输入一个字符")
    If UCase(zf) >= "A" And UCase(zf) <= "Z" Then
                MsgBox (zf + "是字母字符")
        ElseIf zf >= "0" And zf <= "9" Then
                MsgBox (zf + "是数字字符")
        Else
                MsgBox (zf + "是其他字符")
     End If
End Sub
```

3.5 If 语句的嵌套

在 If 语句的 Then 分支和 Else 分支中可以再嵌套另一个 If 语句，这样可以实现对更多条程序走向的控制。例如：

```
If <条件表达式 1> Then
<语句块 1>
```

```
Else
If<条件表达式 2> Then
<语句块 2>
        Else
           <语句块 3>
End If
End If
```

每个 **End If** 与它上面最接近的 **If** 配对。这种嵌套方式容易发生嵌套层次的交叉，采用排列上的分层缩进对齐方式可以使帮助区分各嵌套层次。

3.6 Select Case 情 况 语 句

Select Case 语句的格式为：

```
Select Case <条件表达式>
Case<表达式列表 1>
<语句块 1>
Case<表达式列表 2>
<语句块 2>
...
[Case Else
<语句块 n>]
End Select
```

Select Case 情况语句的功能是，根据条件表达式的值，与 Case 后的表达式列表作比较，符合的就执行相应的语句块。这种结构用于分支较多的控制结构，层次上比较清晰。

其中，条件表达式可以是数值型或字符型表达式，且只能对一个变量进行多种情况的判断。表达式列表与测试表达式的类型必须相同，其类型可以是下面四种形式之一。

（1）表达式。

（2）一组用逗号分隔的枚举值。

（3）表达式 1 To 表达式 2。

（4）Is <关系运算符> <表达式>。

注意：表达式列表中不能出现测试表达式中所出现的变量。

3.7 条 件 测 试 函 数

IIf 是 **Immediate If** 的缩写，用来执行简单的条件判断操作。函数的格式如下：

```
X=IIf (<条件表达式>,当条件为 True 时的值，当条件为 False 时的值)
X=Choose(<数字类型变量>,值为 1 的返回值，值为 2 的返回值，…)
```

IIf 函数要求的三个参数都不可缺省，而且无论是当条件为 **True** 时的值或当条件为 **False** 时的值都要与结果变量的类型匹配。

【例 3.2】   利用 Choose 函数判断今天是星期几。

程序段如下：

```
Private Sub Form_Click()
    t = Choose(Weekday(Now), "星期日", "星期一", "星期二", "星期三", _
        "星期四", "星期五", "星期六")
    MsgBox ("今天是: " & Now & " 是: " & t)
End Sub
```

3.8 错误和难点

1. 语句不配对

对于多行结构的选择结构，If 语句与 End If 语句、Select Case 语句与 End Select 语句应配对使用，这一点与单行选择结构是不同的。否则编译时系统会显示错误。如果 End If 中间的空格没有加，系统自动会加的，而在多行选择结构的关键字 Elseif 中间不能有空格。

2. If 语句书写格式不对

对多行结构的 If 语句的书写，要求严格，关键字 Then、Else 后面的语句块必须换行书写而单行结构的 If 语句中，必须在一行上书写，若要分行，要用续行符。

3. 条件表达式要合理组织

在有多个条件表达式时，要避免条件之间的交叉和过滤。在分段函数的计算中较容易出现这种情况。

例如：

$$f(x) = \begin{cases} x^2 & x \geq 5 \\ \sin(x) & 3 \leq x < 5 \\ \sqrt{x} & 0 \leq x < 3 \\ |x| & x < 0 \end{cases}$$

程序一：

```
If x>=5 Then
    F=x*x
  ElseIf x>=3
        F=Sin(x)
      ElseIf x>=0
            F=Sqr(x)
        Else
            F=Abs(x)
End If
```

程序二：

```
If x>=3 Then
    F= Sin(x)
  ElseIf x>=5
        F= x*x
      ElseIf x<0
            F= Abs(x)
        Else
            F= Sqr(x)
End If
```

    上面程序一是正确的，程序二没有语法错误，但逻辑关系则显得混乱。如 x 取值 6，在程序二中将按照 Sin(6)进行计算，结果产生错误。出现这种情况的原因是条件表达式的设置不合理。一般应从取值范围的一端依次安排，前面的范围中不要包含后面的范围，范围之间要互相排斥。如果写成程序三或程序四的形式，阅读起来要容易一些。

    程序三：

```
If x>=5 Then   F=x*x
If x>=3 And x<5 Then  F=Sin(x)
If x>=0 And x<3Then  F=Sqr(x)
If x<0 Then  F=Abs(x)
```

    程序四：

```
If x>=5
    F=x*x
    ElseIf x>=3 And x<5
          F=Sin(x)
          ElseIf x>=0 And x<3
                 F=Sqr(x)
               Else
                 F=Abs(x)
End If
```

    4. Select Case 语句表达式列表中不能使用条件表达式中的变量

    例如，上面分段函数的计算用 Select Case 结构实现，在 Case 子句中出现变量 x，运行时不管 x 的值多少，始终执行 Case Else 子句，运行结果不正确。

```
Select Case x
    Case x>=5
         F=x*x
    Case x>=3
         F=Sin(x)
    Case x>=0
         F=Sqr(x)
    Case Else
         F=Abs(x)
End Select
```

    若改为下面程序段，结果就正确了。

```
Select Case x
    Case Is >= 5
         F=x*x
    Case Is >= 3
         F=Sin(x)
    Case Is>=0
         F=Sqr(x)
    Case Else
         F=Abs(x)
End Select
```

5. 在 Select Case 语句的条件表达式中不能出现多个变量

例如：

```
Select Case x,y
    Case x*y>0
        Z=X*x+y*y
    Case y*y<0
        Z=x+y
End Select
```

编译时在"Select Case x,y"语句行会出现错误，同时 Case x*y>0 也是错误的。

习 题 三

一、选择题

1. Visual Basic 提供了结构化程序设计的三种基本结构，三种基本结构是_____。

（A）选择结构、循环结构、顺序结构

（B）递归结构、选择结构、循环结构

（C）选择结构、过程结构、顺序结构

（D）过程结构、输入输出结构、转向结构

2. 在窗体上画一个名称为 Command1 的命令按钮，然后编写如下事件过程：

```
Private Sub Command1_Click()
    x=-5
    If Sgn(x) Then
        y=Sgn(x^2)
    Else
        y=Sgn(x)
    End If
    Print y
End Sub
```

程序运行后，单击命令按钮，窗体上显示的是_____。

（A）−5   （B）1   （C）25   （D）−1

3. 下面程序段运行后，显示的结果是_____。

```
Dim x
If x Then Print x-1 Else Print x+1
```

（A）1   （B）0   （C）−1   （D）显示出错信息

4. 对于语句 If x=5 Then y=x，下列说法正确的是_____。

（A）x=5 和 y=x 均为赋值语句

（B）x=5 和 y =x 均为关系表达式

（C）x=5 为关系表达式，y=x 为赋值语句

（D）x=5 为赋值语句，y=x 为关系表达式

5. 下面程序段所实现的功能是求两个数中较的大数，_____是不正确的。

（A）Max=IIf(x>y,x,y)   （B）If x>y Then Max=x Else Max=y

（C）Max=x:If y>=x Then Max=y   （D）If y>=x Then Max=y:Max=x

6. 下列程序段执行的结果是_____。

```
x=10
y=20
If x>20 Then If y>20 Then x=x*3 Else x=x\2
Print x
```

（A）10   （B）20   （C）5   （D）30

7. 下面程序段，运行后显示的结果是_____。

```
Dim x
x=Int(Rnd(2))+3
Select Case x
    Case 5
        Print"优"
    Case 4
        Print"良"
    Case 3
        Print"及格"
    Case Else
        Print"不及格"
End Select
```

（A）优   （B）良   （C）及格   （D）不及格

8. 下面 If 语句可统计出符合性别为女、职称为教授或副教授、年龄小于 45 岁条件的人数，其中不正确的是_____。

（A）If sex="女" And age<45 And InStr(duty,"教授")>0   Then n=n+1

（B）If sex="女" And age<45 And duty="教授"And duty="副教授" Then n=n+1

（C）If sex="女" And age<45 And Right(duty,2)="教授" Then n=n+1

（D）If sex="女" And age<45 And (duty="教授"Or duty="副教授") Then n=n+1

9. 假定窗体上有一个文本框 Text1，若有以下事件过程：

```
Private Sub Text1_KeyPress(KeyAscii As Integer)
    If KeyAscii<65 Or KeyAscii>90 Then
        KeyAscii=0
     End If
End Sub
```

则在该文本框中只能接收_____。

（A）a～z 之间的字母字符   （B）65～90 的数字

（C）A～Z 之间的字母字符   （D）65 或 90 的数字

If y>=x Then Max=y   Max=x

10. 下面语句执行后，变量 w 中的值是_____。

W=Choose(Weekday("2008,5,1"),"Red","Green","Blue")

（A）Null   （B）"Red"   （C）"Blue"   （D）"Yellow"

二、填空题

1. 下面程序用于判断文本框中的数据，若其中数据满足除 3 余 2，则输出，否则清空文本框，重新将焦点定位在文本框 Text1 上。

```
Private Sub Command1_Click()
```

```
        x=Val(Text1)
        If   (1)  Then
            Print x
        Else
            Text1=""
            Text1.SetFouse
        End If
    End Sub
```

2. 在窗体上画一个文本框，文本框中输入数字字符，下面事件过程的功能是___(2)___。

```
Dim n%,m%
Private Sub Text1_KeyPress(KeyAscii As Integer)
    If KeyAscii=13 Then
        If IsNumeric(Text1) Then
            Select Case Text1 Mod 2
                Case 0
                    nn=nn+1
                Case Else
                    mm=mm+Text1
            End Select
        End If
        Text1=""
        Text1.SetFocus
    End If
End Sub
```

3. 下面的程序段是检查在文本框中输入的任意字符串中统计大写英文字母、小写英文字母和数字的个数，并显示相应的结果。程序运行时在文本框中一边输入，一边自动统计，以输入回车符作为输入结束的标志，最后显示结果。

```
Dim AA%,BB%,CC%
Private Sub Text1_keyPress(KeyAscii As Integer)
    If  (3)  Then
        AA=AA+1
    ElseIf  (4)  Then
        BB=BB+1
    ElseIf  (5)  Then
        (6)
    End If
    If KeyAscii=  (7)  Then
        Print"大写英文字母个数是"&AA
        Print"小写英文字母个数是"&BB
        Print"数字字符的个数是"&CC
    End If
End Sub
```

4. 利用 If 语句、Select Case 语句两种方法计算分段函数：

$$y = \begin{cases} x^2 + 3x + 2, & x > 20 \\ \sqrt{3x} - 2, & 10 \leq x \leq 20 \\ \dfrac{1}{x} + |x| & x < 10 \end{cases}$$

```
Sub Command1_Click()
    Dim x,y!
    x=Val(Text1.text)
    If  (8)  Then
    y=x*x+3*x+2
     ElseIf  (9)  Then
         y=1/x+Abs(x)
     Else
         y=Sqr(3*x)-2
     End If
     MsgBox("y="&y)
End Sub

Sub Command1_Click()
    x=Val(Text1.Text)
    Select Case x
    Case  (10)
        y=x*x+3*x+2
    Case  (11)
        y=1/x+Abs(x)
    Case Else
        y=Sqr(3*x)-2
    End Select
        MsgBox("y="&y)
End Sub
```

5. 输入一年份，判断它是否为闰年，并显示是否是闰年的有关信息。判断闰年的条件是：年份能被 4 整除但不能被 100 整除，或者能被 400 整除。

```
Sub Command1_Click()
    Dim y%
    y=Year(NOW)
    If  (12)  Or y Mod 400=0 Then
        MsgBox(y&"年是闰年")
    Else
        MsgBox(y&"年是平年")
    End If
End Sub
```

6. 用 InputBox 函数输入小于 40 的正整数。计算下面表达式的值，并在标签 Label1 输出。

$$s = \frac{1}{1 \times 2} + \frac{1}{2 \times 3} + \frac{1}{3 \times 4} + \frac{1}{4 \times 5} + \cdots + \frac{1}{n \times (n+1)}$$

```
Private sub Command1_Click()
    Dim n%,s!,i%
    n=Val(InputBox("输入n(1~40)"))
    Do While  (13)
        n=Val(InputBox("n 超出范围，请重新输入"))
        (14)
    s=0
    For i=1 To n
        s=s+  (15)
    Next i
        Label1="s="&s
End Sub
```

实　验　三

实验 3.1　字符的判别

通过输入框在变量 str 中存放一字符型数据，要求分辨出其首字符是大写字母字符、小写字母字符、数字字符或其他字符，显示出相关信息。

【实验目的】

（1）用输入对话框函数为变量提供数据。

（2）用字符串函数 Left 取出首字符的方法。

（3）学习用消息框输出信息。

（4）用 If 语句实现多分支选择结构。

【实验要求】

（1）创建新工程，在窗体上设计 Command1 命令按钮控件。

（2）为 Command1 命令按钮设计代码，实现相关功能。

（3）要求使用 InputBox 函数和 MsgBox 过程。

（4）要求使用 If 语句构造多分支结构。

【提示】

选择结构中无论有多少分支，在执行了其中一条分支后，其余分支就不会去执行了，所以条件排列的前后位置要考虑，不要出现逻辑错误。用逻辑运算符连接完整地将条件表达出来，也可防止出现逻辑错误。

```
Private Sub Command1_Click()
    Dim str As String
    str = InputBox("输入要处理的字符串")
    If Left(str, 1) >= "A" And Left(str, 1) <= "Z" Then
            MsgBox "字符串" & str & "的首字符是大写字母"
        ElseIf Left(str, 1) >= "a" And Left(str, 1) < "z" Then
            MsgBox "字符串" & str & " 的首字符是小写字母"
        ElseIf Left(str, 1) >= "0" And Left(str, 1) < "9" Then
            MsgBox "字符串" & str & "的首字符是数字"
        Else
            MsgBox "字符串" & str & "的首字符是其他字符"
    End If
End Sub
```

实验 3.2　分段函数计算

编一程序计算分段函数的值。

$$f(x) = \begin{cases} \sqrt{x^2 + y} & x, y\,\text{在一、三象限} \\ \dfrac{10x + \sqrt{3y}}{xy} & x, y\,\text{在二、四象限} \end{cases}$$

【实验目的】

（1）设计分段函数的计算程序。

（2）用文本框控件实现输入。对文本框输入的数据作合法性验证。

（3）计算结果用标签控件输出。

（4）掌握单分支 If 语句的正确使用。

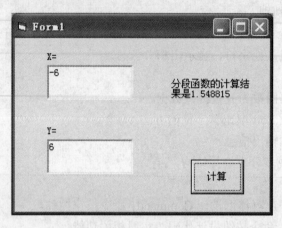

图 3.1　分段函数

【实验要求】

（1）设计包括有 Form1、Text1、Text2、Command1 和 Label1 等控件的程序运行界面。

（2）分别为 Command1 命令按钮设计代码，实现计算。

【提示】

注意数据类型的转换

```
Private Sub Form_Load()
    Text1.Text = ""
    Text2.Text = ""
End Sub
Private Sub Text1_LostFocus()
    If Not IsNumeric(Text1.Text) And Text1.Text <> "" Then
        Text1.Text = ""
        Text1.SetFocus
    End If
End Sub
Private Sub Text2_LostFocus()
    If Not IsNumeric(Text2.Text) And Text2.Text <> "" Then
        Text2.Text = ""
        Text2.SetFocus
    End If
End Sub
Private Sub Command1_Click()
    Dim intX As Integer, intY As Integer, sinF As Single
    intX = Val(Text1)
    intY = Val(Text2)
    sinF = Sqr(intX * intX + intY)
    If intX * intY < 0 Then sinF = (10 * intX + Sqr(3 * intY) )/ intX / intY
    Label1.Caption = "分段函数的计算结果是" & sinF
End Sub
```

实验 3.3　三个数的比较
任意输入三个数，比较它们的大小并按从大到小的次序显示，如图 3.2 所示。

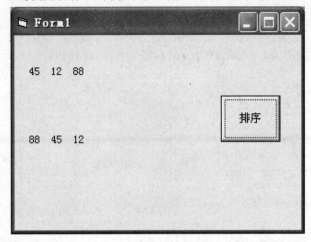

图 3.2　数的比较

【实验目的】
（1）掌握 If 语句的嵌套。
（2）用 InputBox 函数输入数据。
（3）辗转赋值算法。

【实验要求】
（1）设计包括有 Form1、Command1、Label1 和 Label2 控件的程序运行界面。
（2）Label1 上的初始内容为"排序前"，Label2 上的初始内容为"排序后"。
（3）为 Command1 命令按钮设计代码，实现三个数的辗转排序。

【提示】
（1）利用 InputBox 函数输入三个数，存放到数值型变量中，然后对其进行比较；若放在字符串变量中，有时会得到不正确的结果（因为字符串是从左到右的规则比较，例如，会出现"34">"2345">"126789"的情况）。
（2）对三个数进行排序，只能通过两两比较一般可用三条单分支 If 语句来实现。方法如下：
先将 x 与 y 比较，使得 $x>y$；然后将 x 与 z 比较，使得 $x>z$，此时 x 最大；最后将 y 与 z 比较，使得 $y>z$。
（3）要显示多个数据，可以用"；"逐一显示，也可利用"&"字符串连接符将多个变量连接显示。例如，要输出 x、y、z：
Print"排序后"";x;"　";y;"　";z "
Print"排序后"& x &　" "　&　y　&　" "　&z
程序代码如下：

```
Private Sub Form_Load()
    Label1.Caption = ""
    Label2.Caption = ""
End Sub
```

```
Private Sub Command1_Click()
    Dim x!, y!, z!, t!
    x = InputBox("x=")
    y = InputBox("y=")
    z = InputBox("z=")
    Label1.Caption = Label1.Caption + Format(x) + " " + Format(y) + " " +
Format(z)
    If y > x Then
        t = x: x = y: y = t
    End If
    If z > y Then
        t = y: y = z: z = t
        If y > x Then
            t = x: x = y: y = t
        End If
    End If
    Label2.Caption=Label2.Caption + Format(x) + " " + Format(y)+""+Format(z)
End Sub
```

实验 3.4　三角形判断

输入三角形三条边的值，根据其值，判断能否构成三角形。若能构成三角形，进一步显示出三角形的类别：等边三角形、直角三角形、任意三角形。

【实验目的】

（1）掌握简单程序的设计。

（2）实现输入/输出数据。

（3）数据类型的转换。

（4）掌握多边 If 语句的正确使用。

【实验要求】

（1）设计包括有 Form1、Command1 等控件的程序运行界面。

（2）分别为 Command1 命令按钮设计代码，实现三角形类型判断。

【提示】

```
Sub Command1_Click()
    Dim x%, y%, z%
    x = Val(InputBox("input x"))
    y = Val(InputBox("input y"))
    z = Val(InputBox("input z"))
    If x + y > x And x + z > y And y + z > x Then
        MsgBox ("能构成三角形")
        If x = y And y = z Then
            MsgBox ("是等边三角形")
        ElseIf x = y Or y = z Or x = z Then
            MsgBox ("是等腰三角形")
        ElseIf Sqr(x * x + y * y) = z Or Sqr(y * y + z * z) = x Or Sqr(x
* x + z * z) = y Then
            MsgBox ("是直角三角形")
        Else
```

```
            MsgBox ("是任意三角形")
        End If
           Else
            MsgBox ("不能构成三角形")
        End If
End Sub
```

实验 3.5　袖珍计算器

编一模拟袖珍计算器的完整程序，界面如图 3.3 所示。要求：输入两个操作数和一个操作符，根据操作符决定所做的运算。

【实验目的】

（1）掌握简单程序的设计。

（2）用文本框控件实现输入/输出数据的方法。

（3）数据类型的转换。

（4）掌握多边 If 语句的正确使用。

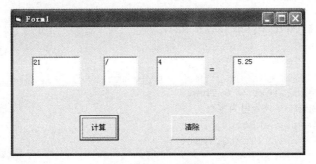

图 3.3　袖珍计算器

【实验要求】

（1）设计包括有 Form1、Text1、Text2、Text3、Text4、Command1、Command2 和 Label1 等控件的程序运行界面。

（2）分别为 Command1 和 Command2 命令按钮设计代码。

【提示】

（1）为了使程序运行正确，对存放运算符的文本框 Text3，应使用 Trim（Text）函数，去除运算符两边的空格。

（2）对于存放操作符的文本框 Text3，利用 Select Case 语句实现相应的运算。

```
Private Sub Form_Load()
    Text1.Text = ""
    Text2.Text = ""
    Text3.Text = ""
    Text4.Text = ""
End Sub

Private Sub Text1_LostFocus()
    If Not IsNumeric(Text1.Text) And Text1.Text <> "" Then
        Text1.Text = ""
        Text1.SetFocus
```

```vb
        End If
    End Sub

    Private Sub Text2_LostFocus()
        If Not IsNumeric(Text2.Text) And Text2.Text <> "" Then
            Text2.Text = ""
            Text2.SetFocus
        End If
    End Sub

    Private Sub Command1_Click()
        Dim x1!, x2!
        x1 = Val(Text1.Text)
        x2 = Val(Text2.Text)
        Select Case Trim(Text3.Text)
        Case "+"
            Text4.Text = Str(x1 + x2)
        Case "-"
            Text4.Text = Str(x1 - x2)
        Case "*"
            Text4.Text = Str(x1 * x2)
        Case "/"
            If Text2.Text = 0 Then
                MsgBox "分母为零"
                Text2.SetFocus
                x2 = Val(Text2.Text)
        End If
        Text4.Text = Str(x1 / x2)
        Case Else
            End
        End Select
    End Sub

    Private Sub Command2_Click()
        Text1.Text = ""
        Text2.Text = ""
        Text3.Text = ""
        Text4.Text = ""
    End Sub
```

第4章　循　环　结　构

4.1　基　本　要　求

（1）掌握 For 循环控制结构的使用。

（2）掌握 While Wend 循环控制结构的使用。

（3）掌握 Do 循环控制结构的使用。

（4）掌握多重循环控制结构的使用。

（5）掌握 Goto 等控制结构的使用。

（6）掌握如何控制循环条件，防止死循环或不循环。

4.2　For 循　环　结　构

For…Next 循环是计数型循环，是循环次数预知的循环控制结构。

一般格式为：

```
For <循环控制变量> = <初值> To <终值> [Step<步长>]
    <循环体1>
    [Exit For]
    <循环体2>
Next[<循环控制变量>]
```

【例4.1】　设计程序，要求每隔100，分别显示出 sin 函数的值。

循环变量可选择递增或递减变化。

```
Dim i%                              或者：  Dim i%
For i=0 To 360 Step 10                      For i=360 To 0 Step  -10
    Print Sin(i*3.14/180)                       Print Sin(i*3.14/180)
Next i                                      Next i
```

等价于：

```
        Dim i%
        i=0
Dot:If i<=360 Then
        Print Sin(i*3.14/180)
        i=i+10
        Goto Dot
    End If
```

说明：

（1）循环控制变量必须是数值型，循环的初值、终值和步长均为数值表达式。步长若为正，则初值应小于等于终值；反之，步长值若为负，初值应大于等于终值，否则不能执行循环体内的语句。缺省步长时默认值为1。循环的初值等于终值时循环执行一次。

（2）循环体内可包含一行或若干行语句。

（3）Next 是循环终端语句，其后的循环控制变量与 For 中的循环控制变量保持一致。单层循环时，Next 后的循环控制变量可以省略。

（4）循环的执行过程是：循环控制变量被赋初值，然后判断其值是否超过终值，如果超过就跳出循环，执行 Next 后的语句。没有超出，就执行循环体中的语句。遇 Next 语句，循环控制变量按步长增值，再重新判断是否超出终值，如此循环往复。

（5）循环次数是可以计算的，计算公式是：Int（终值−初值）/步长+1

（6）循环控制变量的值可以在循环体中引用，但一般不宜修改，否则会影响循环规律。退出循环后，循环控制变量的值仍然保留。

【例 4.2】　　显示值在 32～126 范围的 ASCII 字符，程序运行界面如图 4.1 所示。

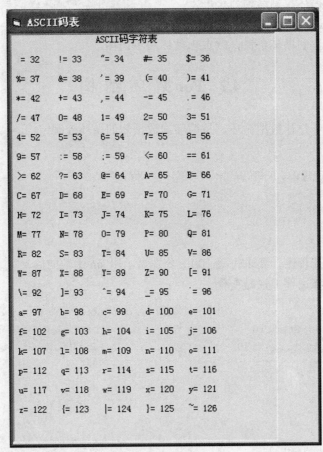

图 4.1　显示 ASCII 字符

程序代码如下：

```
Private Sub Picture1_Click()
    Dim asc As Integer, i As Integer
    Picture1.Print "                    ASCII 码字符表": Picture1.Print
    For asc = 32 To 126
        Picture1.Print Tab(9 * i + 2); Chr(asc); "="; asc;
        i = i + 1
```

```
        If i = 5 Then i = 0: Picture1.Print: Picture1.Print
    Next asc
End Sub
```

4.3　While…Wend 循环结构

格式如下：

```
While <条件表达式>
    [循环体]
Wend
```

功能：条件表达式值为真，执行循环体；否则，执行 Wend 后续的语句。

4.4　Do…Loop 循环结构

Do…Loop 循环结构是根据循环条件来决定是否循环的，格式有两类。

格式一：

```
Do [|While|Until|条件]
    [循环体 1]
    [Exit Do]
    [循环体 2]
Loop
```

格式二：

```
Do
    [循环体 1]
    [Exit Do]
    [循环体 2]
Loop [|While|Until|条件]
```

【例 4.3】　将［例 4.1]用 Do…Loop 循环结构实现。

```
Dim i%                         或者：Dim i%
i=0                                  i=0
Do Until i>360                       Do While i<=360
    Print Sin(i*3.14/180)                Print Sin(i*3.14/180)
    i=i+10                               i=i+10
Loop                                 Loop
```

说明：

（1）格式一是先判断后执行，有可能循环体一次也执行不到。格式二是先执行后判断，循环体至少要执行一次。

（2）关键字 While 是指当条件为 True 时执行循环体，Until 与其作用正好相反。

（3）省略［|While|Until|条件］子句表示是无条件循环。通过 Exit Do 或 Goto 语句可结束循环。

4.5　循 环 的 嵌 套

通常把循环体内又出现循环结构的现象称为循环的嵌套或多重循环。使用多重循环时要注意如下事项。

（1）多重循环的循环次数为每一重循环次数的乘积。

（2）外循环体内要完整地包含内循环结构，不能交叉。

（3）不能从循环体外转入循环体内，也不能从外循环转入内循环。

【例 4.4】　显示九九乘法表。

运行界面如图 4.2 所示。

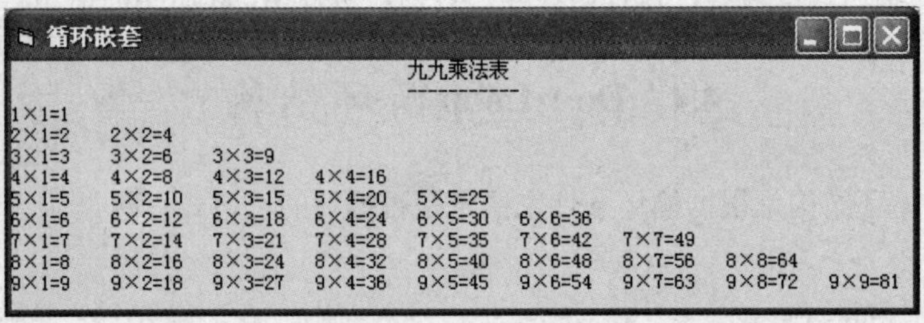

图 4.2　九九乘法表

程序代码为：

```
Private Sub Form_Click()
    Dim st As String
    Print Tab(40); "九九乘法表"
    Print Tab(40); "-----------"
    For i = 1 To 9
        For j = 1 To i
            st = i & "×" & j & "=" & i * j
            Print Tab((j - 1) * 10 + 1); st;
        Next j
        Print
    Next i
End Sub
```

4.6　其 他 控 制 语 句

（1）用 Goto 语句可以改变程序执行的顺序，跳过程序的某一部分去执行另一部分。语句形式如下：

Goto［标号|行号］

标号是以字母开头的字符序列，标号后应有冒号。行号是一个整型数。

（2）Exit 语句有多种形式，如 Exit For、Exit Do、Exit Sub、Exit Function 等，用于退出某种控制结构的执行。

（3）独立的 End 语句用于结束程序的运行，它可以放在任何事件过程中。

End 语句有多种形式，在控制语句或过程中经常使用，用于结束一个过程或块，如 End If、End Select、End with、End Type、End Function、End Sub 等，它与对应的语句配对使用。

（4）Stop 语句。Stop 语句用于暂停程序的运行，相当于在程序代码中设置了断点。当单击"继续"按钮，继续程序的运行。

（5）With 语句用于对某个对象执行一系列的语句，而不用重复指出对象的名称。形式为：

```
With 对象
    语句块
End With
```

【例 4.5】　判断一个数是否素数。

```
Private Sub Command1_Click()
    Dim i%, mm%, Tag As Boolean
    mm = Val(Text1)
    Tag = True
    For i = 2 To mm - 1
        If (mm Mod i) = 0 Then Tag = False
    Next i
    If Tag Then Picture1.Print mm & "    是素数"
End Sub
```

界面如图 4.3 所示。

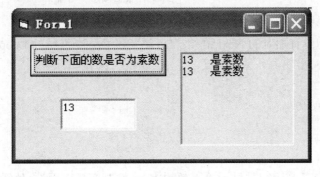

图 4.3　判断素数

4.7　错误和难点

1. 在循环内尽量不改变循环控制变量

循环控制变量在循环体内可以引用，但其值最好不要被改动。如果初值、终值、步长中包含变量，变量的值在循环体中被改变了，并不会影响循环次数。

例如，下面程序中，循环控制变量的引用和赋值将影响循环次数，引起混乱。

```
Private Sub Command1_Click()
    For i=1 To 20
        s=s+i
        Print i;
```

```
        Next i
        Print
End Sub
Private Sub Command2_Click()
    For i=1 To 20
        i=i+2
        Print i;
    Next i
    Print
End Sub
```

2．不循环或死循环的问题

对于 For 循环，出现不循环或死循环的情况主要是初值、终值、步长的设置有问题。对于 While 循环，出现不循环或死循环的情况主要是循环条件的设置问题或者在循环体中没有对的关控制循环的参数进行调整。

例如，以下循环语句不执行循环体：

```
For i=10 To 20 Step -1      '步长为负，初值必须大于等于终值，才能循环
For i=20 To 10              '步长为正，初值必须小于等于终值，才能循环
Do While False             '循环条件永远不满足，不循环
```

例如，以下循环语句为死循环：

```
For I=10 To 20 Step 0       '步长为零，死循环
Do While 1                  '循环条件永远满足，死循环
```

3．循环结构中缺少配对的结束语句

For…Next 语句没有配对的 Next 语句；Do 语句没有一个终结的 Loop 语句等。

4．循环嵌套时，出现内外循环交叉

```
For i=1 To 4
    For j=1 To 5
    …
    Next i
Next j
```

上述循环体的交叉，运行时显示"无效的 Next 控制变量引用"。外循环必须完全包含内循环，不得交叉。

5．循环结构与 If 块结构交叉

```
For i=1 To 4
    If 表达式 Then
    …
Next i
    End If
```

正确的做法是应该为 If 结构完全包含循环结构，或者循环结构完全包含 If 结构。

6．累加、连乘时，存放累加、连乘结果的变量赋初值的问题

（1）单循环。在单循环中，存放累加、连乘结果的变量初值设置应放在循环语句前。

例如，求 1～100 之间的 3 的倍数之和，结果存入 Sum 变量，分析如下程序段的输出结果。

```
Private Sub Form_Click()
    For i=3 To 100 Step 3
        Sum=0
        Sum=Sum+i
    Next i
    Print Sum
End Sub
```

（2）多重循环。在多重循环中，存放累加、连乘结果的变量初值设置应放在外循环语句前，还是内循环语句前，这要视具体问题分别对待。

例如，30 位学生参加三门课程的期末考试，以下是用程序实现求每个学生的三门课程的平均成绩，应如何改进？

```
Aver=0
For i=1 To 30
    For j=1 To 3
        M=InputBox("输入第"&j&"门课的成绩")
        Aver=Aver+m
    Next j
    Aver=Aver/3
    Print Aver
Next i
```

习 题 四

一、选择题

1. 以下_____是正确的 For…Next 结构

　（A）For =1 To 20 Step 10　　　　（B）For x=3 To -3 Step -3

　　　…　　　　　　　　　　　　　　　…

　　　Next x　　　　　　　　　　　　Next x

　（C）For x=1 To 10　　　　　　　（D）For i=3 To 10 Step 3

　　　Re:　　　　　　　　　　　　　…

　　　Next x　　　　　　　　　　　　Next y

　　　If i=10 Then Goto re

2. 下列循环结构不能正常结束循环的是_____。

　（A）i=5　　　　　　　　　　　　（B）i=1

　　　Do　　　　　　　　　　　　　Do

　　　　i=i+1　　　　　　　　　　　i=i+4

　　　Loop Until i<0　　　　　　　Loop Until i=17

　（C）i=10　　　　　　　　　　　（D）i=6

　　　Do　　　　　　　　　　　　　Do

　　　　i=i-1　　　　　　　　　　　i=i-2

　　　Loop Until i<10　　　　　　　Loop Until i=0

3. 下面程序段的运行结果为_____。

```
For  i=1 To  2
  For  j=1 To  i
      A=a+1
  Next j
Next i
```

完成二重循环后，变量 a 中的值是_____。

（A）2　　　　　　　（B）3　　　　　　（C）6　　　　　　（D）4

4. 当在文本框中输入“ABCD”4 个字符时，窗体上显示的是_____。

```
Private Sub Text1_Change()
    Print Text1;
End Sub
```

（A）ABCD　　　　　　　　　　（B）AABABCABCD

（C）ABCDBCD　　　　　　　　（D）DCBA

5. 下列_____程序段不能分别正确显示 1!、2!、3!、4!的值。

（A）For i=1 To 4　　　　　　（B）For i=1 To 4

　　　 n=1　　　　　　　　　　　　 n=1

　　　 For j=1 To i　　　　　　　　 For j=1 To i

　　　 n=n*j　　　　　　　　　　　 n=n*j

　　　 Next j　　　　　　　　　　　 Print n

　　　　 Print n　　　　　　　　　 Next j

　　　 Next i　　　　　　　　　　　 Next i

（C）n=1　　　　　　　　　　（D）n=1

　　　 For j=1 To 4　　　　　　　　 j=1

　　　 n=n*j　　　　　　　　　　 Do While j<=4

　　　 Print n　　　　　　　　　　　 j=j+1

　　　 Next j　　　　　　　　　　　 n=n*j

　　　　　　　　　　　　　　　　　 Print n

　　　　　　　　　　　　　　　　　 Loop

6. 下列关于 Do…Loop 循环结构执行循环体次数的描述正确的是_____。

（A）Do While…Loop 循环和 Do…Loop Until 循环至少都执行一次

（B）Do While…Loop 循环和 Do…Loop Until 循环可能都不执行

（C）Do While…Loop 循环至少执行一次，Do…Loop Until 循环可能不执行

（D）Do While…Loop 循环可能不执行，Do…Loop Until 循环至少执行一次

7. 下面的程序段的运行结果为_____。

```
Private Sub Command1_Click()
    A="ABBACDDCBA"
    For i=6 To2 Step -2
        X=Mid(A,i,2)
        Y=Left(A,i)
```

```
        Z=Right(A,i)
        Z=X&Y&Z
    Next i
    Print Z
End Sub
```

（A）AABAAB　　（B）BBABBA　　（C）ABBABA　　（D）ABA

二、填空题

1. 下面程序段显示___(1)___个 "*"。

```
For i=1 To 4
    For j=i To 3
        Print "*";
    Next j
Next i
```

2. 下列程序段的执行结果为___(2)___。

```
N=10
For k=N To 1 Step -1
    x=Sqr(k)
    x=x-2
Next k
Print x-2
```

3. 下列程序中的循环共执行了___(3)___次，变量 n 的显示结果是___(4)___。

```
Private Sub Form_Click()
    Dim m As Integer,n As Integer,r As Integer
    m=18:n=12
    r=m Mod n
    Do While r<>0
        m=n:n=r:r=m Mod n
    Loop
    Print n
End Sub
```

4. 输入任意长度的字符串，要求将字符顺序倒置。

```
Private Sub Command1_Click()
    Dim a$,i%,c$,d$,n%
    a=InputBox$("输入字符串")
    n=  (5)
    For i=1 To  (6)
        c=Mid(a,i,1)
        Mid(a,i,1)=  (7)
          (8)  =c
    Next i
    Print a
End Sub
```

5. 找出被 9、17 除，余数均为 5 的最小的 10 个正整数。

```
Private Sub Command1_Click()
    Dim Count N%,n%
```

```
CountN=0
n=1
Do
  n=n+1
  If  (9)  Then
      Print n
      CountN=CountN+1
  End If
Loop  (10)
End Sub
```

6　有一个长阶梯，如果每步跨 2 阶最后剩 1 阶，如果每步跨 3 阶最后剩 2 阶，如果每步跨 4 阶最后剩 3 阶，如果每步跨 5 阶最后剩 4 阶，如果每步跨 6 阶最后剩 5 阶，只有当如果每步跨 7 阶时恰好走完，显示这个阶梯至少要有多少阶？

```
Sub Command1_Click()
    Dim n%,m%
    For n=7 To 10000 Step 7
      If n Mod 2=1 And  (11)  Then
      Print n
      (12)
    End if
    Next n
End Sub
```

7．期末某班在一周 6 天内考三门分别为 x，y，z 的考试课程，规定一天只能考一门，课程依次按先考 x，后考 y，最后考 z，最后一门课程最早周五考。用计算机排考试，列出满足条件的方案和方案数。

```
Sub Command1_Click()
    Dim x%,y%,z%,n%
    n=0
    For x=1 To 4
        For y=  (13)  To 5
            For z=5 To 6
                If  (14)  And y<z Then
                    Print x&Space(9)&y*Space(9)&z
                    (15)
                End If
            Next x
        Next y .
    Next x
    (16)  "满足条件的方案数为："&n
End Sub
```

8．某次大奖赛，有 7 个评委打分，如下程序对一名参赛者，输入 7 个评委的打分分数，去掉一个最高分、一个最低分后，求出平均分为该参赛者的得分。

```
Sub Command1_Click()
    Dim mark!,aver!,i%,max1!,min!
    Aver=0
```

```
      For i=1 To 7
        mark=InputBox("输入第"&I&"位评委的打分")
      If i=1 Then
        max1=mark   (17)
      Else
        If mark<min1 Then
          (18)
        ElseIf mark>max1 Then
          (19)
        End If
      End If
        (20)
    Next i
    aver=   (21)
    Print aver
  End Sub
```

9. 下面程序功能是判断 100 以内的孪生素数。所谓"孪生素数"是指两个数相差 2 的素数对。

```
Private SuB Command1_Click()
    Dim p1 As Boolean, p2 As Boolean, i% ,j%
    p1=True
    For i=5 To  97  Step 2
        For  j=2  To  Sqr(i)
            If  i Mod j=0  Then   (22)
        Next j
        If  j>Sqr(i)  Then  p2=True Else p2=False
        If   (23)   Then
          Print i-2,i
        End  If
        P1=   (24)
    Next  i
End Sub
```

实 验 四

实验 4.1 多形状的乘法表
用多重循环结构，在窗体显示出矩形、上三角和下三角形状的九九乘法表。
【实验目的】
（1）掌握双重循环结构的使用。
（2）学习使用 Tab 函数。
（3）学习控制由字符组成的图形。
【实验要求】
（1）创建新工程，在窗体上设计 Command1 命令按钮。

（2）为 Command1 控件设计代码，实现所要求的功能。

（3）要求使用双重循环结构。

（4）要求使用 If 语句控制每行上显示的项数。

（5）在程序中设置标号，用 Goto 语句进行转移。

【提示】

在显示九九乘法表时，分用循环控制变量作为乘数，用 If 语句来控制图形。

参考代码如下：

```
Private Sub Command1_Click()
    Print Tab(35);" 乘法表"
    For i=1 To 9
        For j=1 To 9
            Print Tab(j-1)*9+1);i&"×"&j&"="&i*j;
            If i<=j Then Goto Ck
        Next j
Ck: Print
    Next i
End Sub
```

实验 4.2　级数和

计算 $s=1+\dfrac{1}{2}+\dfrac{1}{4}+\dfrac{1}{7}+\dfrac{1}{11}+\dfrac{1}{16}+\dfrac{1}{22}+\dfrac{1}{29}+\cdots$，当第 i 项的值 $<10^{-5}$ 时结束。

【实验目的】

（1）掌握双重循环结构的使用。

（2）分析计算部分级数和的算法。

（3）学习控制部分级数和计算精度。

【实验要求】

（1）创建新工程，在窗体上设计 Command1 和 Command2 两个命令按钮。

（2）为 Command1 和 Command2 控件设计代码，实现所要求的功能。

（3）分析级数，写出通项。

【提示】

本题的关键是找规律写通项。本题规律为：第 i 项的分母是前一项的分母加 i 开始计数。即分母通项为：$T_i=T_{i-1}+i$。

因为事先不知循环次数，所以应使用 Do While 循环结构；当然也可使用 For 循环结构，设置循环的终值为一个较大的值。

代码如下：

方案一：Do While 循环结构

```
Private Sub Command1_Click()
    Dim s!,t!,i&
    s=1
    t=1
    i=1
    Do While 1/t>0.00001
        t=t+i
```

```
        s=s+1/t
        i=i+1
    Loop
    Print "Do While 结构";s,i-1;"项"
End Sub
```

方案二：For 循环结构

```
Private Sub Command2_Click()
    Dim s!,t!,i&
    s=1
    t=1
    For i=1 To 100000
      t=t+i
      s=s+1/t
      If 1/t<0.00001 Then Exit For
    Next i
    Print "For 结构";s,i;"项"
End Sub
```

实验 4.3 计算圆周率

计算 π 的近似值，π 的计算公式为

$$\pi = 2 \times \frac{2^2}{1\times3} \times \frac{4^2}{3\times5} \times \frac{6^2}{5\times7} \times \cdots \times \frac{(2n)^2}{(2n-1)\times(2n+1)}$$

【实验目的】

（1）掌握双重循环结构的使用。

（2）分析计算部分级数和的算法。

（3）学习控制部分级数和计算精度。

【实验要求】

（1）创建新工程，在窗体上设计 Command1 和 Command2 两个命令按钮。

（2）为命令按钮控件设计代码，实现所要求的功能。

（3）分析计算公式，找出其中的规律。

【提示】

注意：

（1）分别显示当 $n = 10$，100，1000 时的结果。由此可见，此计算公式收敛程度如何？

（2）同时要防止大数相乘时结果溢出的问题，将变量类型改为长整型或实数类型。

代码如下：

方案一： Do While 循环结构

```
Private Sub Command1_Click()
    Dim s ,t ,i as Integer
    s=1
    t=2
    i=1
    Do While i<10
        s=s*t
```

```
        t=(2*i)*(2*i)/(2*i-1)/(2*i+1)
        i=i+1
    Loop
    Print "Do While 结构";s,i-1;"项"
End Sub
```

方案二：For 循环结构

```
Private Sub Command2_Click()
    Dim s ,t ,i as Integer
    s=1
    t=2
    For i=1 To 10
      s=s*t
      t=(2*i)*(2*i)/(2*i-1)/(2*i+1)
    Next i
    Print "For 结构";s,i;"项"
End Sub
```

实验 4.4   整数和

求 $S_n=a+aa+aaa+aaaa+\cdots+aa\cdots aaa$（$n$ 个 a），其中 a 是一个由随机数产生的 1～9（包括 1、9）之间的一个正整数，n 是一个由随机数产生的 5～10（包括 5、10）之间的一个数。例如，当 $a=2$，$n=5$ 时，$S_n=2+22+222+2222+22222$。

【实验目的】

（1）掌握循环的正确使用。

（2）学习累加累乘算法。

（3）学会根据问题的要求找规律、写通项。

【实验要求】

（1）创建新工程，在窗体上设计 Command1 命令按钮。

（2）为 Command1 控件设计代码，实现所要求的功能。

（3）分析级数，写出通项。

【提示】

该题的关键在于通项 T 是一个不断在原有基础上增加 1 位的过程，通项关系为：

```
Ti+1=Ti*10+a
T 的初值为 0
```

【程序】

```
Private Sub Command1_Click()
    Dim s!,t!,a%,n%,i%
    a=Int(Rnd*9+1)
    n=Int(Rnd*6+5)
    t=0:s=0
    Print "a=";a,"n=";n
    For i=1 To n
        t=t*10+a
        s=s+t
        Print t;
    Next i
    Print
```

```
    Print"s=";s
End Sub
```

实验 4.5　水仙花数

编一个程序，显示出所有的水仙花数。所谓水仙花数，是指一个 3 位数，其各位数字立方和等于该数字本身。例如，153 是水仙花数，因为 $153 = 1^3 + 5^3 + 3^3$。

【实验目的】

学习试凑算法。

【实验要求】

（1）创建新工程，在窗体上设计 Command1 命令按钮。

（2）为 Command1 控件设计代码，实现所要求的功能。

（3）分析算法，写出代码。

【提示】

试凑法也称穷举法或枚举法，即利用计算机高速运算的特点将可能出现的情况一一罗列，判断其是否满足条件，通常采用循环结构来实现。

解该题的方法有两种：

（1）利用三重循环，将三个数连接成一个 3 位数进行判断。

例如，将 1~9 连接成一个 9 位数 123456789，程序段如下：

```
s=0
For i=1 to 9
    s=s*10+i
Next i
```

（2）利用单循环将一个 3 位数逐位分离后进行判断。

例如，将一个 9 位数 123456789，从右边开始逐位分离，程序段如下：

```
S=123456789
Do While s>0
    s1=s Mod 10
    s=s\10
    Print s1;
Loop
```

代码如下：

```
Private Sub Command1_Click()
    Dim x%, y%, z%, s%
    Print"水仙花数为："
    For x=1 To 9
        For y=1 To 9
            For z=1 To 9
                s=x*100+y*10+z
                If s=x^3+y^3+z^3 Then Print s
            Next z
        Next y
    Next x
End Sub
```

实验 4.6　猴子吃桃

猴子吃桃子问题。小猴子在一天摘了若干桃子，当天吃掉一半多一个；第二天接着吃了剩余桃子的一半多一个；以后每天都吃尚存桃子的一半多一个，到第七天早上要吃时只剩下一个了，问小猴子最初共摘下多少个桃子？

【实验目的】

学习迭代算法。

【实验要求】

（1）创建新工程。

（2）为 Form1 控件设计代码，实现所要求的功能。

（3）分析算法，写出迭代式。

【提示】

递推法又称为迭代法，其基本思想是把一个复杂的计算过程转化为简单过程的多次重复。每次重复都在旧值的基础上递推出新值，并由新值代替旧值。

猴子吃桃子问题是一个递推问题，先从最后一天推出倒数第二天的桃子，再从倒数第二天的桃子推出倒数第三天的桃子，依次类推。

设第 n 天的桃子为 x_n，那么它是前一天的桃子数 x_{n-1} 的 1/2 减去 1。

即：$x_n = x_{n-1}/2 - 1$，也就是：$x_{n-1} = (x_n + 1) \times 2$。

代码如下：

```
Private Sub Form_Click()
    Dim n%,i%
    x=1
    Print "第七天的桃子数为：1 只"
    For i=6 To 1 Step -1
        x=(x+1)*2
        Print"第";i;"天的桃子数为：";x;"只"
    Next i
End Sub
```

第 5 章　数　　组

5.1　基　本　要　求

（1）掌握数组的定义和声明。
（2）学会引用数组元素。
（3）掌握固定长度数组的使用。
（4）掌握动态数组的使用。
（5）掌握数组的基本操作和常用算法。
（6）掌握列表框和组合框的使用。
（7）掌握自定义类型及数组的使用。

5.2　数　组　的　概　念

5.2.1　引例

【例 5.1】　随机产生 100 个 0～100 之间的随机整数，存入数组 data。在数组中求出所有能被 3 整除的数的平均值，再求出高于该平均值的数据个数。

```
Private Sub Form_Click()
    Dim data(1 To 100)  As Integer
    Dim sum!, aver!, n%, i%, m%
    n = 0: sum = 0
    For i = 1 To 100
        data(i) = Int(Rnd * 101)
        If data(i) Mod 3 = 0 Then n = n + 1: sum = sum + data(i)
    Next i
    aver = sum / n
    m = 0
    For i = 1 To 100
        If data(i) > aver Then m = m + 1
    Next i
    Print "平均值是"; aver, "共有"; m; "个数高于平均值"
End Sub
```

5.2.2　概念分析

在 [例 5.1] 中可以看出，数组用于存放一组具有相同性质的数据，这一组数据在程序中多个被使用。由于引用数组中的元素是根据下标的，较有规律，十分方便。数组是一种数据结构。例如，在上面程序中的 data 数组中就存放了 100 个随机生成的整数，是一种线性表的结构。

数组要用数组名来标识，而且必须先声明后使用。根据声明时是否能确定数组中元素的个数，可分为定长数组和不定长数组，也可称为静态数组和动态数组。

根据声明时设置的下标个数，数组可分为一维数组和多维数组。一维数组用一个下标就可确定数组元素的位置，二维或多维数组要有两个或多个下标。

5.3 静 态 数 组 的 声 明

在数组声明时就能确定元素个数的数组为静态数组。根据对静态数组的声明情况，系统在编译时会在内存中预先为其分配存储空间。在程序运行过程中静态数组的大小是不能改变的。当然程序运行结束后，系统也会收回为静态数组分配的存储空间。

数组声明语句：

Dim 数组名([下界 To]上界[,[下界 To]上界[,…]])[As 数组数据类型]

声明数组实际上就是在为系统编译程序提供数组名、数组维数、数组大小、数组的数据类型等信息。

例如：
```
Dim student(5)  As  Integer
Dim course(10,10)  As  String*3
```

第一句声明的数组的数组名是 student、整型、一维、包含有 6 个元素、下标范围是 0～5。第二句声明的数组的数组名是 course、字符型、每个数组元素可放 3 个字符、二维、两个下标的范围都是 0～10、共有 11×11 个元素。

说明：

（1）数组名的命名规则与简单变量名相同。

（2）声明静态数组时，数组的下界、上界必须为常数，不能为表达式或变量。其中下界最小值为–32 768，最大上界为 32 767。

（3）下界的值可以省略，缺省默认值为 0，在窗体层或标准模块层中，可用 Option Base 语句重新设置缺省下界时的默认值。

例如：Option Base 1

可将下界的缺省默认值设置为 1。

（4）缺省数据类型时，缺省是变体类型。变体类型数组中的各元素可以取不同数据类型。

（5）声明数组后，数值型数组中的全部元素的初始值为 0，字符型数组中的全部元素的初始值为空字符串。

（6）通常线性表可用一维数组表示，平面矩阵数据对应二维数组，存放三维空间数据则要用三维数组。

【例 5.2】 声明静态数组。

```
Dim a(5)  As  Integer
Dim b(3,3)  As  Integer
Dim c(3,3,3)  As  Integer
```

a 数组所对应的是有 6 个元素的线性表，b 数组对应一个 4 行 4 列的矩阵，c 数组所表示的是 4×4×4 的三维空间数据。

5.4　动态数组的声明和重新定义

动态数组是指在声明数组时不能确定数组大小，在使用时对数组的大小再重新定义。动态数组能更加有效地利用存储空间。在程序运行中能为动态数组重新分配存储空间的语句是 ReDim。

动态数组的建立有两个步骤。

首先要声明数组，格式为：

Dim 数组名() [As 数据类型]

其次是数组重新定义，格式为：

ReDim [Preserve] 数组名([下界 To]上界[,[下界 To]上界],…]]) [As 类型]

声明数组时数组名后的括号中为空，表示不能确定数组的大小和维数。

【例 5.3】　声明动态数组。

```
Dim a() As String
Sub Form_Clock()
    …
    ReDim a(8,8)
    …
End Sub
```

说明：

（1）Dim 语句是说明性语句，可以出现在程序的任何地方，而 ReDim 语句是可执行语句，只能出现在过程中。

（2）重新定义时，动态数组的上界、下界可以是已经赋值的变量或表达式。

（3）重新定义时，加关键字 Preserve，可以保持数组中原来的数据。若在多维数组中使用 Preserve，则在重定义时只能改变数组最后一维的大小，前面几维的大小不能变。

（4）用 Dim 语句说明数组时，数据类型可以省略，默认为变体类型。在 ReDim 中，数组数据类型也可以省略，会自动与用 Dim 语句说明数组时的数据类型保持一致。如果有数据类型，则必须与在 Dim 语句声明时保持一致。

5.5　数　组　的　操　作

1. 数组元素的引用

数组元素是包含在数组中的一项数据，其在数组中的位置通过下标来表示。引用数组元素的形式如下：

数组名(下标 1[,下标 2…])

例如：a(6)、b(8,9)

说明：

（1）数组元素的下标可以是整型的常数、变量、表达式，甚至是一个数组元素。

（2）数组元素下标的取值范围是在声明数组时设置的，从下界到上界，包括下界和上界。

（3）程序中使用数组元素的方法与简单变量的用法相同。

2. 数组数据的输入

用数组赋值函数 Array 可以给一个一维数组赋值，形式为：

变量名=Array(常量列表)

其中的变量名就是数组名，且必须声明成变体型。函数中的常量列表中不同常量要以逗号分隔。赋值后所产生的效果是以变量名为数组名的一维数组各元素的值与函数常量列表的值一一对应。

【例5.4】 生成数组并引用。

```
Dim str,i%
    Str=Array("a","b","c","d")
    For i=LBound(str) To Ubound(str)
        Print str(i)
    Next i
```

【例5.5】 利用文本框或输入对话框为数组提供数据。

```
Dim value(2,2)  As Integer
For i=0 To 2
    For j=0 To 2
        Value(i,j)=Val(InputBox("输入下标为"&i","&j&"的数组元素值"))
    Next j
Next i
```

3. 数组数据的输出

利用循环语句，可以方便地实现数组输出。

【例5.6】 输出一个三行三列的字符矩阵。

代码如下：

```
For i=0 To 2
    For j=0 To 2
        Print Tab(j*5+1);value(i,j);
    Next j
    Print
Next i
```

4. 找数组中的最大值或最小值元素及其下标

找数组中的最大值或最小值时所采用的是打擂台的算法，先预设一个数，然后和数组中的其他元素逐一比较，最后得到结果。

【例5.7】 数组中求最大值、最小值。

```
Dim a,i%,min%,imin%,max%,imax%
    a=Array(13,15,9,78,76,67,12,23,99,5,7)
    min=a(0):imin=0:max= a(0):imax=0
    For i=0 to Ubound (A)
        If a(i)<min Then min=a(i):imin=i
        If a(i)>max Then max=a(i):imax=i
    Next i
    Print"数组中的最大元素是";max, "最大元素的下标是";imax
    Print"数组中的最小元素是";min, "最小元素的下标是";imin
```

上面的代码中没有考虑并列数情况,最大数或最小数有多元素相同的情况,取排在前面的。

5. 数组求和及平均

数组求和很方便,只需设置累加变量,在循环中进行累加运算就可以实现。

【例5.8】　数组求和、求平均值。

```
Aver=a(0):sum=a(0)
For i=0 to Ubound(a)
    Sum=sum+a(i)
    Next i
Aver=sum/( Ubound(a)+1)
Print"数组元素和是"; sum, "数组的平均值是"; a(0)
```

6. 排序

数组排序的算法很多,常用的有选择法、冒泡法、插入法、合并法等。

选择排序法的基本思路是:如果是对有 m 个元素的数组作递增排序,就在数组搜索中搜索 $m-1$ 次,每次将最小数交换到前面去。前面已经被交换确定的元素下一轮次就不参加搜索了。递减排序时只需每次将大的数交换到前面去即可。

【例5.9】　选择排序法。

```
n=Ubound(a)
For i=0 to n-1
    imin=i
    For j=i+1 To n
        If a(j)<a(imin) Then imin=j
    Next j
    t=a(i): a(i)=a(imin):a(imin)=t
Next i
For i=0 To n
    Print a(i);
Next i
```

冒泡排序法的基本思想是:对于有 m 个元素的数组要作递增排序,就在数组中作 $m-1$ 轮两两相邻数的比较,把较大的数放在后面,这样一轮比较下来,最大的数就沉淀到最后了。在下一轮继续进行两两相邻数比较时,后面已经被沉淀下来的数据就不参加了。作递减排序时,每一轮中需要将小的数沉淀下去。

【例5.10】　冒泡排序法。

```
n=Ubound (a)
For i=0 to n-1
    For j=0 To n-1-i
    If a(j)>a(j+1) Then t=a(j):a(j)=a(j+1):a(j+1)=t
    Next j
Next i
For i=0 To n
    Print a(i);
Next i
```

插入排序法的思路是:在有序数组中要插入一个数,首先要查找待插入数据在数组中的下标位置 k,然后从最后一个元素开始把数据向后移,直到下标为 k 的数组元素为止。在空

出来的第 k 个位置上将数据插入。

【例 5.11】 a 数组是一递增排列的数组，从文本框输入一个数，将这个数插入数组。
代码如下：

```
n=Ubound(a)
x=Val(Text1)
For i=0 to n
    If x<a(i) Then Exit For
next i
k=i
ReDim Preserve a(n+1)
For i=n to k Step -1
    A(i+1)=a(i)
Next i
A(k)=x
```

在有序数组中删除数据的操作与插入操作正好相反，就是先要找到要删除的元素的下标位置 k，然后从 $k+1$ 下标位置上的字符开始，将后续字符逐个向前移动一个字符位，最后将数组的元素个数减去 1。

【例 5.12】 删除数据。

```
n=Ubound(a)
x=Val(Text1)
For i=0 to n
    If x=a(i) Then Exit For
Next i
k=i
For i=k to n-1
    a(i)=a(i+1)
Next i
ReDim Preserve a(n-1)
```

7. 查找

查找算法也不少，如顺序法、二分法等。顺序查找就是要逐个比较，直至搜索完。

【例 5.13】 顺序查找。

```
n=Ubound(a)
x=Val(Text1)
For i=0 to n
    If x=a(i) Then Exit For
Next i
k=i
```

二分查找法是在有序的数组中进行的。每一次查找直接取数组的中点值，将其与要找的数作大小比较，这样可以排除掉一半，直至找到或范围为零。用二分查找法能使范围迅速变小，对有一定数据量的数组，其查找的效率是比较高的。

【例 5.14】 a 数组是递增排列的数组，二分查找的代码如下：

```
x=Val(Text1)
m=Lbound(a):n=Ubound(a)
Do
```

```
Abc: L=Int((m+n)/2)
   If x=a(L) or m>n Then Print "找到": goto def
   If x>a(L) Then m=L+1 Else n=L-1
   If m>n Then Print "没有找到": goto def
Loop
Def:
```

5.6　数组中使用的函数

LBound 函数用来返回数组的下界，UBound 函数用来返回数组的上界。这两个函数对提升程序的通用性有一定的作用。代码中确定数组的上下界，可通过 UBound 和 LBound 函数来实现。

【例 5.15】　一维数组上下界函数。

```
For i=Lbound(a) To Ubound(a)
    Print a(i);"  ";
Next i
```

多维数组中要确定指定维的上下界，需要增加一个能明确是第几维的参数，缺省时默认为第一维。

【例 5.16】　多维数组上下界函数。

```
Dim a(9,12,8) As string*5
i=Ubound(a)
i1=Ubound(a,1)
j=Ubound(a,2)
k=Ubound(a,3)
```

上面代码中变量 i、i1 取得第一维上界，变量 j、k 分别取得第二、第三维的上界。

利用 Array 函数可对数组进行赋值，但要注意只能用 Variant 型的变量或动态数组。

【例 5.17】　Array 函数。

```
Dim a()
A= Array(5,2,4,6,9)
```

或

```
Dim a
A=Array(5,2,4,6,9)
```

而下面三种情况都是不正确的。

```
Dim a(1 To 5)
A=Array(5,2,4,6,9)
```

```
Dim a As Integer
A=Array(5,2,4,6,9)
```

```
Dim a
A()=Array(5,2,4,6,9)
```

赋值后，数组空间的大小由所赋给值的个数来决定。

Split 函数的作用是，先用字符串用分隔符分隔，再将分隔成的各项数据放到数组中去。

Join 函数的作用与 Split 函数相反，它是将数组中各元素用分隔符连接，再组合成一个字符串。

【例 5.18】 Split 函数和 Join 函数。

```
Dim a() As String
Temp="12,aa,bb,cc,89,23,45,"
a=Split(temp,",")
Text2=Join(a,"-")
```

执行后在数组 a 中就具有 7 个字符元素，而 Text2 是根据数组 a 中的元素，重新用 "-" 连接组合成一串新字符。

5.7 列表框和组合框

列表框和组合框的实质就是存放项目列表的一维数组，项目列表通常是一字符串。列表框和组合框以可视化形式显示项目列表，比较直观。利用列表框和组合框的属性和方法，可方便地对数组进行添加、删除、修改、选择、排序和查找操作。

列表框和组合框的用法基本相同，但也有差异。列表框是一个可显示多个项目的列表，用户可在其中选择一个或多个列表项目，但不能修改其中的内容。

列表框的主要属性如下。

List：是一个字符数组，用于存放列表项目值，可以在属性窗口或代码窗口中设置。例如，List1.List(0)="Visual Basic"

ListIndex：是一个整型数，表示程序运行时被选定的项目的时序号。所有项目都未选中，其值为–1。例如，选中第 5 项，则 ListIndex 的值是 4。只能在代码中设置或引用。

ListCount：是一个整型数，表示列表框中项目的总数，只能在代码中使用。列表框 List 数组的下标范围就可以是 0～ListCount–1。

Sorted：是逻辑型数，决定程序运行时列表框中的数据是否排序。只能在属性窗口中设置。

Text：是被选定项目的文本信息，只在代码中使用，如 List1.Text。

Selected：是逻辑型数据。表示列表框中某项是否被选中，选中为 True，否则为 False，只在代码中使用。

Multiselect：是整型数，确定列表是否允许多选。值为 0 表示不能多选，为缺省值；值为 1 表示可用鼠标单击或按空格键实现简单多选；2 表示用 Shift+Ctrl 实现选定多个连续项。只在属性窗口中使用。

列表框的方法如下。

（1）AddItem：能将一个项目加入列表框。

形式为：

列表框对象.AddItem 项目字符串[,索引值]

其中：

项目字符串是将要加入列表框的项目文本。

索引值是将加入列表框的项目位置，缺省时表示加在最后。第一项目的位置为 0。

（2）RemoveItem：从列表框中删除由索引值指定的项目。

形式为：

列表框对象.RemoveItem 索引值

（3）Clear：清除列表框中所有项目的内容。

形式为：

列表框对象.Clear

列表框能够响应的事件有 Click 和 DblClick。

【例 5.19】　列表框控件的基本操作。实现在列表框中添加、删除和清除操作。界面如图 5.1 所示。

代码如下：

```
Private Sub Form_Load()
    List1.AddItem "计算机文化基础"
    List1.AddItem "VB 程序设计"
    List1.AddItem "C/C++程序设计"
    List1.AddItem "数据库原理"
    List1.AddItem "Web 技术"
End Sub
Private Sub List1_Click()'选中某项目,在
Label1 显示内容和下标
    Label1=List1.Text&"下标为："&List1.
ListIndex
End Sub
Private Sub Command1_Click() '添加新项目
    List1.AddItem Text1
    Text1 = ""
End Sub
Private Sub Command2_Click()'删除选中的项目
    List1.RemoveItem List1.ListIndex
End Sub
Private Sub Command3_Click()'清除所有项目
    List1.Clear
End Sub
```

图 5.1　列表框操作

组合框是组合了文本框和列表框的特性的控件。它允许用户在文本框中输入内容，但必须通过 AddItem 方法将内容添加到列表框中，也可以在列表框中选择项目，选中的内容同时在文本框中显示。

组合框与列表框常用的共同属性有 List、Text、ListCount、ListIndex、Sorted 和 Style。常用的共同方法有 AddItem、RemoveItem 和 Clear。

列表框特有的属性如下：

Multiselect 表示可以选择列表框的多项内容。

Selected 表示哪些项目选中。

组合框有三种不同风格，通过 Style 属性设置。

Style=0：下拉式组合框。由 1 个文本框和 1 个下拉列表框组成。单击下拉箭头按扭，打开列表框，选中内容显示在文本框上。

Style=1：简单组合框。与下拉式组合框的区别是列表框不是以下拉形式显示。

Style=2：下拉式列表框。没有文本框，只能显示和选择，不能输入。

组合框最多只能选择一个项目，所以没有 Multiselect 和 Selected 属性。

说明：

列表框和组合框都具有 Style 属性，但意义完全不同。

列表框的 Style 属性值（0 和 1）表示其显示时项目前有无复选框标志，0 表示无，1 表示有。

组合框的 Style 属性值（0、1 和 2）表示组合框的三种类型，分别是下拉式组合框、简单组合框和下拉式列表框。

列表框和组合框共同具有 Text 和 ListIndex 属性，都可以表示选中项目的内容，但两者有区别。

Text 属性只能表示选中的项目内容，不能改变；而 ListIndex 表示选中项目的下标，通过如下语句可以用"新值"改变项目原内容：

List1.List(List1.ListIndex)=新值

Combox1.List(Combox1.ListIndex)=新值

若 List.Text=新值

　　Combox1.Text=新值

则是没有效果的。

【例 5.20】　显示组合框的不同风格，设计使用屏幕字体、字号的程序。界面如图 5.2 所示。

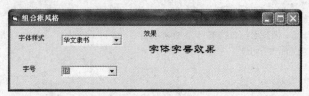

图 5.2　组合框风格

代码如下：

```
Private Sub Form_Load()
    For i = 0 To Screen.FontCount - 1
        Combo1.AddItem Screen.Fonts(i)
    Next i
    For i = 6 To 40 Step 2
        Combo2.AddItem i
    Next i
End Sub

Private Sub Combo2_KeyPress(KeyAscii As Integer)
    If KeyAscii = 13 Then
        Label4.FontSize = Combo2.Text
    End If
End Sub
```

```
Private Sub Combo1_Click()
    Label4.FontName = Combo1.Text
End Sub

Private Sub Combo2_Click()
    Label4.FontSize = Combo2.Text
End Sub
```

5.8 自定义类型及其数组

自定义类型也是用于存放一组相关数据的结构，但与数组有不同之处，自定义类型允许其中各数据元素的数据类型不同。

1. 自定义类型结构定义

形式：

```
Type 自定义类型名
    元素名 1  As 数据类型名
    …
    元素名 n  As 数据类型名
End Type
```

其中：

元素名用于标识自定义类型中的成员，可以是简单变量，也可以是数组说明符。元素的数据类型既可以是基本数据类型，也可以是其他已定义的类型。字符型要用定长字符串。

【例 5.21】 自定义类型结构定义。

```
Type teacherType
    No As String*5
    Sex As String*1
    Depart As String*12
    Telephone As Long
End Type
```

自定义类型一般在标准模块中定义，默认为 Public。如果在窗体模块的通用声明段定义，前面必须加 Private。自定义类型不能在过程中定义。

2. 声明自定义类型变量

定义了自定义类型后，就如同系统中的 Integer 等数据类型一样，内存中没有为其分配存储单元。用 Dim 等语句可声明具有自定义类型的变量。形式如下：

```
Dim 自定义类型变量 As 自定义类型名
```

说明：

自定义类型变量不同于一般变量，要引用自定义类型变量中的某个元素时不能用下标来表示。如 teacherType(1)是错误的。

3. 自定义类型变量元素的引用

引用自定义类型变量元素的形式是：

```
自定义类型变量.元素名
```

例如：teacherType,Sex，teacherType.Telephone

4. With 语句

利用 With 语句，从自定义变量中引用多个元素时不必指出变量名，从而可以简化表达形式。

语句形式如下：

```
With 变量名
    语句块
End With
```

其中的自定义变量名可以是自定义类型变量名，也可以是控件名。

【例 5.22】 先给说明为 teacherType 类型的 teacher1 变量的各元素赋值，然后再赋值给同类型的 teacher2 变量，可表示为

```
Dim teacher1 As teacherType
Dim teacher2 As teacherType
With
   .No="12345"
   .Sex ="男"
   .Depart="计算机科学系"
   .Telephone="5645789"
End With
Teacher2=teacher1
```

5. 自定义类型数组

自定义类型数组中的每个元素都是自定义类型。在实际问题中很有用。例如：

```
Dim teach(100) As teacherType
```

声明后在 teach 数组中就可以存放 101 位教师的 No、Sex、Depart 和 Telephone 项目数据。引用时能通过下标来标识，例如，teach(0).No、teach(0).Sex、teach(0).Depart 等。

【例 5.23】 学生信息管理。要求先定义自定义数据类型，具备输入、显示和查找功能。界面如图 5.3 所示。

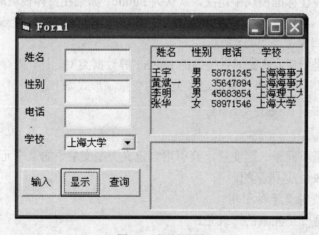

图 5.3 运行界面

程序代码：

```
Dim stud(99) As StudType
Dim n%                              '存放当前已输入的学生人数

Private Sub Command1_Click()
    If n >= 100 Then
        MsgBox ("输入人数超过数组声明的个数")
    Else
        With stud(n)
        .Name = Text1
        .Sex = Text2
        .Telephone = Text3
        .School = Combo1.Text
        End With
        Text1 = "": Text2 = "": Text3 = "":
        n = n + 1
    End If
End Sub


Private Sub Command2_Click()
    Dim i%
    Picture1.Cls
    Picture1.Print " 姓名    性别    电话      学校"
    Picture1.Print "---------------------------"
    For i = 0 To n - 1
        With stud(i)
            Picture1.Print Trim(.Name); Tab(9); .Sex; Tab(12); .Telephone; Tab(22); .School
        End With
    Next i
End Sub


Private Sub Command3_Click()
    Dim TSchool As String, i%
    Picture2.Cls
    TSchool = InputBox("请输入欲查询的学校")
    Picture2.Print "姓名      学校 "
    For i = 0 To n - 1
        If Trim(stud(i).School) = Trim(TSchool) Then
            Picture2.Print ; stud(i).Name; stud(i).School
        End If
    Next i
End Sub
```

5.9　错误和难点

1. 声明数组时要提升通用性

用户为使程序具有通用性，声明数组时会用变量或表达式作为数组的上界，例如：

```
n=InputBox("输入数组的上界")
Dim a(1 To n)  As  Integer
```

代码运行时将在 Dim 语句处报出"要求常数表达式"的编译出错提示，因为 Dim 语句中数组的上、下界必须是常数，不能是变量或表达式。

声明数组时提升程序通用性的途径有两种：一种是将数组空间尽量声明大点，这样有些浪费；另一种是利用动态数组，例如：

```
Dim a()  As Integer
n=InputBox("输入数组的上界")
ReDim a(1 To n ) As Integer
```

2. 数组下标越界

数组下标越界引用了不存在的数组元素，即下标比数组声明时的下标范围大或小。例如：

```
Dim a(10) As Integer
For i=0 To 10
    A(i)=1
Next i
a(i)=i
```

上面代码中出现了下标越界的情况，因为循环结束后，i 变量的值已经超过 10。

3. 数组维数不一致

数组声明时的维数与引用数组元素时的维数不一致会导致错误。例如：

```
Dim a(35) As Long
For i=0 To 3
    For j=0 To 5
        A(i,j)=i+j
    Next j
Next i
```

因声明数组时漏了一个标点，数组变成一维的，程序运行到 a(i)=i+j 语句时就出现"维数错误"的信息。

习　题　五

一、选择题

1. 如下数组声明语句，_____是正确的。

　（A）Dim a[5 6] As Integer　　　　（B）Dim a (0 To 5,6) As Integer

　（C）Dim a (n,6)　As Integer　　　（D）Dim a(5*6)　As Integer

2. 要正好能存放线性表(3.5,5,7.8,2.3,9.1)中的数据，用_____数组声明语句能实现。

　（A）Dim a(5)　As Single　　　　　（B）Dim a(2,2)　As Single

　（C）Dim a(−1 To 3) As Single　　　（D）Dim a(−5 To −1)　As Integer

3. 用下面数组声明语句声明数组后，数组 b 中可最多包含_____个元素。

　　Dim b(2,−1 To 1, −3 To 1)

　（A）16　　　　　（B）36　　　　　（C）45　　　　　（D）10

4. 以下程序的输出结果是_____。

```
Dim a
a=Array(1,2,3,4)
For i=LBound(A)  To  UBound(A)
a(i)=a(i)*a(i)
Next i
Print a(i)
```

　　（A）16　　　　　　（B）0　　　　　　（C）不确定　　　　（D）下标越界出错

5. 若变量 n 取值为 5，下列不能正确声明动态数组的语句是_____。

　　（A）Dim a()　As Integer　　　　　（B）Dim a() As Integer
　　　　　ReDim a(n)　　　　　　　　　　　　ReDim a(n)　As String
　　（C）Dim a() As Integer　　　　　　（D）Dim a()　As Integer
　　　　　ReDim a(3,4)　　　　　　　　　　　Dim a (n+10)
　　　　　ReDim Preserve　a(3,5)

6. 在窗体的通用声明段要声明自定义数据类型 Books，下列_____定义方式是正确的。

　　（A）Private Type Books　　　　　　（B）Private Type Books
　　　　　　Name As String*5　　　　　　　　　Name As String*5
　　　　　　Booksno As Integer　　　　　　　　Booksno As Integer
　　　　End　　　　　　　　　　　　　　　End Type
　　（C）Type Books　　　　　　　　　　（D）Type Books
　　　　　　Name String*5　　　　　　　　　　Name As String*5
　　　　　　Books Integer　　　　　　　　　　Books As integer
　　　　End Type　　　　　　　　　　　　End Type

7. 以下程序的输出结果是_____。

```
Private Sub Command1_Click()
    Dim a(3,3) As Integer
    For i=1 To 3
        For j=1 To 3
            A(i,j)=i*j+i
        Next j
    Next i
    Sum=0
    For i=1 To 3
        Sum=Sum+a(i, i)
    Next i
Print Sum
```

　　（A）20　　　　　　（B）7　　　　　　（C）17　　　　　（D）16

8. 下面程序运行后的输出结果为_____。

```
Option Base 1
Dim arr() As Integer
Private Sub Form_Click(0
    Dim i As Integer,j As Integer
```

```
ReDim arr(5,2)
For i=1 To 5
    For j=1 To 2
        Arr(i,j)=i*2+j
    Next j
Next i
ReDim Preserve arr(5,4)
For j=3 To 4
    Arr(5,j)=j+9
Next j
Print arr(5,1)+arr(5,3)
End Sub
```

（A）21　　　　　（B）23　　　　　（C）14　　　　　（D）15

二、填空题

1. 数组声明时下标下界默认值为 0，利用___(1)___语句可以使用下标为 4。

2. 用 Array 函数给变量赋值来建立数组，变量必须声明为___(2)___类型。

3. 通过___(3)___函数可获得数组的下界，通过___(4)___函数可获得数组的上界。

4. 要获得列表框 List1 中选定项目的文本应采用___(5)___，要删除列表框 List1 中选中的项目应用___(6)___。

5. 下拉式组合框中没有文本框，只能显示和选择，不能输入。将组合框的___(7)___属性的值设置为___(8)___才能是下拉式组合框。

6. 下面程序是运用二分查找法在数组中查找某个数，请填空。

```
Private Sub Command1_Click()
    Dim a(99)
    Dim i%,j%,Flag As Boolean,top%,bottom%,middle%,p%
    Randomize
    For i=0 To 99
        A(i)=Int(Rnd*101+100)
    Next i
    x=InputBox("输入要找的数")
    Flag=False
    top=0:bottom=99:middle=Int((top+bottom)/2)
    Do While  (9)
        Middle=Int((bottom+top)/2)
        If x=a(middle) Then
                Flag=True
                p=middle
    Else
      If Then  (10)
          top=middle+1
      Else
          bottom=middle-1
      End If
    Enf If
   Loop
      If x=a(p) Then
         Pint "找到了！值是";x,"下标是";p
```

```
        Else
            Print"没有找到!"
        End If
    End Sub
```

7. 运用下面程序可在数组 a 中删除某个数组元素，请填空。

```
Private Sub Command1_Click()
    Dim a(),Key%,i%,j%
    a=Array(1,6,8,3,5,9,10,2,7,4)
    Key=Val(InputBox("输入要删除的值"))
    For i=0 To Ubound(a)
        If__(11)__Then
          For j=__(12)__To Ubound(a)
              a (j-1 )=a(j)
          Next j
          ReDim__(13)__
          MsgBox("删除完成")
          Exit Sub
        End If
    Next i
    MsgBox("找不到要删除的元素")
End Sub
```

8. 下列程序表示将输入的一个数插入到按值递减的有序数列中，插入后使该序列仍有序。

```
Private Sub Form-Click()
    Dim a,i%,n%,m%
    a=Array(19,17,15,13,11,9,7,5,3,1)
    n=Ubound(a)
    ReDim__(14)__
    m=Val(InputBox("输入欲插入的数"))
    For i=Ubound(A)-1 To 0 Step -1
        If m>=a(i) Then
            __(15)__
            If i=0 Then
                a(i)=m
            Else
                __(16)__
                Exit For
            End If
        Next i
    For i=0 To Ubound(a)
            Print a(i)
    Next i
End Sub
```

9. 下列程序在 1000～9999 之间查找满足如下条件的整数：该整数，逆向排列得到的另一个 4 位数是它自身的倍数（2 倍以上）。查找结果和逆向排列数分别显示在对应的列表框。

```
Private Sub Command1_Click()
    Dim n As Integer
    Dim m As Integer
```

```
Dim i As Integer
For i=1000 To 9999
 m=0
   (17)
 Do While n>0
     m=  (18)  +n Mod 10
     n=n\10
 Loop
 If  (19)  And m\i>1 Then
 List1.AddItem i
 List2.AddItem  (20)
 End If
   Next i
End Sub
```

10．下列程序完成如下功能：随机产生 n（10～30）个大写字母，并显示。将这 n 个字母按产生的顺序逆时针排列成一个圆环，按逆时针方向统计相邻两个字母满足升序的次数，并输出符合条件的每对字符和统计结果。

```
Private Sub Form_Click()
    Dim a() As String,count As Integer,i As Integer,n As Integer
    Randomize
    Form1.Cls
    n=Int9Rnd*20)=10
      (21)
    Cls
    Print"产生的字符"
    For i=1 To n
        s=  (22)
        a(i)=s
        Print s;"";
    Next i
        Print
        Print"统计结果:"
        count=0
    For i=2 To n
        If  (23)  Then
          count=count-1
          Print a(i-1);"";a(i)
        End If
    Next i
    If  (24)  Then
     count=count+1
     Print a(1);""a(n)
    End If
    Print
    Print"符合条件的字符有:";  (25)
End Sub
```

11．本程序随机产生 n（15）个 A～J 的大写字母，按字母降序排序后，将连续出现的字母用压缩形式显示。例如，连续 5 个 H 字母显示为 5*H。数组 a()用于存放随机产生的字母。

```
Private Sub Command1-Click()
    Const n=15
    Dim a(1 To N) AS String*1,c
    Dim count%,i%,j%,k%
    For i=1 To N
        a(i)=Chr(Int(__(26)__))
        Print a(i);
    Next i
    Print
    For i=1 To N-1
        k=i
        For j=__(27)__
            If a(j)>a(k) Then__(28)__
        Next j
        C=a(i):a(i)=a(k):a(k)=c
    Next i
    For i=1 To N
        Print a(i);"";
    Next i
    Print
    i=1
    Do While i<=N
        Count=1
        If i<N Then j=j+1
    Do While a(i)=a(j)
        Count=__(29)__
        If j<N Then j=j+1 Else Exit Do
    Loop
    If count=1 Then Print a(i);"";Else Print count;"*";a(i);"";
        i=__(30)__
    Loop
End Sub
```

实 验 五

实验 5.1 数组操作

产生 100 个在 [30,100] 区间的随机正整数，存入数组。再求出数组元素的最大值、最小值和平均值。最后按 10 个一行显示整个数组中各元素的值和所求得的结果，界面如图 5.4 所示。

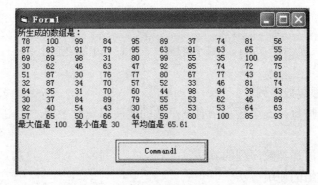

图 5.4 数组操作

【实验目的】

（1）掌握随机数生成的方法。

（2）掌握给数组赋值的方法。

（3）掌握在数组中进行统计计算的方法。

（4）掌握将一维数组按矩阵形式进行输出的方法。

【实验要求】

（1）创建新工程，在窗体上设计 Command1 命令按钮控件。

（2）为 Command1 命令按钮设计代码，实现相应的功能。

（3）要求使用 Rnd 函数。

【提示】

利用数组可保存一组相关数据，数据的性质相同，而且利用数组的下标可方便引用数据。在数组操作中采用循环结构，通过循环变量来控制下标，使编程更方便。

参考代码如下：

```
Private Sub Command1_Click()
    Dim a(0 To 99) As Integer, i%, j%, maxa%, mina%, avera!
    Randomize
    For i = 0 To 99
        a(i) = Int(Rnd * 71 + 30)
    Next i
    mina = a(1)
    maxa = a(1)
    avera = a(1)
    For i = 2 To 99
        If a(i) > maxa Then maxa = a(i)
        If a(i) < mina Then mina = a(i)
        avera = avera + a(i)
    Next i
    Print "所生成的数组是："
    j = 0
    For i = 0 To 99
        If j >= 10 Then Print: j = 0
    Print Tab(j * 7); a(i);
    j = j + 1
    Next i
    Print
    Print "最大值是"; maxa, "最小值是"; mina, "平均值是"; avera / 100
End Sub
```

实验 5.2　斐波那契数序列

编写一个程序，按每行 5 个数显示有 n 个数的斐波那契数序列，如图 5.5 所示。

【实验目的】

（1）掌握生成斐波那契数序列的算法。

（2）掌握动态数组的使用方法。

（3）学习控制数组的输出格式。

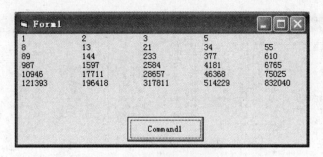

图 5.5 斐波那契数序列

【实验要求】

（1）创建新工程，在窗体上设计 Command1 命令按钮控件。

（2）为 Command1 命令按钮设计代码，实现相关功能。

（3）要求使用动态数组存放斐波那契序列数。

【提示】

所谓斐波那契数序列，是指序列中第一和第二个元素为 1，从第三个元素开始，每个元素都是前面的两个元素的和。序列数的个数由输入对话框输入。

参考代码如下：

```
Private Sub Command1_Click()
    Dim f() As Integer
    Dim n%, i%
    n = Val(InputBox("输入序列数个数"))
    ReDim x(n - 1)
    x(0) = 1: x(1) = 1
    For i = 2 To n - 1
        x(i) = x(i - 1) + x(i - 2)
    Next i
    For i = 1 To n - 1
        Print x(i),
        If (i + 1) Mod 5 = 0 Then Print
    Next i
End Sub
```

实验 5.3 成绩统计

随机产生 50 个学生的成绩，存入二维数组。数组第一维存放自然数形式的学号，第二维放成绩，统计出各分数段的人数。即 0～59、60～69、70～79、80～89、90～100，显示统计结果。产生的数据经从高分到低分排序后，在图片框 Picture1 上显示，统计结果在图片框 Picture2 上显示，如图 5.6 所示。

【实验目的】

（1）掌握随机数生成的方法。

（2）掌握二维数组的使用。

（3）学会分段统计数据。

（4）掌握数组排序法。

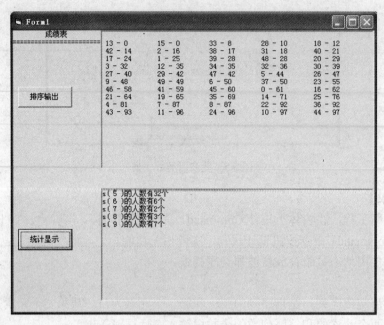

图 5.6 成绩统计

【实验要求】

（1）创建新工程，在窗体上设计 Command1 和 Command2 命令按钮控件。

（2）在窗体上设计图片框 Picture1 和 Picture1 控件。

（3）为 Command1 命令按钮设计代码，实现数组排序并输出功能。

（4）为 Command2 命令按钮设计代码，实现显示统计结果功能。

【提示】

在本题中找出分数段与统计数组下标的共性关系和特殊关系：0～59、90～100，分别进行统计。由于产生分数和统计是两个事件过程，所以存放分数的数组必须是在通用声明段声明。

参考代码如下：

```
Dim a%(49, 2), i%, j%, t%
Private Sub Command1_Click()
    Randomize
    For i = 0 To 49
    a(i, 1) = i
    a(i, 2) = Int(Rnd * 101)
    Next i
    For i = 0 To 48
        For j = 0 To 48 - i
            If a(j, 2) > a(j + 1, 2) Then
                t = a(j, 1): a(j, 1) = a(j + 1, 1): a(j + 1, 1) = t
                t = a(j, 2): a(j, 2) = a(j + 1, 2): a(j + 1, 2) = t
            End If
        Next j
    Next i
    For i = 0 To 49
    If i Mod 5 = 0 Then Picture1.Print
    Picture1.Print a(i, 1); "-"; a(i, 2),
```

```
    Next i
End Sub

Private Sub Command2_Click()
    Dim s(5 To 9)
    For i = 0 To 49
    k = a(i, 2) \ 10
    Select Case k
        Case 0 To 5
            s(5) = s(5) + 1
        Case 9 To 10
            s(9) = s(9) + 1
        Case 6 To 8
            s(k) = s(k) + 1
    End Select
    Next i
    For i = 5 To 9
        If s(i)<>0Then Picture2.Print"s(";i;")的人数有";Format(s(i),"0");"个"
    Next i
End Sub

Private Sub Form_Load()
    Print Tab(10); "成绩表"
    Print "======================="
End Sub
```

实验 5.4　矩阵计算

用随机方式生成一个 4×4 的矩阵 A，矩阵元素的取值范围是［10, 50］，在图片框 Picture1 上完整显示 A 矩阵加 15 后的结果。然后分别以上三角和下三角的方式分别在图片框 Picture2 和 Picture3 中显示 A 矩阵。将矩阵 A 转置，再按行进行升序排序，显示在图片框 Picture4 上，如图 5.7 所示。

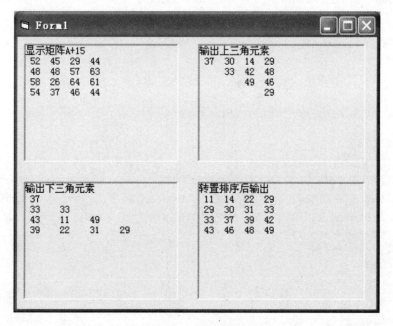

图 5.7　矩阵计算

【实验目的】

（1）掌握数二维数组的随机生成方法。

（2）掌握矩阵的简单运算。

（3）学习矩阵转置运算。

（4）学习矩阵排序。

（5）学习将二维数组存入一维数组。

（6）学习控制矩阵以上三角和下三角格式输出。

【实验要求】

（1）创建新工程，在窗休上设计 Picture1、Picture2、Picture3 和 Picture4 图片框控件。

（2）为每个图片框设计单击事件驱动代码，实现相关功能。

【提示】

为了在不同的事件中对数组进行处理，必须将数组在通用声明段声明，在 Form_Load 事件中对数组赋值，然后在不同的事件中进行相应的处理。

通过随机数产生规定范围内的数，观察 A 数组随机数范围在 30～70，B 数组随机数范围在 100～140。

通过控制内循环的终值显示下三角；通过控制内循环的初值显示上三角。

要分别求两个数组的对角线元素和，只要找出下标规律即可。

矩阵进行加常量的运算就是将矩阵的每个元素都加上这个常量。矩阵的转置就是将矩阵的行列对换。要显示矩阵的下三角或上三角元素时，需要控制作下标变量用的循环变量。

矩阵的排序可以先转存到一维数组，排好序后，再重新存回矩阵数组。要控制矩阵每行上元素输出的位置，可通过 Tab 函数实现。

参考代码如下：

```
Dim a%(3, 3), c%(16), i%, j%, t%, b%(3, 3), cc%(3, 3)
Private Sub Picture1_Click()
    Randomize
    For i = 0 To 3
    For j = 0 To 3
    a(i, j) = Int(Rnd * 41 + 10)
    Next j
    Next i
    Picture1.Print "显示矩阵 a+15"
    For i = 0 To 3
        For j = 0 To 3
        Picture1.Print Tab(j * 4 + 1); a(i, j) + 15;
        Next j
        Picture1.Print
    Next i
End Sub
Private Sub Picture2_Click()
    Picture2.Print "输出上三角元素"
    For i = 0 To 3
```

```
            For j = i To 3
                Picture2.Print Tab(j * 4 + 1); a(i, j);
            Next j
        Picture2.Print
        Next i
End Sub

Private Sub Picture3_Click()
    Picture3.Print "输出下三角元素"
    For i = 0 To 3
        For j = 0 To i
            Picture3.Print a(i, j); Space(4 - Len(a(i, j)));
        Next j
        Picture3.Print
    Next i
End Sub

Private Sub Picture4_Click()
    Picture4.Print "转置排序后输出"
    For i = 0 To 3
    For j = 0 To 3
        b(i, j) = a(j, i)
    Next j
    Next i
    k=0
    For i = 0 To 3
    For j = 0 To 3
    c(k) = b(i, j): k = k + 1
    Next j
    Next i
    n=15
    For i = 0 To 14
        For j = i + 1 To 15
            If c(i) > c(j) Then t = c(i): c(i) = c(j): c(j) = t
        Next j
    Next i
    k=0
    For i=0 To 3
    For j=0 To 3
        cc(i, j) = c(k): k = k + 1
        Next j
    Next i
    For i = 0 To 3
    For j = 0 To 3
        Picture4.Print Tab(j * 4 + 1); cc(i, j);
    Next j
    Picture4.Print
```

```
        Next i
End Sub
```

实验 5.5   字符数组

在文本框中输入一系列的数据，对输入的数据允许修改和自动识别非数字数据，输入结束调用 Split 函数将数据按分隔符分离后存放在数组中；然后在 List 列表框中显示；最后调用 Join 函数按分隔符连接后存放在文本框 Text2，如图 5.8 所示。

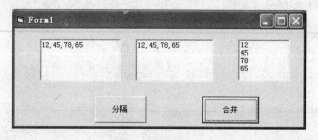

图 5.8   字符数组

【实验目的】

（1）掌握用文本框为数组赋值的方法。

（2）学习 Split 和 Join 函数的使用。

（3）学习列表框的运用。

（4）学习控制合法字符的输入。

【实验要求】

（1）创建新工程，在窗体上设计标题为分隔、合并的命令按钮控件。

（2）在窗体上设计两个文本框 Text1、Text2。

（3）为分隔命令按钮设计代码，实现从文本框中接受字符数据，存入数组的功能。

（4）为合并命令按钮设计代码，实现数组元素合并成字符串，在文本框中显示的功能。

（5）要求使用 Split 和 Join 函数。

【提示】

实现合法数据输入、内部函数调用和利用列表框显示数组中的数据。其中：

（1）在 Text1_KeyPress 事件 KeyAscii 利用参数，对数据限定输入：只允许输入 0～9、小数点、负号为有效数字串，逗号为分隔符，其他为非法输入不接受。

（2）Command1_Click 事件利用 Replace 函数去除重复输入的分隔符；Split 函数按分隔符分离，存放到数组中，并在列表框显示。

（3）Command2_Click 对分离的结果以逗号（,）为分隔符，利用 Join 函数连接，在 Text2 显示。

参考代码如下：

```
Option Explicit
Dim a() As String
Private Sub Text1_KeyPress(KeyAscii As Integer)
    Dim Lenstra As Integer, j As Integer
    Dim Stra As String, S As String * 1
```

```
    S = Chr(KeyAscii)
    Select Case S
        Case "0" To "9", ",", ".", "-"
            Case Else
        KeyAscii = 0
    End Select
End Sub

Private Sub Command1_Click()
    Dim temp As String
    Dim i As Integer
    temp = Replace(Text1, ",,", ",")
    a = Split(temp, ",")
    For i = 0 To UBound(a)
      List1.AddItem a(i)
    Next i
End Sub

Private Sub Command2_Click()
    Text2 = Join(a,",")
End Sub
```

实验 5.6 选课程序

设计一个选课的运行界面。它包含两个列表框，左边为已开设的课程名称，通过
Form_Load 事件加入，并按拼音字母排序；当单击某课程名称后，将该课程加入到右边列
表框，并在左边列表框中删除该课程。当右边课程数已满 5 门时，不允许再加入，如图 5.9
所示。

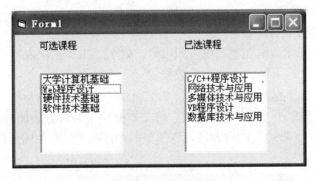

图 5.9 选课程序

【实验目的】

（1）学习在列表框中添加数据项的方法。

（2）学习在列表框中删除数据项的方法。

（3）学习把列表框中数据项赋值给另一列表框。

【实验要求】

（1）创建新工程，在窗体上设计两个列表框控件。

（2）在 Form_Load 过程中设计对列表框 List1 进行初始化的代码。

（3）对 List2 的单击事件设计选课代码。

【提示】

参考代码如下：

```
Private Sub Form_Load()
    List1.Clear
    List1.AddItem "大学计算机基础"
    List1.AddItem "C/C++程序设计"
    List1.AddItem "VB 程序设计"
    List1.AddItem "Web 桯序设计"
    List1.AddItem "多媒体技术与应用"
    List1.AddItem "数据库技术与应用"
    List1.AddItem "网络技术与应用"
    List1.AddItem "硬件技术基础"
    List1.AddItem "软件技术基础"
End Sub

Private Sub List1_Click()
    If List2.ListCount >= 5 Then
        MsgBox ("超过 5 门课程，不能再选")
        Exit Sub
    Else
        List2.AddItem List1.Text
        List1.RemoveItem List1.ListIndex
    End If
End Sub
```

实验 5.7   职工信息管理

自定义类型数组的应用，要求：

（1）自定义一个职工数据类型，包含职工号、姓名、工资三项内容。在通用声明段声明一个职工类型的数组，可存放 5 个职工的数据。

（2）窗体中设计 3 个标签、3 个文本框、2 个命令按钮和 1 个图形框，文本框分别输入职工号、姓名、工资；当单击"添加"按钮时，将文本框输入的内容添加到数组的当前元素中；当单击"排序"按钮时，将输入的内容按工资递减的顺序排列，并在图形框中显示，如图 5.10 所示。

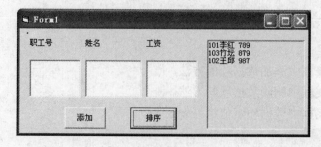

图 5.10   职工信息管理

【实验目的】

（1）掌握自定义类型数组的声明。

（2）掌握自定义类型数组的输入。

（3）掌握自定义类型数组的排序。

（4）掌握自定义类型数组的输出。

【实验要求】

（1）创建新工程，在窗体上设计三个文本框控件：Text1、Text2、Text3。

（2）在窗体上设计两个命令按钮 Command1 和 Command2。

（3）在窗体上设计一个图片框，添加模块并设置自定义数据类型。

（4）设计初始化代码，两个命令按钮的单击事件驱动代码。

【提示】

参考代码如下：

```
Option Explicit ON
Type zg
    gh As String * 3
    xm As String * 3
    gz As String * 3
End Type
Dim a() As zg, i%
Dim N%

Private Sub Form_Load()
    N = InputBox("输入人数")
    ReDim a(1 To N)
    i = 0
End Sub

Private Sub Command1_Click()
    i = i + 1
    If i > N Then MsgBox ("人数超过"): Exit Sub
    With a(i)
     .gh = Val(Text1)
     .xm = Text2
     .gz = Val(Text3)
    End With
    Text1 = "": Text2 = "": Text3 = ""
End Sub

Private Sub Command2_Click()
    Dim j%, k%, t As zg
    For j = 1 To N - 1
        For k = j + 1 To N
            If a(j).gz > a(k).gz Then
                t = a(j)
```

```vb
            a(j) = a(k)
            a(k) = t
            End If
        Next k
    Next j
For j = 1 To N
    Picture1.Print a(j).gh; a(j).xm; a(j).gz
Next j
End Sub
```

第6章 过 程

6.1 基 本 要 求

（1）掌握自定义函数过程和子过程的定义及调用方法。
（2）掌握形参和实参之间的对应关系。
（3）掌握值传递和地址传递的传递方式。
（4）掌握变量、函数和过程的作用域。
（5）掌握递归的概念和使用方法。
（6）熟悉程序设计中的常用算法。

6.2 过 程 的 概 念

Visual Basic 的程序主要是由一个个过程构成的。程序中除了能使用系统提供的内部函数过程和事件过程外，还允许用户根据各自的需要自定义过程。使用过程能使程序更加简便、高效，有利于程序的调试和维护。

Visual Basic 中用户自定义的过程主要是指以 Function 开始的函数过程以及以 Sub 开始的子过程。函数过程有返回值，而子过程主要是完成一定的操作，无返回值。

6.3 两类过程定义与调用

【例 6.1】 将在 [3，100] 区间内的偶数拆分成两个素数之和。
要将偶数拆分成两个素数，可采用试凑法，需要分别对两个数进行素数判定。
代码如下：

```
Private Function Prime(ByVal x As Integer) As Boolean
    Prime=True
    For i=2 To Sqr(x)
        If m Mod i=0 Then
            Prime=False
            Exit Function
        End If
    Next i
End Function

Private Sub Form_Click()
    i=1
    For n=2 To 100 Step 2
        For k=3 To n/2
            If prime(k) And prime(n-k) Then
```

```
            Print I;":";n;"=";k;"+";n-k
            Exit For
         End If
         Next k
      i=i+1
      Next n
End Sub
```

在上面的程序中，将判断一个数是否素数，专门设计了函数过程，可重复调用，提高了编写效率。

（1）自定义函数过程。

自定义函数过程形式：

```
[Public|Private] Function <函数过程名> ([形参表]) [As 类型]
…
<函数过程名>=<表达式>
…
Exit Function
…
End Sub
```

说明：

Public 表示函数过程是全局的、公有的，可被程序中的任何模块调用；Private 表示函数是局部的、私有的，仅供本模块中的其他过程调用。缺省该项内容表示是全局的。

函数过程名可声明数据类型，在过程体内至少赋值一次。

函数过程名的命名规则与简单变量相同。

形参又称哑元，可以是变量或数组，用于调用函数时有关值的传递。若无形参，括号不能省略。

自定义函数过程的调用与系统内部函数的调用相同，形式是：<函数过程名>([实参表])。其中的实参表是传递给函数过程的变量或表达式。

自定义函数不能当作一条独立的语句，一般放在表达式中。

例如：prime(k) And prime(n-k)。

调用过程时的执行流程：事件过程中遇到自定义函数过程，事件过程中断，记住返回地址，将实参与形参结合。转去执行自定义函数过程，执行完自定义函数过程遇到 End Function 语句时，函数名带值返回主事件过程，从断点继续执行下去。

【例 6.2】　编一函数，统计字符中的西文字符数，如图 6.1 所示。

汉字机内码最高位为 1，数据以补码表示，利用 Asc 函数返回的码值为小于 0，而西文字符最高位为 0，返回的码值为大于 0。程序代码如下：

```
Private Sub Command1_Click()
    Dim c1%
    c1 = CountXw(Text1.Text)
    Picture1.Print Text1; Tab(20); "有"; c1; "个西文字符数"
End Sub

Function CountXw%(ByVal s$)
    Dim i%, t%, k%, c$
```

```
      For i = 1 To Len(s)
        c = Mid(s, i, 1)
        If Asc(C) > 0 Then k = k + 1
        Next i
      CountXw = k
  End Function
```

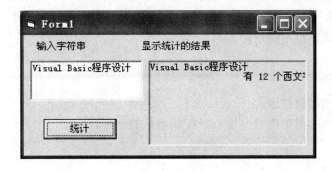

图 6.1　统计字符

（2）子过程。

【例 6.3】　分析包含子过程的程序。

```
Private Sub cp(a As Integer,b As Integer)
     If a=0 Then
          Exit Sub
     End If
     c1=a+b
     c2=a-b
     Print"c1=";c1, "c2=";c2
End Sub

Private Sub Command1_Click(0
     Str1$="输入对话框"
     Va=InputBox("va=",str1$)
     Vb=InputBox("vb=",str1$)
     Call cp(va,vb)
     Print "va=";va,"vb=";vb
End Sub
```

上面的 cp 是一个子过程，在主调过程中被调用。

子过程的定义形式：

```
[Public|Private]Sub <子过程名>([形参表])
…
Exit Sub
…
End Sub
```

子过程的定义与自定义函数过程的定义大致相同，但也有差别。子过程名无类型说明，在子过程中不能对子过程名赋值。

形式参数没有具体的值，只代表参数的个数、位置、类型。使用时要与主调过程的实参一一对应起来，可以作为主调程序与子过程的参数传递。例如，Call cp(va,vb)中的 va 对应形参 a，vb 对应形参 b，同时通过 va、vb 也把计算结果带回到主调程序。

子过程的调用形式：

```
Call <过程名> [(实参表)]
```
或：`<过程名> [(实参表)]`

子过程的调用必须是一条独立的语句。用 Call 调用时，有实参一定要加括号，无实参时括号可以省略。直接用子过程名时括号可省可加。要从子过程取得返回值，实参只能是变量，不能是常量、表达式、也不能是控件名。

例如：`Call cp(va,vb)`
　　或　`cp(va,vb)`

【例 6.4】 横幅漂移程序。

由随机函数生成的值来确定变量 fx，控制漂移的方向。

程序代码如下：

```
Sub MyMove(ByVal fx%)
    Label1.Left = Label1.Left + fx * 200
    Label1.Top = Label1.Top + fx * 200
End Sub

Private Sub Command1_Click()
    Dim k%
    If Rnd > 0.5 Then k = 1 Else k = -1
    MyMove (k)
End Sub
```

运行界面如图 6.2 所示。

图 6.2　控件漂移

6.4 参 数 传 递

Visual Basic 中实参与形参结合的方式有两种，即传值方式和传地址的方式，传地址的方式又称为引用。

（1）传值方式。传值方式是形参前加 **By Val** 关键字，表示将实参的具体值传递给形参，形参和实参分配不同的内存单元。这种传递方式是一种单向的数据传递，即调用时只能由实参将值传递给形参；调用结束时不能由形参将操作结果返回给实参。例如：

```
Private Sub hh(By Val a%)
…
End Sub
```

在子过程中改变形参的值不会影响到实参。

形参只能是基本类型的变量，不能是定长的字符串、数组、自定义类型、对象；实参可以是同类型的常数、变量、数组元素或表达式。

（2）传地址方式。传地址方式（关键字 **ByRef** 可省）是将实参对应内存的地址传递给形参，也就是实参、形参共用内存中的地址单元。这种传递方式是一种双向的数据传递，即调用时实参将值传递给形参；调用结束时由形参将操作结果返回给实参。例如：

```
Private Sub hh(ByRef a%)
…
End Sub
```

形参可以是变量、仅带圆括号的数组名，不能是定长的字符串、数组元素；实参可以是同类型的常数、变量、数组元素或表达式、仅带圆括号的数组名。当实参要得到返回结果时，实参只能是变量，不能是常数或表达式。

在过程中具体用传值还是传地址方式，主要考虑的因素是：若要从过程调用中通过形参返回结果，则要用传地址方式；否则应使用传值方式，减少过程间的相互关联，便于程序的调试。数组、记录类型变量、对象变量只能用地址传递方式。

参数的默认传递方式是传地址方式。

【**例 6.5**】　使用传地址方式。

```
Sub ProByVal(ByVal a%,ByVal b%)
    a=5:b=6
End Sub
Sub ProByRef(ByRef a%,ByVal b%)
    a=5:b=6
End Sub

Sub Command1_Click()
    Dim x%,b%
    x=10:b=20
    Print "调用前的值";x: "  ";y
    Call ProByVal(x,y)
    Print "传值方式调用后的值";x: "  ";y
    x=10:b=20
    Print "传址方式调用后的值";x: "  ";y
End Sub
```

对于传值方式和传址方式的选用，一般要考虑：若要将子过程中的值传回主调过程，应选用传址方式，若不希望在子过程中修改实参的值，则应选用传值的方式。形参是数组、自定义类型时，只能是传址方式。用传址方式方式时实参必须是与形参在个数、类型都对应的简单变量、数组名功结构类型等，不能是常量、表达式。

【例 6.6】　在子过程中将 4×4 二维数组主对角线上的元素加上常数 15。

```
Private Sub arraysum%(a())
    Dim i%,j%
    For i=1 To 4
      For j=1 To 4
        If i=j Then a(i,j)=a(i,j)+15
      Next j
    Next i
End Sub

Private Sub Command1_Click()
    Dim c(3,3)
    Print"调用前"
    For i=0 To 3
    For j=0 To 3
        A(i,j)=int(Rnd*101)
        Print Tab(j*5+1);a(i,j);
    Next j
    Print
  Next i
        Call arraysum(c())
        Print"调用后"
    For i=0 To 3
    For j=0 To 3
        Print Tab(j*5+1);c(i,j);
    Next j
    Print
  Next i
End Sub
```

　　形参是数组时，只要以数组名的括号来表示就可以了，无需给出维数的上界。实参也可以用数组名的括号来表示，括号可省。在子过程中改变了 a 数组元素的值后，因 a 数组实际上与 c 数组共享存储单元，所以数组 c 中的值也发生改变了。

6.5　变量的作用域

　　Visual Basic 的应用程序又叫工程，一般由若干个窗体模块、标准模块和类模块组成。每个模块又可以包含若干个过程。变量可以在不同的模块、过程，用不同的关键字声明，但变量的有效范围也不同。变量的不同有效范围就是变量的作用域。

　　变量的作用域可分为全局变量、模块级变量和局部变量。

　　全局变量：以 Public 关键字开头的变量为全局变量，它在整个应用程序中都有效，只有应用程序执行结束才会消失。

　　模块级变量：在通用声明段用 Dim 或 Private 关键字声明的变量，在该窗体或模块内的所有过程中都有效，作用域是模块。用模块级变量实现了多个事件过程的数据的共享。

　　局部变量：在过程中声明的变量，在该过程调用时分配内存空间并初始化，过程调用结束时，回收分配的内存空间。局部变量只能在声明变量的过程中有效，在别的过程中不能访问。直接在过程中使用，虽然没有声明，也是局部变量。不同过程中同名的局部变量互不相干。局部变量主要是用于保存过程内部的一些临时数据。

【**例6.7**】　在下面工程中分析变量的作用域。

```
Normal.bas
Public aa As Integer
Private bb As string
    Sub fun1()
        Dim cc As Integer
        Dim dd as Integer
    End Sub


Formmq.frm
Public ee As Integer
Dim ff As Integer
  Private Sub Form_Load()
      Dim gg As Integer
      …
  End Sub
Private Sub Command1_Click()
    Dim hh As Integer
    …
End Sub
```

静态变量：用 Dim 声明的局部变量一般只在过程中有效，过程调用结束后，变量将释放所占用的空间，下一次调用过程时变量又将被初始化。声明局部变量时前面用 Static 关键字，可将变量声明为静态变量，这样在程序运行的过程中始会终保留该值。声明静态变量的形式为：

```
Static 变量名 [As 类型]
```

【**例6.8**】　比较下面两段程序。

```
Private Sub Command1_Click()
    Dim ss%
    aa=aa+1
    Print "调用次数";aa
End Sub
```

```
Private Sub Command1_Click()
    Static aa%
    aa=aa+1
    Print "调用次数";aa
End Sub
```

上面一个过程无论调用多少次，得到的调用次数都是 1，因为每一次调用过程时，用 Dim 声明的局部变量都被初始化了。而下面一个过程所声明的是静态变量，其值在程序运行过程中是保留的，所以调用的次数能记录下来。

6.6　过程的递归调用

Visual Basic 在定义过程时，一般一个过程不能包含另一个过程，而调用时一个过程是可以调用另一个子过程的,这种情况叫嵌套调用。在一个子过程或函数过程中又调用自己,称为递归调用,这样的子过程或函数过程称为递归子过程或递归函数,统称为递归过程。递归实际上是一种算法,例如,较为典型的是阶乘运算的递归定义是:

$n!=n(n-1)!$
$(n-1)!=(n-1)(n-2)!$

构成递归过程的条件:递归结束条件及结束时的值;能用递归形式表示,并且递归向终止条件发展。

【例 6.9】　计算阶乘。

可以将计算阶乘的递归定义写成如下形式:

$$fac(n)=\begin{cases}1 & n=1 \\ nfac(n-1) & n>1\end{cases}$$

程序代码如下:

```
Private Function fac(n As Integer) As Integer
    If n=1 Then
        fac=1
    Else
        fac=n*fac(n-1)
    End If
End Function

Private Sub Command1_Click()
    Print "fac(4)=";fac(4)
End Sub
```

6.7　错 误 和 难 点

1. 程序设计算法的问题

本章程序编写难度较大,主要是算法的构思有困难,这也是程序设计中最难学习的阶段。但是对每一位程序设计的初学者,没有捷径可走,一定要多看、多练、知难而进。上机前一定要写好程序,仔细分析、检查,才能提高上机调试的效率。

2. 确定自定义的过程是子过程还是函数过程

实际上,过程是一个具有某种功能的独立程序单位,可供多次调用。子过程与函数过程的区别是前者子过程名无值;后者函数过程名有值。若过程有一个返回值,则习惯使用函数过程;若过程无返回值,则使用子过程;若过程返回多个值,一般使用子过程,通过实参与形参的结合返回结果,当然也可通过函数过程名返回一个,其余结果通过实参与形参的结合返回。

3. 过程中确定形参的个数和传递方式

对初学者来说,在定义过程时较难确定形参的个数和传递方式。

过程中参数的作用是实现过程与调用者的数据传递。一方面,调用者为子过程或函数过程提供初值，这是通过实参传递给形参实现的；另一方面，子过程或函数过程将结果传递给调用者，这是通过地址传递方式实现的。因此，决定形参的个数就是由上述两方面决定的。

对初学者，往往喜欢把过程体中用到的所有变量全作为形参，这样就增加了调用者的负担和出错概率；也有的初学者全部省略了形参，因此无法实现数据的传递，既不能从调用者得到初值，也无法将计算结果传递给调用者。

Visual Basic 中形参与实参的结合有传值和传地址两种方式。区别如下：

（1）在定义形式上，前者在形参前加 **ByVal** 关键字，后者在形参前加 **ByRef** 关键字或缺省。

（2）在作用上，值传递只能从外界向过程传入初值，但不能将结果传出；而地址传递既可传入又可传出。

（3）如果实参是数组、自定义类型、对象变量等，形参只能是地址传递。

4. 实参与形参类型对应的问题

在地址传递方式时，调用过程实参与形参类型要一致。例如，函数过程定义如下：

```
Public Function f!(x!)
    f=x+x
End Function
```

主调程序如下：

```
Private Sub Command1-Click()
    Dim y%
    y=3
    Print f(y)
End Sub
```

上例形参 x 是单精度型，实参 y 是整型，程序运行时会显示"**ByRef** 参数类型不符"的编译提示信息。

在值传递时，若是数值型，则实参按形参的类型将值传递给形参。例如，函数过程定义如下：

```
Public Function f!(ByVal x%)
    f=x+x
End Function
```

主调程序如下：

```
Private Sub Command1_Click()
    Dim y!
    y=3.4
    Print f(y)
End Sub
```

程序运行后显示的结果是 6。

5. 变量的作用域问题

在对该过程调用时，分配该变量的存储空间，当过程调用结束时，回收分配的存储空间。也就是调用一次，初始化一次，变量值不保留。窗体级变量，当窗体装入时，分配该变量的存储空间，直到该窗体从内存卸掉，才回收该变量分配的存储空间。

例如，要通过文本框输入若干个值，每输入一个按 Enter 键，直到输入的值为 9999，输入结束，求输入数的平均值。

```
Private Sub Text1_KeyPress(KeyAscii As Integer)
    Dim sum!,n%
    If KeyAscii=13 Then
    If Val(Text1)=0999 Then
        Sum=sum/n
        Print sum
    Else
        Sum=sum+Val(Text1)
        n=n+1
        Text1=""
    End If
    End If
End Sub
```

该过程没有语法错，运行程序可输入若干个数，但当输入 9999 时，程序显示"溢出"错误。因为 sum 和 n 是局部变量，每按一个键，局部变量初始化为 0，所以会有上述错误产生。

改进方法：将要保值的局部变量声明为 Static 静态变量，也可将要保值的变量在通用声明段进行声明为窗体级变量。

6. 递归调用出现"栈溢出"

如下求阶乘的递归函数过程：

```
Public Function fac(n As Integer) As Integer
    If n=1 Then
        fac=1
    Else
        fac=n*fac(n-1)
    End If
End Function

Private Sub Command1_Click()0
    Print "fac(5)=";fac(5)
End Sub
```

当主调程序调用时，n 的值为 5 时，显示结果为 120；当 n 的值为–5 时，显示"溢出堆栈空间"的提示信息。

实际上每递归调用一次，系统将当前状态信息（形参、局部变量、调用结束时的返回地址）压栈，直到到达递归结束条件。上例中，当 n=5 时，每递归调用一次，参数 n–1，直到 n=l 时递归调用结束，然后不断从栈中弹出当前参数，直到栈空。而当 n=–5 时，参数 n–1 为–6，压找，再递归调用 n–1 永远到不了 n=1 的终止条件，直到栈满，产生栈溢出的提示信息。

所以设计递归过程时，一定要考虑过程中有终止的条件和终止时的值或某种操作，而且每递归调用一次，其中的参数就要向终止方向收敛，否则就会产生栈溢出。

习　题　六

一、选择题

1. 设有如下子过程的程序段：

```
Public Sub ABC1(n%)
    …
    n=6*n+1
    …
End Sub
```

若要在主程序中先给 m、n 赋值，再调用该子过程，有效的调用语句是_____。

(A) Call F1(n+m) 　　　　　　　(B) Call F1(8)

(C) Call F1(m) 　　　　　　　　(D) Call F1(m+10)

2. 下面子过程语句说明合法的是_____。

(A) Sub hh1(ByVal n%()) 　　　　(B) Function hh1(By Val n%)

(C) Function hh1%(hh1%) 　　　　(D) Sub hh1(n%) As Integer

3. 要想从子过程调用后返回两个结果，下面子过程语句说明合法的是_____。

(A) Sub hs(ByVal n%,ByVal m%) 　(B) Sub hs(n%,ByVal m%)

(C) Sub hs(ByVal n%,m%) 　　　　(D) Sub hs(n%,m%)

4. 在过程中定义的变量是局部变量，若希望在离开该过程而程序还没有结束时，还能保存局部变量的值，则应使用_____保留字定义局部变量。

(A) Dim 　　　　(B) Private 　　　(C) Static 　　　(D) Public

5. 下面过程运行后显示的结果是_____。

```
Public Sub f1(n%,ByVal m%)
    n= n\10
    m= m Mod 10
End Sub
Private Sub Command1_Click()
    Dim x%,y%
    x=38:y=22
    Call f1(x,y)
    Print x,y
End Sub
```

(A) 3　22 　　　　(B) 38　22 　　　(C) 3　2 　　　(D) 8　2

6. 下列程序运行的结果是_____。

```
Dim a%,b%,c%
Public Sub p1(x%,y%)
    Dim c%
    x=2*x:y=y+2:c=x+y
End Sub
Public Sub p2(x%,ByVal y%)
    Dim c%
    x=2*x:y=y+2:c=x+y
```

```
    End Sub
    Private Sub Command1_Click()
        a=2:b=4:c=6
        Call p1(a,b)
    Print "a=";a;"b=";b;"c=";c
        Call p2(a,b)
        Print "a=";a;"b=";b;"c=";c
    End Sub
```

（A）a=2　　　 b=4　　　 c=6　　　　　（B）a=4　　　 b=6　　　 c=6

　　　 a=4　　　 b=6　　　 c=10　　　　　　 a=8　　　 b=6　　　 c=6

（C）a=4　　　 b=6　　　 c=10　　　　　（D）a=4　　　 b=6　　　 c=14

　　　 a=8　　　 b=8　　　 c=16　　　　　　 a=8　　　 b=8　　　 c=6

7. 如下程序的运行结果是_____。

```
Public Sub Proc(a%())
    Static i%
    Do
    a(i)=a(i)+a(i+1)
    i=i+1
    Loop While i<2
End Sub
Private Sub command1_Click()
    Dim m%,i%,x5(10)
    For i=0 To 4
        x(i)=i+1
    Next i
    For i=1 To 2
        Call Proc(x)
    Next i
    For i=0 To 4
        Print x(i);
    Next i
End Sub
```

（A）3 4 7 5 6　　　　　　　　　　（B）4 5 6 7 8

（C）2 3 4 4 5　　　　　　　　　　（D）3 5 7 4 5

8. 关于函数过程，以下的叙述中正确的是_____。

（A）若不声明函数过程参数的类型，则该参数没有数据类型

（B）函数过程的返回值可以有多个

（C）当数组作为函数过程的参数时，既可以以传值方式传递，也能以引用方式传递

（D）函数过程形参的类型与函数返回值的类型没有关系

9. 关于过程及过程参数的叙述，以下错误的是_____。

（A）过程的参数可以是控件名称

（B）用数组作为过程的参数时，使用的是"传地址"方式

（C）只有函数过程能够将过程中处理的信息传回到调用的程序中

（D）窗体可以作为过程的参数

10. 在过程定义中，_____可作为传值的形参。

  （A）简单变量　　　　　　　　　　（B）自定义类型变量

  （C）数组　　　　　　　　　　　　（D）数组元素

二、填空题

1. 若调用子过程时采用传地址方式，这时形参和实参能共享___(1)___。

2. 按照如下要求书写函数过程定义的首语句，即 Function___(2)___定义语句，要求为：形参有两个，c1 为整型，c2 为一维整型数组，函数过程名为 Fk，函数返回值为整型。

3. 当形参是数组时，在过程体内对该数组操作时，为了确定数组的上界，应用___(3)___函数。

4. Visual Basic 中的变量按其作用域分为___(4)___、模块级变量和___(5)___变量。

5. 模块级变量应在___(6)___段声明，它的有效范围是该窗体___(7)___。

6. 如下程序，运行的结果是___(8)___，函数过程的功能是___(9)___。

```
Public Function f1(m%,n%)
    Do While m<>n
        Do While m>n
            m=m-n
        Loop
        Do While n>m
            n=n-m
        Loop
    Loop
    F=n
End Function
Private Sub Command1_Click()
    Print f1(26,18)
End Sub
```

7. 将 100～150 之间的偶数，拆分成两个素数之和，只要一对即可。程序如下，其中，prime 函数判断参数 x 是否为素数。

```
Private Function prime(ByVal x As Integer) As Boolean
    Prime=  (10)
    For i=2 To Sqr(x)
        If  (11)  Then
            Prime=False
            Exit Function
        End If
    Next i
End Function
Private Sub Form_Click()
    i=1
    For n=  (12)
        For k=3 To n/2
            If prime(k)  (13)  Then
                Print I;":";n;"=";k;"+";n-k
                Exit For
            End If
```

```
        Next k
            (14)
    Next n
End Sub
```

8. 子过程 Movestr()是把字符数组移动 m 个位置，当 Tag 为 True 时左移，则前 m 个字符移到字符数组尾，例如，"abcdfeghik"左移 3 个位置后，结果为"defghijabc"；当 Tag 为 False 时右移，则后 m 个字符移到字符数组前，如"abcdefghij"右移 3 个位置后，结果为"hi-jabcdefg"。

子过程如下：

```
Public Sub MoveStr(a$(),m%,Tag As Boolean)
    Dim I%,j%,t$
      If  (15)  Then
    For i=1 To m
        (16)
        For j=0 To  (17)
          a(j)=a(j+1)
        Next j
          (18)
    Next i
    Else
        For i=1 To m
          (19)
            For j=Ubound(A)  (20)
                a(j)=a(j-1)
            Next j
              (21)
          Next i
    End If
End Sub
```

9. 子过程 CountN 用来统计字符串中各数字字符（"0"～"9"）出现的个数。主程序对在 TextBox1 框输入的文本，每次单击"统计"按钮，调用该子过程，在 Label1 框显示结果。

```
Private Sub Command1_Click()
    Dim n(9) As Integer,i%
    Call CountN(n(),Text1.Text)
    List1.Clear
    For i=0 To 9
        If n(i) Then  (22)  "字符"&i&"出现的次数为"&n(i)
    Next
End Sub
Sub CountN(  (23)  )
    Dim c As String *1,i%,m%,j%
    For i=0 To 9
        Num(i)=0
    Next i
    m=Len(s)
    For i=1 To m
        C=  (24)
```

```
        If c>="0" And c<="9" Then
            j=Val(C)
            Num(j)=  (25)
        End If
    Next i
End Sub
```

10. 子过程 $F(n, m, t)$ 对一个 4 位数 n 整数判断：已知该整数 n，逆向排列获得另一个 4 位数 m 是它自身的倍数（2 倍以上），则 t 为 True 表示满足上述条件。主程序调用该函数，显示 1000～9999 中所有满足该条件的数。

```
Private Sub Command1_Click()
    Dim t As Boolean,i%,k%
    Text1=""
    Text2=""
    For i=1000 To 9999
        Call f(  (26)  )
        If t Then
            Text1=Text1&i&vbCrLf
            Text2=Text2&k&"="&i&"*"&k\i&vbCrLf
        End If
    Next
End Sub
Sub f(ByVal n%,ByRef m%,ByRef tag As Boolean)
    Dim i%
    tag=False
    m=0
    i=n
    Do While i>0
        m=  (27)
        i=  (28)
    Loop
    If m Mod n=0 And m\n>1 Then
        tag=  (29)
    End If
End Sub
```

11. 下列程序中的子过程 MySplit(s,aArray(),n) 用于实现 Split 函数的功能（字符分离到数组），即将数字字符串 s 按分隔符 "," 分离到 aArray 数组中，分离的个数为 n。主调程序将文本框中输入的数字字符串按回车键后进行分离，结果在 List1 控件显示。

```
Private Sub Text1_KeyPress(KeyAscii As Integer)
    Dim str1 As String,num(100) As integer,n%,i%
    If  (30)  Then
        Str1=Trim(Text1.Text)
        Call MySplit(  (31)  )
        List1.Text=""
        For i=0 To n
            List.AddItem num(i)
        Next
    End If
```

```
    End Sub
    Sub MySplit(ByVal str1 As String,ByRef sn() As Integer,ByRef n As Integer)
        Dim i%,j%,ch&
        i=0
        j=InStr(str1,",")
        Do While j>0
            Sn(i)=Val(  (32)  )
            Str1=Mid(str1,j+1)
            i=i+1
            j=  (33)
        Loop
        Sn(i)=Val(str1)
        n=  (34)
    End Sub
```

12. 以下过程将一个有序数组中重复出现的数进行压缩，删除后只剩一个。

```
Sub p(a())
    Dim n%,m%,k%
    n=Ubound(A)
    m=n
    Do While(  (35)  )
    If a(m)=a(m-1) Then
        For k=  (36)
            A(k-1)=a(k)
        Next k
        (37)
    End If
    (38)
    Loop
    ReDim Preserve a(n)
End Sub
Private Sub Command1_Click()
    Dim b(),i%
    B=Array(23,45,45,60,70,70,70,90)
    Call p  (39)
    For i=0 To Ubound(B)
        Print b(i);
    Next i
End Sub
```

13. 选择法、冒泡法排序都是在欲排序的数组元素全输入后，再进行排序。而插入排序是每输入一个数，马上插入到数组中，数组在输入过程中总是有序的。在插入排序中，涉及查找、数组内数的移动和元素插入等算法。

插入排序法的思路是，对数组中已有 n 个有序数，当输入某数 x 时：

（1）找 x 应在数组中的位置 j。

（2）从 $n-j$ 个数依次往后移，使位置为 j 的数让出。

（3）将数 x 放入数组中应有的位置 j，一个数插入完成。

对于若干个数输入，只要调用插入排序过程即可。

```
Dim n As Integer
  Private Sub Text1_keypress(keyascii As integer)
      Static bb!(1 To 20)
      Dim i%
      If n=20 Then
          MsgBox"数据太多!",1,"警告"
          End
      End If
      If keyascii=13 Then
          n=n+1
          Insert  (40)
          Picture2.Print Text1
          For i=1 To n
          Picture1.Print bb(i);
          Next i
          Picture1.Print
          Text1=""
      End If
End Sub

Sub insert(a() As Single,ByVal x!)
    Dim i%,j%
    j=1
    Do While  (41)
        j=j+1
    Loop
    For i=n-1 To j Step -1
      (41)
    Next i
    a(j)=x
End Sub
```

实 　验 　六

实验 6.1　数组统计

随机生成 100 个三位数，存入数组，按 10 个一行的格式显示所产生的数组中的各元素。编写 ProcSum 子过程，计算数组中 100～199、200～299、300～399、…、900～999 各段的数据个数。

【实验目的】

（1）掌握子过程的定义方法。

（2）掌握子过程形参、类型的确定。

（3）掌握调用子过程的方法。

（4）分析参数传递的方式。

【实验要求】

（1）创建新工程，在窗体上设计 Picture1 图片框控件。

（2）为 Form_Click()事件设计代码，实现相应的功能。

（3）要求使用 Rnd 函数。

【提示】

该题的关键问题是子过程的参数个数以及参数传递方式的确定。本题的形参应是两个，两个数组，一个是随机生成的数组，另一个是存放统计出来的各段数据个数的数组。数组参数都应该是传地址方式。

参考代码如下：

```
Private Sub Form_Click()
    Dim a(99),b(9),i%,h%
    h=0
    For i=1 To 100
    a(i)=-int(Rnd*900+100)
    If h=10 Then Print:h=0
    Picture1.Print a(i);"   ";h=h+1
    Next i
    Call a(a(),b())
    Print "========================================="
      For i=1 To 9
      Picture1.Print i;"   ";b(i)
    Next i
End Sub
Sub s(c(),d())
    Dim i%,k%
    For i=Lbound (C) +1 To Ubound (C)
        k=int(c(i)/100)
        d(k)=d(k)+1
    Next i
End Sub
```

实验 6.2　最大公约数

编一求两个数 m，n 最大公约数的程序，主程序中通过两个文本框输入数据，计算结果在图形框中显示。子函数 gcd（m，n）过程实现求两个数 m，n 的最大公约数。

【实验目的】

（1）掌握自定义函数的定义方法。

（2）掌握自定义函数形参、类型的确定。

（3）掌握调用自定义函数的方法。

（4）掌握辗转相除法求最大公约数的算法。

【实验要求】

（1）创建新工程，在窗体上设计 Text1 和 Text2 文本框控件。

（2）在窗体上设计 Command1 命令按钮和 Picture1 图片框。

（3）设计代码，实现计算公约数的功能。

【提示】

求最大公约数的算法思想：

（1）对于两数 m、n，使得 $m>n$。

（2）m 除以 n 得余数 r。

（3）若 $r=0$，则 n 为最大公约数，结束；否则执行（4）。

（4）$m \leftarrow n$，$n \leftarrow r$，再重复执行（2）。

参考代码如下：

```
Function gcd%(ByVal m%, ByVal n%)
    If m < n Then t = m: m = n: n = t
        r = m Mod n
        Do While (r <> 0)
            m = n: n = r: r = m Mod n
        Loop
        gcd = n
End Function

Private Sub Command1_Click()
    k1=Val(Text1):k2=Val(Text2)
    If k1<k2 Then t=k1:k1=k2:k2=t
    Picture1.Print k1,k2,gcd(k1, k2)
End Sub
```

此外也可利用递归来实现。

```
Function gcd%(ByVal m%, ByVal n%)
    If(m Mod n)=0 Then
        Gcd=n
    Else
        Gcd=gcd(n,m Mod n)
    End If
End Function
```

实验 6.3　字符统计

编一程序，实现统计字符串中的空格的个数，要求用自定义函数的形式。

【实验目的】

（1）掌握自定义函数的定义、调用方法。

（2）掌握自定义函数值传递的方法。

（3）进一步学习字符串函数的使用。

【实验要求】

（1）创建新工程，在窗体上设计文本框 Text1 控件。

（2）在窗体上设计 Command1 命令按钮和 Picture1 图片框。

（3）设计代码，实现相应的功能。

【提示】

Visual Basic 中字符是以 Unicode 码存放的，每个西文字母和汉字都占用 2 个字节。汉字编码的最高位为 1，由于数据以补码的形式表示，用 Asc 函数求出来的码值小于 0。西文字符的最高位为 0，用 Asc 函数求出来的码值则大于 0，以此来区分汉字和西文字符。

参考代码如下：

```
Private Sub Command1_Click()
    Dim c1%
    c1 = CountX(Text1.Text)
    Picture1.Print Text1; Tab(20); "有"; c1; "个空格字符数"
End Sub
```

```
Function CountX%(ByVal s$)
    Dim i%, t%, k%, c$
    For i = 1 To Len(s)
        c = Mid(s, i, 1)
        If Asc(C) = 0 Then k = k + 1
    Next i
    CountC = k
End Function
```

实验 6.4　数制转换

编一函数过程，实现一个十进制整数转换成二～十六任意进位制数，并对八、十六进制数调用内部函数加以验证。

【实验目的】

（1）掌握十进制整数转换成任意进位制数的方法。

（2）掌握系统函数 Oct 和 Hex。

（3）学习自定义函数的定义和调用。

（4）掌握利用文本框输出结果的方法。

【实验要求】

（1）创建新工程，在窗体上设计 3 个命令按钮和 2 个标签控件。

（2）在窗体上设计 5 个文本框控件。

（3）为 Command1 命令按钮设计代码，实现相应的功能。

【提示】

十进制数是平时所熟悉的，但计算机内部用的是二进制，为了克服二进制数较长等缺点，又采用了八进制和十六进制。Visual Basic 系统提供的 Oct 函数可实现从十进制转换到八进制，Hex 函数实现从十进制到十六进制的转换。十进制整数 m 转换成任意的 r 进制数的方法是：将 m 不断地除以 r 取余数，直到商为零为止，把得到的余数反序排列起来即可。

参考代码如下：

```
Function TranDec(ByVal m%,ByVal r%)
    TranDec=""
    Do While m<>0
        c=m Mod r
        If c>9 Then
            TranDec=Chr(c-10+65)&TranDec
        Else
            TranDec=c&TranDec
        End If
        m=m\r
    Loop
End Function

Sub Command1_Click()
    Dim m0%,r0%,i%
    m0=Val(Text1.Text)
    r0=Val(Text2.Text)
    If r0<2 Or r0>16 Then MsgBox("数制超出范围"):End
```

```
    Text3.Text=TranDec(m0,r0)
End Sub

Sub Command2_Click()
    Text4.Text=Oct(Val(Text1.Text))
End Sub

Sub Command3_Click()
    Text5.Text=Hex(Val(Text1.Text))
End Sub
```

实验 6.5　验证哥德巴赫猜想

验证哥德巴赫猜想：任意一个大于 2 的偶数都可以表示成两个素数之和。编程将 1000～1100 之间的全部偶数表示为两个素数之和，在列表框显示结果，最后 Label1 显示共有多少对素数之和。

【实验目的】

（1）掌握函数过程定义及调用的方法。

（2）掌握函数的返回值是逻辑值时的处理方法。

（3）掌握列表框的使用。

（4）掌握判定素数的方法。

【实验要求】

（1）创建新工程，在窗体上设计 List1 命令按钮控件。

（2）在窗体上设计 Command1 命令按钮控件。

（3）为 Command1 命令按钮设计代码，实现相应的功能。

【提示】

利用自定义函数过程中来判断形参 m 是否是素数，若 m 是素数，函数的返回值为 True，否则为 False。主程序用试凑法，将一个偶数分解成两个数，分别调用函数来判断其是否素数。

参考代码如下：

```
Private Sub Command1_Click()
    Dim Even%,Odd1%,Odd2%
    For Even=1000 To 1100 Step 2
        For Odd1=3 To Even/2
            If prime(Odd1) Then
            Odd2=Even-Odd1
            If prime(Odd2) Then
                List1.AddItem Even&"="&Odd1&"+"&Odd2
                n=n+1
            End If
        End If
      Next Odd1
    Next Even
    Label1="1000 和 1100 之间有 "&n&" 对素数和"
End Sub

Function prime(m%) AS Boolean
    Prime=True
```

```
    For i=2 To Sqr(m)
        If m Mod i=0 Then
            Prime=False
            Exit Function
        End If
    Next i
End Function
```

实验 6.6　部分级数和

分别利用自定义函数过程和子过程计算 sin(x)的值，并且与系统内部函数 sin(x)的结果比较。当最后一项的绝对值小于指定精度，就可以认为所得到的部分级数和为 sin(x)的值。

$$\sin(x)=\frac{x}{1}-\frac{x^3}{3!}+\frac{x^5}{5!}+\cdots+(-1)^{n-1}\frac{x^{(2n-1)}}{(2n-1)!}$$

【实验目的】

（1）掌握利用自定义函数过程计算级数的近似值。

（2）掌握利用子过程计算级数的近似值。

（3）比较两种不同方法的差异。

（4）掌握将一维数组按矩阵形式进行输出的方法。

【实验要求】

（1）创建新工程，在窗体上设计 Command1 命令按钮控件。

（2）设计代码，实现相应的功能。

【提示】

关键是找出计算级数和的递推公式，即 $t=-tx^2/(i+1)/(i+2)$。

参考代码如下：

```
Function jishu1(x!,eps#) As Double
    Dim n%,s#,t#
    n=1:s=0:t=x
    Do While (Abs(t)>=eps)
        s=s+t
        t=-t*x^2/(n+1)/(n+2)
        n=n+2
    Loop
    jishu1=s
End Function

Sub jishu2(s#,x!,esp#)
    Dim n%,t#
    n=1:s=0:t=x
    Do While (Abs(t)>=eps)
        s=s+t
        t=-t*x^2/(n+1)/(n+2)
        n=n+2
    Loop
End Sub
```

```
Private Sub Command1_Click()
    Dim f1#,f2#
    F1=jishu1(2#,0.000001)
    Call jishu2(f2,2#,0.000001)
    Print"f1=";f1,"f2=";f2
    y=sin(2)
    Print"y=";y
End Sub
```

实验 6.7　字符串处理

在子过程 DeleStr(s1,s2)中，将字符串 s1 中出现的 s2 子字符串删去，结果仍存放在 s1 中。主程序通过文本框输入字符串数据，调用子过程来处理字符串。

【实验目的】

（1）掌握子过程的定义和调用。

（2）掌握在子过程中字符串的处理。

（3）掌握值传递与地址传递的区别。

【实验要求】

（1）创建新工程，在窗体上设计 Command1 命令按钮控件。

（2）在窗体上设计 3 个文本框，分别放原字符串、要删除的字符串和删除后的字符串。

（3）设计代码，实现相应的功能。

【提示】

如果原字符串是：s1="12345678AAABBDFG12345"　　　　s2="234"

那么删除后的结果是：s1="15678AAABBDFG15"

为了删除子串，首先利用 InStr 函数查找子串；若找到，则通过 Left、Mid（或 Right）函数实现子字符串的删除；同时要考虑到删除多个子串的情况。

同时要注意值传递与地址传递的区别使用。s1 为要处理的源和结果字符串，所以为地址传递；s2 为要在 s1 中删除的子字符中，所以为值传递。

DeleStr 过程中有两个形参，前者为地址传递，后者为值传递。因此，调用时前者实参为字符串变量，达到双向传递的作用；后者可直接为文本框控件，把该值传递给形参。控件只能起到值传递的作用。参考代码如下：

```
Private Sub DeleStr(s1 As String,ByVal s2 As String)
    Dim i%
    i=Instr(s1,s2)
    Ls2=Len(s2)
    Do While I>0
        Ls1=Len(s1)
        s1=Left(s1,i-1)+Mid(s1,i+ls2)
        i=InStr(s1,s2)
    Loop
End Sub

Private Sub Command1_Click()
    Dim ss1 As String
```

```
    ss1=Text1
    Call DeleStr(ss1,Text2)
    Text3=ss1
End Sub
```

实验 6.8　加密和解密

编一个加密和解密的程序，即将输入的一行字符串中的所有字母加密，加密后还可以再进行解密。

【实验目的】

（1）掌握随机数生成的方法。

（2）掌握给数组赋值的方法。

（3）掌握在数组中进行统计计算的方法。

（4）掌握将一维数组按矩阵形式进行输出的方法。

【实验要求】

（1）创建新工程，在窗体上设计 Command1 命令按钮控件。

（2）为 Command1 命令按钮设计代码，实现相应的功能。

（3）要求使用 Rnd 函数。

【提示】

信息加密问题。信息加密有各种方法，最简单的一种加密方法是将每个字母加一个序数，序数称为密钥。如果取序数为 3，那么转换的方式就是：

"A"→"D"，"B"→"D"，"a"→"d"，"Y"→"B"，"Z"→"C"

解密过程与加密过程正好相反。参考代码如下：

```
Function Code(ByVal s$,ByVal Key%)
    Dim c As String*1,iAsc%
    Code=""
    For i=1 To Len(s)
        C=Mid$(s,i,1)
        Select Case c
        Case "A" To "Z"
            iAsc=Asc(c)+Key
            If iAsc>Asc("Z") Then iAsc-26
            Code=Code+Chr(iAsc)
        Case"a" To "z"
            iAsc=Asc(c)+Key
            If iAsc>Asc("z") Then iAsc=iAsc-26
            Code=Code+Chr(iAsc)
        Case Else
            Code=Code+e
    End Select
    Next i
End Function


Private Sub Command1_Click(0
    Text2=Code(Text1,2)
End Sub
```

第 7 章　用户界面设计

7.1　基　本　要　求

（1）掌握常用控件的使用。

（2）学会使用通用对话框控件进行编程。

（3）掌握下拉式菜单和弹出式菜单的设计方法。

（4）掌握创建多重窗体程序的有关技术。

（5）了解鼠标和键盘事件及其事件过程的编写。

（6）综合应用所学的知识，编写具有可视化界面的应用程序。

7.2　Visual Basic　控　件

用户界面是用于实现用户和应用程序交互的，应用程序设计的一个重要内容就是用户界面设计。Visual Basic 中提供了包括常用控件、通用对话框、菜单、多重窗体和应用程序开发在内用户界面设计工具。

Visual Basic 的控件可以分为标准控件、ActiveX 控件和可插入对象三类。

标准控件又称内部控件，是由 Visual Basic 系统提供的，共 20 个。启动时，标准控件总会自动显示在工具箱中，不能删除。

由于标准控件的数量有限，对于复杂程序的开发往往要 Visual Basic 及第三方提供的大量 ActiveX。利用 ActiveX 可大大节省程序开发的时间。ActiveX 部件实质上是可以重复使用的编程代码和数据，是由用 ActiveX 技术创建的一个或多个对象所组成。ActiveX 部件是扩展名为.ocx 的独立文件，存放在 Windows 的 system 目录中。ActiveX 通常分为四种，分别是 ActiveX 控件、ActiveX DLL、ActiveX EXE 和 ActiveX 文档。

通用对话框不是标准控件，而是 ActiveX 控件，如图 7.1 所示，它位于 Microsoft Common Dialog Control 6.0 部件中，对应的文件是 Comdlg32.ocx。

ProgressBar 进度条也是 ActiveX 控件，位于 Microsoft Windows Common Control 6.0 部件中，对应的文件为 Mscomct1.ocx。

ActiveX 控件使用之前必须先加载，加载后可像标准控件一样使用。加载 ActiveX 控件时要选择"工程"菜单中的"部件"命令，弹出对话框，选定所需的 ActiveX 控件左边的复选框，进行加载。

除了 ActiveX 控件之外，ActiveX 部件中还有被称为代码部件的 ActiveX.DLL 和 ActiveX. EXE。它们向用户提供了对象形式的库。大量软件提供了庞大的对象库，通过对其他程序对象库的引用，可以扩大应用程序的功能。ActiveX 控件和 ActiveX DLL/EXE 部件的明显区别是：ActiveX 控件有可视的界面，当加载后在工具箱上会有相应的图标显示。

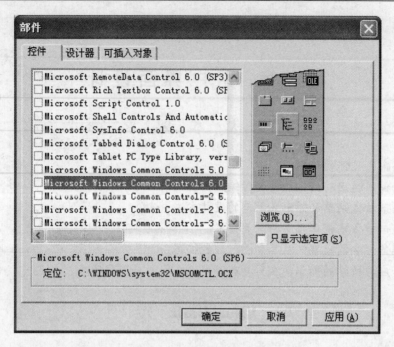

图 7.1　"部件"对话框

大多数 ActiveX 控件的属性都可以简单地在其属性页中设置。ActiveX DLL/EXE 部件是代码部件，没有界面，当用"工程"菜单中的"引用"命令设置对对象库的引用后，工具箱上没有图标显示，但可以用"对象浏览器"查看其中的对象、属性、方法和事件。

可插入对象是指 Windows 应用程序的对象，也可以添加到工具箱中，它具有与标准控件类似的属性，也可以同标准控件一样使用。

7.3　单选按钮和复选框

单选按钮通常是以组的形式出现，只允许选其中一项。单选按钮的主要属性有 Caption 和 Value。Caption 属性是单选按钮上显示的文本。Value 属性是默认属性，它的主要作用是用来检查单选按钮或复选框是否被选定。值为 True 表示选定，值为 False 表示未选定。

复选框则列出了可供选择的多项，可选择一项或多项。复选框的主要属性也有 Caption 和 Value。Caption 属性是复选框上显示的文本。Value 属性是默认属性，表示复选框的状态，其值为整型。数值 0 表示未被选定，默认值，数值 1 表示被选定，数值 2 表示部分选定，呈灰色显示。

单选按钮和复选框都能响应 Click 事件，但通常不需要编写事件过程。

7.4　框　　架

框架的主要作用是将其他控件组合在一起，对一个窗体中的各种功能进行分类，以便于用户识别。用框架将同一个窗体上的单选按钮分组后，每一组单选按钮都是独立的，也就是说，在一组单选按钮中进行操作不会影响其他组单选按钮的选择。对于其他类型的控件，利用框架也可形成视觉区分和总体的激活或屏蔽特性。

在窗体上创建框架及其内部控件时，必须先建立框架，然后在其中建立各种控件。创建控件时不能用双击工具箱工具的自动方式，而要先选定工具，再到框架内拖出框架来。先前已有的控件要用框架分组，在建立框架后，要用剪贴板剪切并粘贴到框架内。

框架的重要属性是 Caption，就是框架上的标题名称。

框架可以响应 Click、DblClick 事件，但一般不需要编写事件过程。

【例 7.1】　　利用单选按钮和复选框设置文本框的字体，如图 7.2 所示。

代码如下：

```
Private Sub Command1_Click()
    Text1.Font.Name = IIf(Option1, "宋体", "黑体")
    Text1.Font.Bold = IIf(Check1 = 1, True, False)
    Text1.Font.Italic = IIf(Check2 = 1, True, False)
End Sub
```

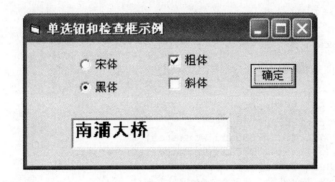

图 7.2　设置字体

7.5　滚动条和进度条

滚动条通常用于附在窗体上协助观察数据或确定位置，也可用来作数据的输入工具。滚动条有水平滚动条和垂直滚动条两种。

滚动条的主要属性有：

Max 属性值是滑块处于最大位置所代表的值，范围从 –32 768～32 767。

Min 属性值是处于最小位置所代表的值，范围从 –32 768～32 767。

Value 属性值是滑块当前位置所代表的值，默认为 0。

SmallChange 属性值是用户单击滚动条两端的箭头时，Value 属性所增加或减少的值。

LargeChange 属性值是用户单击滚动条的空白处时，Value 属性所增加或减少的值。

滚动条的主要事件有 Change 和 Scroll。当拖动滑块时触发 Scroll 事件，而当改变 Value 属性会触发 Change 事件。

进度条通常用来指示事务处理的进度，也有水平进度条和垂直进度条两种。进度条控件位于 Microsoft Windows Common Control 6.0 中需加载后才能使用。

进度条的方向由 orientation 属性决定。属性值为 0 为水平方向，属性值为 1 为垂直方向。

进度条的 Min 和 Max 属性设置界限， Value 决定控件被填充了多少。在操作进程中，Value 属性的值是持续增长的，从 Min 一直到 Max。

【**例 7.2**】　利用滚动条输入数据，计算阶乘。

代码如下：

```
Private Sub HScroll1_Change()
    Dim i As Integer, s As Double
    s = 1
    n = HScroll1.Value
    If n <> 0 Then
    For i = 1 To n
    s = s * i
    Next i
    End If
    Label2.Caption = n & "! = "
    Label3.Caption = s
End Sub
```

运行结果图如图 7.3 所示。

【**例 7.3**】　进度条的应用。

```
Sub Command1_Click()
    Dim Counter As Integer
    Dim Workarea(25000) As String
    ProgressBar1.Min = LBound(Workarea)
    ProgressBar1.Max = UBound(Workarea)
    ProgressBar1.Visible = True
    ProgressBar1.Value = ProgressBar1.Min
    For Counter = LBound(Workarea) To UBound(Workarea)
        Workarea(Counter) = "Initial value" & Counter
        ProgressBar1.Value = Counter
    Next Counter
  End Sub

Private Sub Command2_Click()
    ProgressBar1.Visible = False
    ProgressBar1.Value = ProgressBar1.Min
End Sub
```

运行结果图如图 7.4 所示。

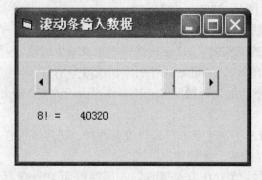

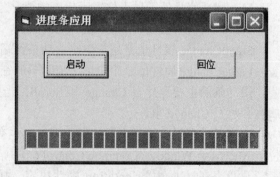

图 7.3　滚动条的应用   图 7.4　进度条的应用

7.6 定 时 器

定时器以一定的时间间隔产生 Timer 事件，从而执行相应的事件过程。

定时器特有的属性是 Interval，它决定了两个 Timer 事件之间的时间间隔，其值以 0.001s 为单位，介于 0~64 767ms 之间，最大时间间隔大约为 1min，默认值为 0。Interval 属性设为 0 时计时器停止运行，则 Timer 事件不会响应。

定时器的 Enabled 属性与其他控件是不同的，当定时器的 Enabled 属性为 True 时，Timer 事件以 Interval 属性值的毫秒间隔发生。如果将定时器的 Enabled 属性设为 False 时与 Interval 属性设为 0 时一样，计时器停止运行，则 Timer 事件不会响应。

Timer 是定时器的唯一事件。

【例 7.4】 时钟程序。

```
Dim t As Integer
Private Sub Form_Load()
    Timer1.Interval = 1000
    Timer1.Enabled = False
End Sub

Sub Command1_Click()
    t = 60 * Val(Text1.Text)
    Timer1.Enabled = True
End Sub

 Sub Timer1_Timer()
    Dim m, s As Integer
    t = t - 1
    m = Int(t / 60)
    s = t Mod 60
    Label1.Caption=m &"分"& s &"秒"
    If (t = 0) Then
       Timer1.Enabled = False
       MsgBox ("定时到！")
    End If
End Sub
```

图 7.5 定时器

运行结果图如图 7.5 所示。

7.7 图形框和图像框

图形框（PictureBox）和图像框（Image）都可以用来在应用程序中产生图形效果。在图形框和图像框可以显示 BMP、ICO、WMF、GIF、JPEG 等格式的图形，图形框还有一个特殊功能，那就是作为容器放置其他控件，以及通过 Print、Pset、Line、Circle 等方法在其中输出文本和画图。

图形框的主要属性有 Picture 和 Autosize。Picture 属性值是所显示的图片的文件，可通过三种途径获得：

在程序设计时，可以直接设置；

在程序运行时，可以通过 LoadPicture 函数设置，格式为：

图形框.Picture=LoadPicture("图形文件名")

例如：

要在程序运行时删除图形可用：图形框.Picture=LoadPicture("")

对另外一个图形框或图像框中的图形赋值方式，形式为：

图形框 1.Picture=图形框 2.Picture

图形框还有一个主要属性是 Autosize，它用于控制图形框的大小。当其值设置为 True 时，图形框能自动调整大小，使之与显示的图片匹配；当值为 False 时，则图形框不能改变大小，图形较大时，超出部分将被剪裁。

它们都有 Picture 属性，其值是显示的图片。

图像框和图形框的区别主要有两点：一是图像框不能作为容器存放其他控件；二是图像框没有 Autosize 属性，但是有 Stretch 属性。

图像框的 Stretch 属性，用于确定是调整图像框大小以适应图形框，还是调整图形大小以适应图像框。当 Stretch 属性值为 False 时表示图像框在设计状态可自动改变大小，以适应其中的图形，而在程序运行时不能改变大小图形或剪裁或占用图像框左上角部分空间，相当于图形框 Autosize 属性值为 False 时的状况。当 Stretch 属性值为 True 时，加载到图像框的图形可自动调整尺寸，以适应图像框的大小。利用 Stretch 图像框的属性值可实现图形的伸缩。

【例 7.5】 图形缩放程序。

```
Dim H, W As Integer
Sub Check1_Click()
    Image1.Stretch = Check1.Value
End Sub

Sub Form_Load()
    H = Image1.Height
    W = Image1.Width
End Sub

Sub HScroll1_Scroll()
    Image1.Height = H * HScroll1.Value/10
    Image1.Width = W * HScroll1.Value/10
End Sub
```

Stretch 值为 True 和 False 时的效果图如图 7.6 和图 7.7 所示。

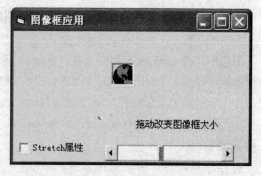

图 7.6　Stretch 值为 True   图 7.7　Stretch 值为 False

7.8 对　话　框

在 Visual Basic 应用程序中，对话框有三种：预定义对话框、通用对话框和用户自定义对话框。

预定义对话框是系统定义的对话框，可以调用如 InputBox、MsgBox 等函数直接显示。

通用对话框向用户提供了打开、另存为、颜色、字体、打印和帮助六种类型的对话框。使用它们可以减少设计程序的工作量。

自定义对话框是具有特殊的属性设置的窗体。作为对话框窗体的 BorderStyle、ControlBox、MaxButton 和 MinButton 应分别为 1、False、False 和 False。

对话框可分成模式的和无模式的。

通用对话框不是标准控件，只是一种 ActiveX 控件，位于 Microsoft Common Dialog Control 6.0 部件中，要用"工程"→"部件"命令加载。在设计状态、窗体上显示通用对话框图标，但运行时，窗体上不会显示通用对话框，除非用 Action 属性或 Show 方法激活而调出所需的对话框。通用对话框只用于应用程序与用户之间进行信息交互，是界面，不能真正实现打开文件、存储文件、设置颜色、设置字体、打印等操作，这些操作需要通过编程实现。

通用对话框可以通过 Action 属性，也可以通过 Show 方法打开。

"打开"对话框的 Action 属性值是 1，对应的方法是 ShowOpen。

"另存为"对话框的 Action 属性值是 2，对应的方法是 ShowSave。

"颜色"对话框的 Action 属性值是 3，对应的方法是 ShowColor。

"字体"对话框的 Action 属性值是 4，对应的方法是 ShowFont。

"打印"对话框的 Action 属性值是 5，对应的方法是 ShowPrinter。

"帮助"对话框的 Action 属性值是 6，对应的方法是 ShowHelp。

Action 属性不能在属性窗口内设置，只能在程序中赋值。此外，还有用于设置通用对话框标题属性的 DialogTiltle 属性，决定用户单击"取消"按钮时的是否产生错误信息的 CancelError 属性。

每种通用对话框除了通用基本属性外，还有各自特有的属性。

在程序中对通用对话框的属性设置不起作用。在程序中，通用对话框的属性设置语句必须放在打开对话框语句之前，否则本次打开对话框时将不起作用。例如，下面的程序代码由于先打开对话框，再进行属性设置，因此第一次打开对话框时，属性设置不起作用，但是这些设置在下一次打开对话框时会起作用。

```
CommonDialog1.ShowOpen
Picture1.Picture=LoadPicture(CommonDialog1.FileName)
CommonDialog1.FileName="*.bmp"
CommonDialog1.InitDir="C:\Windows"
CommonDialog1.Filter="Picture(*.Bmp)|*.Bmp|All Files(*.*)|*.*"
CommonDialog1.FilterIndex=1
```

【例 7.6】　设计文本文件编辑程序。

代码如下：

```vb
Private Sub cmdOpen_Click()
    CommonDialog1.CancelError = True
    On Error GoTo nofile
    CommonDialog1.ShowOpen
    Text1.Text = ""
    Open CommonDialog1.FileName For Input As #1
    Do While Not EOF(1)
        Line Input #1, inputdata
        Text1.Text = Text1 + inputdata + vbCrLf
    Loop
    Close #1
    Exit Sub

nofile:
    If Err.Number = 32755 Then
        MsgBox "按取消按钮"
    Else
        MsgBox "其他错误"
    End If
End Sub

Private Sub cmdSaveas_Click()
    On Error Resume Next
    CommonDialog1.ShowSave
    Open CommonDialog1.FileName For Output As #1
    Print #1, Text1
    Close #1
End Sub

Private Sub cmdColor_Click()
    On Error Resume Next
    CommonDialog1.ShowColor
    Text1.ForeColor = CommonDialog1.Color
End Sub

Private Sub cmdFont_Click()
    On Error Resume Next
    CommonDialog1.Flags = cdlCFBoth Or cdlCFEffects
    CommonDialog1.ShowFont
If CommonDialog1.FontName <> "" Then Text1.FontName = CommonDialog1.FontName
    Text1.FontSize = CommonDialog1.FontSize
    Text1.FontBold = CommonDialog1.FontBold
    Text1.FontItalic = CommonDialog1.FontItalic
    Text1.FontStrikethru = CommonDialog1.FontStrikethru
    Text1.FontUnderline = CommonDialog1.FontUnderline
End Sub

Private Sub cmdPrint_Click()
    On Error Resume Next
```

```
CommonDialog1.Action = 5
For i = 1 To CommonDialog1.Copies
Printer.Print Text1.Text
Next i
Printer.EndDoc
End Sub

Private Sub cmdQuit_Click()
    End
End Sub
```

文本编辑界面如图 7.8 所示，"打开"对话框如图 7.9 所示。

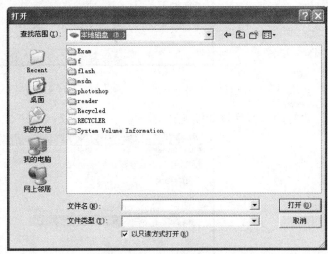

图 7.8　文本编辑　　　　　　　　　　　图 7.9　"打开"对话框

"另存为"对话框如图 7.10 所示。

"颜色"对话框如图 7.11 所示。

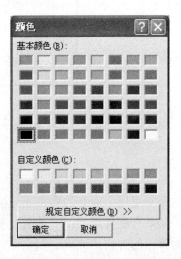

图 7.10　"另存为"对话框　　　　　　　　图 7.11　"颜色"对话框

"字体"对话框如图 7.12 所示。

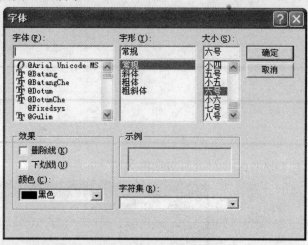

图 7.12 "字体"对话框

"打印"对话框如图 7.13 所示。

图 7.13 "打印"对话框

7.9 菜　　　单

菜单可用于命令的列表或分组，使命令的调用更加方便。

菜单有两种类型：一是由一个主菜单和若干子菜单组成的下拉式菜单，二是用户单击右键时弹出的弹出式菜单。

每一个菜单项实质上是一个控件，有属性、事件、方法。菜单项能响应 Click 事件，在程序运行期间，如果用户单击菜单项，则运行该菜单项的 Click 事件过程。

不管是下拉式菜单还是弹出式菜单，都是在菜单编辑器中设置的。菜单编辑器在设计状态，选择"工具"→"菜单编辑器"可打开。在菜单编辑器中指定菜单结构，设置菜单属性。菜单项最重要的属性是用于设置应用程序菜单上出现的字符的标题属性 Caption，还有用于定义菜单项控制名的名称属性 Name。

弹出式菜单需要在程序中使用 PopupMenu 方法显示，而下拉式菜单在程序开始时会自动显示。

【例 7.7】 菜单设计。

```
Dim st As String
Private Sub EditCopy_Click()
    st = Text1.SelText
    EditCopy.Enabled = False
    EditCut.Enabled = False
    EditPaste.Enabled = True
End Sub

Private Sub EditCut_Click()
    st = Text1.SelText
    Text1.SelText = ""
    EditCopy.Enabled = False
    EditCut.Enabled = False
    EditPaste.Enabled = True
End Sub

Private Sub EditPaste_Click()
    Text1.Text = Left(Text1, Text1.SelStart)+st+Mid(Text1,Text1.SelStart + 1)
End Sub
Private Sub FileExit_Click()
    End
End Sub

Private Sub FileOpen_Click()
    On Error GoTo nofile
    CommonDialog1.InitDir = "C:\Windows"
    CommonDialog1.Filter = "文本文件 | *.txt"
    CommonDialog1.CancelError = True
    CommonDialog1.ShowOpen
    Text1.Text = ""
    Open CommonDialog1.FileName For Input As #1
    Do While Not EOF(1)
        Line Input #1, inputdata
        Text1.Text = Text1.Text + inputdata + vbCrLf
    Loop
    Close #1
    Exit Sub
```

```
nofile:
     If Err.Number = 32755 Then Exit Sub
End Sub
Private Sub Text1_MouseDown(Button As Integer, Shift As Integer, X As Single,
Y As Single)
     If Button = 1 Then PopupMenu EditMenu, vbPopupMenuCenterAlign, X, Y
End Sub

Private Sub Text1_MouseMove(Button As Integer, Shift As Integer, X As Single,
Y As Single)
          If Text1.SelText <> "" Then
              EditCut.Enabled = True
              EditCopy.Enabled = True
              EditPaste.Enabled = False
          Else
              EditCut.Enabled = False
              EditCopy.Enabled = False
              EditPaste.Enabled = True
          End If
End Sub
```

图 7.14　菜单设计

菜单设计效果图如图 7.14 所示。

7.10　多　重　窗　体

对于较复杂的应用程序，单一窗体往往不能满足用户需求，要多个窗体来实现，这就是多重窗体。在多重窗体中，每个窗体可以有自己的界面和程序代码，分别完成不同的功能。

添加窗体操作如下：选择"工程"菜单中的"添加窗体"命令，可以新建一个窗体，或者将一个属于其他工程的窗体添加到当前工程中，每一个窗体都是以独立的 FRM 文件保存的。在同一工程中窗体不能同名，添加已有窗体实际上是共享，改变共享窗体对所有用该窗体的工程都有影响。

在选择"工程"→"添加窗体"命令添加一个现存窗体时经常会发生加载错误，绝大多数是因为窗体名称冲突的缘故。例如，假定当前打开了一个含有名称为 Form1 的窗体，如果想把属于另一个工程的 Form1 窗体装入时，则肯定会出错。

读者要注意窗体名称与窗体文件名的区别。在一个工程中，可以有两个窗体文件名相同的窗体（分布在不同的文件夹中），但是绝对不能同时出现两个窗体名称相同的窗体。

在缺少的情况下，程序开始运行时，首先见到的窗体是 Form1，系统默认 Form1 为启动对象。当设置 Main 子过程时，还可以将 Main 过程为启动对象。如果启动对象是 Main 子过程，则程序启动时不加载任何窗体，以后由该过程根据不同情况决定是否加载或加载哪一个窗体。要指定其他窗体为启动窗体，应选择"工程"菜单中"属性"命令。Main 要放在标准模块中，不能放在窗体模块内。

在窗体的加载和卸载过程中涉及多种事件。窗体的常用方法和语句如下。

Load 语句：把窗体装入内存。形式为：Load 窗体名称。执行后可以引用窗体中的控件及各种属性，但此时窗体没有显示出来。在首次用 Load 语句将窗体调入内存时，依次触发 Initialize 和 Load 事件。

Unload 语句：从内存中删除指定的窗体。形式为：Unload 窗体名称。Unload Me 是关闭自身窗体。用 Unload 语句将窗体从内存中卸载时，会触发 Unload 事件。

Show 方法：用来显示窗体，兼有加载和显示两重功能。形式为：Show 模式。其中模式为 1 表示窗体是"模式型"，用户无法将鼠标移到其他窗体，即只有在关闭该窗体后才能对其他窗体进行操作。若模式为 0，表示窗体是非模式，可以对其他窗口进行操作，如"编辑"菜单的"替换"对话框就是一个非模式对话框的实例。模式的默认值是 0。窗体名称缺省时为当前窗体。当窗体成为活动活动窗口时，触发窗体的 Activate 事件。

Hide：用于将窗体暂时隐藏，但没有将窗体从内存中删除。形式为：窗体名称.Hide。其中缺省窗体名称时为当前窗体。

窗体模式：窗体按使用方式可分为模式和无模式两种。

用 Load 语句加载窗体，窗体不显示。Load 语句将窗体装入内存并设置窗体的 Visible 属性为 False（无论在设计时如何设置 Visible 属性），即窗体用 Load 语句加载到内存后并不立即显示，需要用 Show 方法或将窗体的 Visible 属性设置为 True 才可显示。

此外，尽管窗体用 Load 语句加载后并不显示，但是仍然可以引用窗体中的控件及各种属性。

窗体之间的相互访问共有三种形式：

（1）一个窗体直接访问另一个窗体上控件的属性，形式为：

另一个窗体名.控件名.属性

如 Text1.Text=Form2.Text1.Text

（2）一个窗体访问另一个窗体中定义的全局变量，形式为：

另一个窗体名.全局变量名

（3）访问在模块中定义的全局变量。为了实现窗体间的相互访问，一个有效的方法是在模块中定义公共变量，作为交换数据的场所。

如添加模块 Module1，然后在其中定义变量：

```
Public X As String
```

【例 7.8】 输入学生五门课的成绩，算出总分及平均分并显示。

代码如下：

```
Public sMath, sPhysics, sChemistry, sChinese, sEnglish As Single
Private Sub Command1_Click()
    Form1.Hide
    Form2.Show
End Sub

Private Sub Command2_Click()
    Form1.Hide
    Form3.Show
```

```
End Sub

Private Sub Command3_Click()
    End
End Sub


Private Sub cmdReturn_Click()
    sMath = Val(txtMath.Text)
    sPhysics = Val(txtPhysics.Text)
    sChemistry = Val(txtChemistry.Text)
    sChinese = Val(txtChinese.Text)
    sEnglish = Val(txtEnglish.Text)
    Form2.Hide
    Form1.Show
End Sub
Private Sub Text2_Change()
End Sub
```

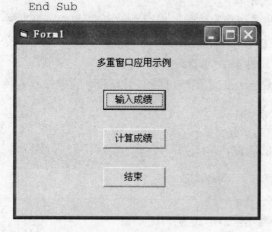

图 7.15　主窗口

```
Private Sub cmdReturn_Click()
Form3.Hide
Form1.Show
End Sub

Private Sub Form_Activate()
    Dim sTotal As Single
    sTotal = sMath + sPhysics +
sChemistry + sChinese + sEnglish
    txtAverage.Text = sTotal / 5
    txtTotal.Text = sTotal
End Sub
```

主窗口界面如图 7.15 所示，输入成绩界面如图 7.16 所示，统计成绩界面如图 7.17 所示。

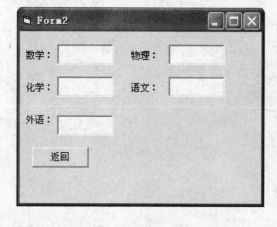

图 7.16　输入成绩

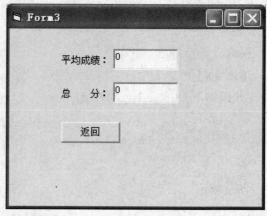

图 7.17　统计成绩

7.11 鼠 标

鼠标事件是由用户操作鼠标而引发的能被各种对象识别的事件。鼠标器除了 Click 和 DblClick 事件之外，鼠标事件还有三个。

MouseDown 事件：按下任意一个鼠标按钮时被触发。

MouseUp 事件：释放任意一个鼠标按钮时触发。

MouseMove 事件：移动鼠标时被触发。

这三个鼠标事件过程具有相同的参数。与上述三个鼠标事件对应的过程如下：

Sub Form_MouseDown(Button As Integer,Shift As Integer,X As Single,Y As Single)

Sub Form_MouseUp(Button As Integer,Shift As Integer,X As Single,Y As Single)

SUB Form_MouseMove(Button As Integer,Shift As Integer,X As Single,Y As Single)

其中：

Button 指示用户按下或释放了哪一个鼠标按钮。

Shift 包含了 Alt、Ctrl 和 Shift 键的状态信息。

X、Y 表示当前鼠标指针的位置。

MouseDown 和 MouseUp 的 Button 参数的意义与 MouseMove 是不同的。对于 MouseDown 和 MouseUp 来说，Button 参数指出哪个鼠标按钮触发了事件，而对于 MouseMove 来说，它指示当前所有的状态。

当用户在窗体或控件上按下鼠标按钮时，MouseDown 事件被触发，MouseDown 事件肯定发生在 MouseUp 和 Click 事件之前。但是，MouseUp 和 Click 事件发生的次序与单击的对象有关。当用户在标签、文本框或窗体上作单击时，其顺序为：

（1）MouseDown。

（2）MouseUp。

（3）Click。

当用户在命令按钮上作单击时，其顺序为：

（1）MouseDown。

（2）Click。

（3）MouseUp。

当用户在标签或文本框上作双击时，其顺序为：

（1）MouseDown。

（2）MouseUp。

（3）Click。

（4）DblClick。

（5）MouseUp。

MousePointer 属性决定鼠标的形状。该属性可以取 0～15 或 99 的值，其含义可参阅 Visual Basic 帮助系统。

如果想用某个图标文件设置鼠标的形状，则应把 MousePointer 属性设置为 99（VbCustom），然后将图标装入 MouseIcon 属性。例如，要将窗体上的鼠标形状设置为 Pen04.ico，可以使用语句：

```
Form.MouseIcon=LoadPicture("Pen04.ico")
```

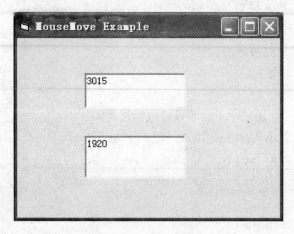

图 7.18　指针位置

也可以通过下面的语句将 Picture1 中的图形设置为鼠标的形状。

```
Form.Mouseicon=Picture1.Picture
```

【例 7.9】　显示鼠标指针的位置。

分别用两个文本框显示鼠标指针的位置。

```
Private Sub Form_MouseMove (Button
As Integer, Shift As Integer, X As
Single, Y As Single)
    Text1.Text = X
    Text2.Text = Y
End Sub
```

指针位置设置界面如图 7.18 所示。

7.12　键　　盘

键盘操作在 Windows 应用程序中仍然是不可少的，如文本输入等。常用的键盘事件有三个：

KeyPress：用户按下并且释放一个会产生 ASCII 码的键时被触发。

KeyUp：用户释放键盘上任意一个键时被触发。

KeyDown：用户按下键盘上任意一个键时被触发。

KeyUp 和 KeyDown 所接收到的信息与 KeyPress 接收到的不完全相同。KeyUp 和 KeyDown 能检测到 KeyPress 不能检测到的功能键、编辑键和箭头键，而 KeyPress 接收到的是用户通过键盘输入的 ASCII 码字符。

如果需要检测用户在键盘输入的是什么字符，则应选用 KeyPress 事件；如果需要检测用户所按的物理键时，则选用 KeyUp 或 KeyDown 事件。

在默认情况下，单击窗体上控件时窗体的 KeyPress、KeyUp 和 KeyDown 是不会发生的。为了启用这三个事件，心须将窗体的 KeyPreview 属性设为 True，而默认值为 False。一旦将窗体的 KeyPreview 属性设为 True，键盘信息就要经过两个平台（窗体级键盘事件过程和控件的键盘事件过程）才能到达控件。利用这个特性可以对输入的数据进行验证。例如，如果在窗体的 KeyPress 事件过程中将所有的字符都改成大写字符，则窗体上的所有控件都不能接收到小写字符。

【例 7.10】　用键盘组合键 Alt+F5 终止程序的运行。

要先把窗体的 KeyPreview 设置为 True。

```
Private Sub Form_KeyDown(KeyCode As Integer, Shift As Integer)
    If (KeyCode = vbKeyF5) And (Shift And vbAltMask) Then
        End
    End If
End Sub
```

7.13 应用程序向导

应用程序向导是非常方便的程序生成器，可帮助生成应用程序界面。

选择"文件"→"新建工程"，打开"新建工程"对话框，其中就有"Visual Basic 应用程序向导"，如图 7.19～图 7.22 所示。

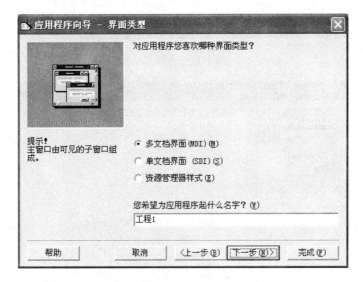

图 7.19 向导一

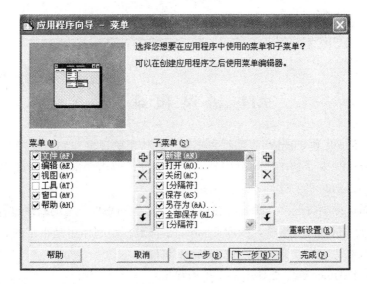

图 7.20 向导二

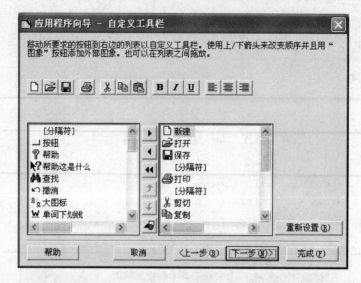

图 7.21　向导三

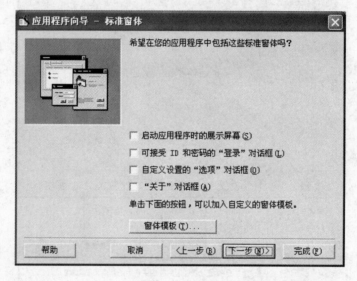

图 7.22　向导四

7.14　错 误 和 难 点

1. 滚动条的 Scroll 和 Change 事件过程出现不起作用的现象

滚动条的 Scroll 事件是在拖动滑块时发生的事件，单击两端的箭头或空白处不会产生 Scroll 事件，这时 Scroll 事件过程不起作用是正常的。

滚动条的 Change 事件是当 Value 属性值改变时产生的事件。拖动滑块过程 Value 属性值不会改变，不会产生 Change 事件，因而 Change 事件过程不起作用是正常的。但拖动滑块结束时，Value 属性值会发生改变，会产生 Change 事件。

2. 定时器及其 Timer 事件过程不起作用的现象

当定时器的 Enabled 属性为 False 或 Interval 属性为 0 时，定时器及其 Timer 事件过程是不起作用的。在默认情况下，定时器的 Enabled 属性是 True，但 Interval 属性是 0。由于忘记设置 Interval 属性，会产生定时器及其 Timer 事件过程不起作用的现象。

3. 装入多窗体程序时出现对象不存在的错误

对于简单的单窗体程序的加载，可以通过.vbp 文件，也可以直接打开.frm 文件。但是对于多窗体程序的加载必须通过.vbp 文件，它把属于该工程的所有文件装入内存。如果直接打开多窗体程序中的某一个窗体文件，只能加载该窗体文件，其他文件不能自动装入内存，程序运行时将出现对象不存在的错误。

此外，对于多窗体程序，当窗体增加或删除后，必须重新保存工程文件，否则，工程文件不能反映这一变化。

对于记录在工程文件中的窗体文件和模块文件，必须注意所在的目录位置。在复制多窗体程序对应的文件时不要遗漏，否则，在下次加载时会产生对象不存在的错误。

4. 多窗体调用时出现对象不存在的错误

用 Show 方法调用其他窗体时，被调用的窗体必须是窗体对象名，而不应是窗体文件名。否则，会产生"实时错误 424，要求对象"的出错信息提示。

习 题 七

一、选择题

1. 下列控件中，没有 Caption 属性的是_____。

　　（A）框架　　　　　（B）复选框　　　　（C）滚动条　　　　　　（D）单选按钮

2. 复选框的 Value 属性为 1 时，表示_____。

　　（A）复选框未被选中　　　　　　　（B）复选框操作有错误

　　（C）复选框变成灰色　　　　　　　（D）复选框被选中

3. 用来设置字体大小的属性是_____。

　　（A）FontItalic　　　　　　　　　　（B）FontUnderline

　　（C）FontBold　　　　　　　　　　（D）FontSize

4. 假定定时器的 Interval 属性为 1000，Enabled 属性为 True，调用下面的事件过程，程序运行结束后变量 x 的值为_____。

```
Dim x As Integer
Sub Timer1_Timer()
    For i=1 To 20
      x=x+i
    Next i
End Sub
```

　　（A）1 000　　　　（B）10 000　　　　（C）10　　　　（D）以上都不对

5. 在下列说法中，正确的是_____。

　　（A）通过适当的设置，可以在程序运行期间让定时器显示在窗体上

　　（B）在列表框中不能进行多项选择

　　（C）在列表框中能够将项目按字母顺序从小到大排列

　　（D）框架只响应 Click 事件

6. 在用菜单编辑器设计菜单时，必须输入的项有_____。

　　（A）快捷键　　　　　　　　　　　（B）名称

　　（C）热键　　　　　　　　　　　　（D）标题

7. 在下列关于菜单的说法中，错误的是_____。

　　（A）每个菜单项都是一个控件，与其他控件一样也有自己的属性和事件

　　（B）除了 Click 事件之外，菜单项还能响应 DblClick 等事件

　　（C）菜单项的快捷键不能任意设置

　　（D）在程序执行时，如果菜单项的 Enabled 属性为 False，则该菜单项变成灰色

8. 在下列程序中，_____不论使用鼠标右键还是左键，弹出菜单中的菜单项都响应鼠标单击。

　　（A）Sub Form_MouseDown(Button As Integer,Shift As Integer,X As Single,Y As Single)

　　　　　　If Button=2 Then PopupMenu Menu_Test,2

　　　　End Sub

　　（B）Sub Form_MouseDown(Button As Integer,Shift As Integer,X As Single,Y As Single)

　　　　　　PopupMenu Menu_Test,0

　　　　End Sub

　　（C）Sub Form_MouseDown(Button As Integer,Shift As Integer,X As Single,Y As Single)

　　　　　　PopupMenu Menu_Test

　　　　End Sub

　　（D）Sub Form_MouseDown(Button As Integer,Shift As Integer,X As Single,Y As Single)

　　　　　　If (Button=vbLeftButton) Or (Button=vbRightButton) Then PopupMenu Menu_Test

　　　　End Sub

9. 在下列关于通用对话框的叙述中，错误的是_____。

　　（A）CommonDialog1.ShowFont 显示"字体"对话框

　　（B）在"打开"对话框中，用户选择的文件名可以经 FileTitle 属性返回

　　（C）在"另存为"对话框中，用户选择的文件名及其路径可以经 FileName 属性返回

　　（D）通用对话框可以用来制作和显示"帮助"对话框

10. 以下正确的语句是_____。

　　（A）CommonDialog1.Filter=All Files|*.*|Pictures(*.Bmp)|*.Bmp

　　（B）CommonDialog1.Filter="All Files"|"*.*"|"Pictures(*.Bmp)"|"*.Bmp"

　　（C）CommonDialog1.Filter="All Files|*.*|Pictures(*.Bmp)|*.Bmp"

　　（D）CommonDialog1.Filter={All Files|*.*|Picture(*.Bmp)|*.Bmp}

11. 在下列关于自定义对话框的叙述中，错误的是_____。

　　（A）作为对话框的窗体的 BorderStyle、ControlBox、MaxButton 和 MinButton 应分别设置为 1、True、False 和 False

　　（B）语句 frmAbout.Show vbModeless,frmMain 将 frmAbout 作为 frmMain 的无模式子窗体显示

　　（C）可以将对话框分成两种类型：模式的和无模式

　　（D）语句 frmAbout.Show 将 frmAbout 作为无模式对话框显示

12．在下面关于窗体事件的叙述中，错误的是_____。

（A）在窗体的整个生命周期中，Initialize 事件只触发一次

（B）在用 Show 显示窗体时，不一定发生 Load 事件

（C）每当窗体需要重画时，肯定会触发 Paint 事件

（D）Resize 事件是在窗体的大小有所改变时被触发

13．下面关于多重窗体的叙述中，正确的是_____。

（A）作为启动对象的 Main 子过程只能放在窗体模块内

（B）如果启动对象是 Main 子过程，则程序启动时不加载任何窗体，以后由该过程
根据不同情况决定是否加载或加载哪一个窗体

（C）没有启动窗体，程序不能执行

（D）以上都不对

14．确保窗体上所有文本框中输入的全部是数字的最佳方法是_____。

（A）在窗体的 KeyDown 或 KeyUp 事件过程中摒弃非数字输入

（B）在窗体的 KeyPress 事件过程中摒弃非数字输入

（C）在每一个文本框的 KeyDown 或 KeyUp 事件过程中摒弃非数字输入

（D）在每一个文本框的 KeyPress 事件过程中摒弃非数字输入

15．当用户按下并且释放一个键后会触发 KeyPress、KeyUp 和 KeyDown 事件，这三个
事件发生的顺序是_____。

（A）KeyPress、KeyDown、KeyUp　　（B）KeyDown、KeyUp、KeyPress

（C）KeyDown、KeyPress、KeyUp　　（D）没有规律

16．窗体的 KeyPreview 属性为 True，并且有下列程序。当焦点在窗体上的文本框时按
下 "A" 键，文本框接收到的字符是_____。

```
Sub Form_KeyDown(KeyCode As Integer,Shift As Integer)
    KeyCode=KeyCode+1
End Sub
```

（A）"A"　　　　　　　　　　　　（B）"B"

（C）空格　　　　　　　　　　　　（D）没有接收到字符

17．在下列关于键盘事件的说法中，正确的是_____。

（A）按下键盘上的任意一个键都会引发 KeyPress 事件

（B）大键盘上的 "1" 键和数字键盘的 "1" 键的 KeyCode 码相同

（C）KeyDown 和 KeyUp 的事件过程中有 KeyAscii 参数

（D）大键盘上的 "4" 键的上档字符是 "$"，当同时按下 Shift 和大键盘上的 "4"
键时，KeyPress 事件过程中的 KeyAscii 参数值是 "$" 的 ASCII 值

18．在 KeyDown 或 KeyUp 的事件过程中，能用来检查 Ctrl 和 F3 键是否同时按下的表
达式为_____。

（A）(Button=vbCtrlMask) And (KeyCode=vbKeyF3)

（B）KeyCode=vbKeyControl+vbKeyF3

（C）(KeyCode=vbKeyF3) And (Shift And vbCtrlMask)

（D）(Shift And vbCtrlMask) And (KeyCode and vbKeyF3)

19. 如果 Form1 是启动窗体，并且 Form1 的 Load 事件过程中有语句 Form2.Show，则程序启动后_____。

　　（A）发生一个运行时错误

　　（B）发生一个编译错误

　　（C）在所有的初始化代码运行后 Form1 是活动窗体

　　（D）在所有的初始化代码运行后 Form2 是活动窗体

20. 当用户将焦点移到另一个应用程序时，当前应用程序的活动窗体将_____。

　　（A）发生 DeActivate 事件

　　（B）发生 LostFocus 件

　　（C）发生 DeActivate 和 LostFocus 事件

　　（D）DeActivate 和 LostFocus 事件都不发生

二、填空题

1. 复选框____（1）____属性设置为 2——Grayed 时，变成灰色，禁止用户选择。

2. ____（2）____属性设置为 1，单选按钮和复选框的标题显示在左边。

3. ____（3）____属性设置为 1，单选按钮和复选框以图形方式显示。

4. 在程序运行时，如果将框架的____（4）____属性设置为 False，则框架的标题呈灰色，表示框架内的所有对象均被屏蔽，不允许用户对其进行操作。

5. 滚动条响应的重要事件有____（5）____和 Change。

6. 当用户单击滚动条的空白处时，滑块移动的增量值由____（6）____属性决定。

7. 滚动条产生 Change 事件是因为____（7）____值改变了。

8. 如果要每隔 15s 产生一个计时器事件，则 Interval 属性应设置为____（8）____。

9. ____（9）____函数将返回系统的时间。

10. Microsoft Windows Common Control 6.0 部件包含 ToolBar、StatusBar、____（10）____、TreeView、ListView、ImageList、Slider 和 ImageCombo 等控件。

11. 如果菜单标题的某个字母前输入一个"&"符号，那么该字母就成了热键字母；如果在建立菜单时在标题文本框中输入一个"____（11）____"，那么显示时形成一个分隔符。

12. 如果把菜单项的____（12）____属性设置为 True，则该菜单项成为一个选项。

13. 不管是在窗口顶部菜单条上显示的菜单，还是隐藏的菜单，都可以____（13）____方法把它们作为弹出菜单在程序运行期间显示出来。

14. 假定有一个通用对话框控件 CommonDialog1，除了用 CommonDialog1.Action=3 显示颜色对话框之外，还可以用____（14）____方法显示。

15. 在显示"字体"对话框之前必须设置____（15）____属性，否则将发生不存在字体的错误。

16. 用 Show 方法后显示自定义对话框时，如果 Show 方法后带____（16）____参数就将窗体作为模式对话框显示。

17. 每当一个窗体成为活动窗口时触发____（17）____事件。

18. 在 Visual Basic 中，除了可以指定某个窗体作为启动对象之外，还可以指定____（18）____作为启动对象。

19. 当用户单击鼠标右键时，MouseDown、MouseUp 和 MouseMove 事件过程中的 Button 参数值为____（19）____。

20. 当用户同时按下 Ctrl 和 Shift 键单击鼠标时，MouseDown、MouseUp 和 MouseMove 事件过程中的 Shift 参数值为___（20）___。

21. 如果窗体的___（21）___属性设为 True，则控件的 KeyPress 事件过程，可以接收到在窗体的 KeyPress 过程中修改过的 KeyAscii 值。

22. 在如图 7.23 所示的窗体中建立了两组单选按钮，分别放在标题为"字体"和"大小"的框架中。因此，当用户选定了字体后，还可以选择字号。

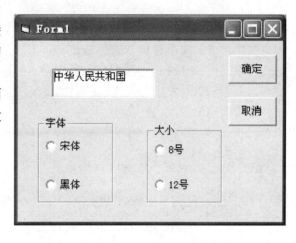

图 7.23　字体大小设置

```
Sub Command1_Click()
    Text1.Font
Name=Iif(Option1.Value,"宋体","黑体")
    Text1.Font
Size=Iif(Option3.Value, ___(22)___)
    End Sub
```

实 验 七

实验 7.1　配置信息的选择

设计一个应用程序，界面如图 7.24 所示。要求能利用 LostFocus 事件过程对输入的内存大小进行合法性检查，确保最后两个字符是"MB"，其余的都是数字字符。

图 7.24　配置信息

【实验目的】

（1）掌握文本框、单选按钮和组合框的应用。

（2）掌握 LostFocus 事件和 SetFocus 方法的应用。

【实验要求】

（1）设计一下拉式组合框 Combo1，在属性窗口为其设置方正、联想和 IBM 三个项目值。

（2）设置用来放内存数据的文本框和提示标签。

（3）设置加框架的单选按钮组。

（4）设置显示所选内容的文本框。

（5）为单击 OK 按钮后能在右边的文本框中显示所选择的信息编写代码。

【提示】

与焦点有关的事件和方法有 SetFocus 方法、GotFocus 事件和 LostFocus 事件。

可以调用 SetFocus 方法将焦点移到指定的控件或窗体，当对象获得焦点时产生 GotFocus 事件，失去焦点时发生 LostFocus 事件。

参考代码如下：

```
Private Sub Command1_Click()
    Text2.Text = ""
    Text2.Text = Combo1.Text
    If Option1.Value Then
        Text2.Text = Text2.Text + vbCrLf + Option1.Caption
    ElseIf Option2.Value Then
        Text2.Text = Text2.Text + vbCrLf + Option2.Caption
    Else
        Text2.Text = Text2.Text + vbCrLf + Option3.Caption
    End If
    Text2.Text = Text2.Text + vbCrLf + Text1.Text
End Sub

Private Sub Text1_LostFocus()
    Dim str As String
    str = RTrim$(Text1.Text)
    If UCase$(Right$(str, 2)) <> "MB" Then
        Text1.Text = ""
        Text1.SetFocus
        Exit Sub
    End If
    If Not IsNumeric(Left(str, Len(str) - 2)) Then
        Text1.Text = ""
        Text1.SetFocus
        Exit Sub
    End If
End Sub
```

实验 7.2　改变字体效果

设计程序，能通过单选按钮和复选框设置文本框中的字体，界面如图 7.25 所示。

【实验目的】

（1）学习单选按钮、复选框等标准控件的使用。

（2）学习在代码中设置文本框属性。

（3）学习条件函数的使用。

【实验要求】

（1）参照界面图设计界面。

（2）为改变命令按钮设计单击驱动事件过程。

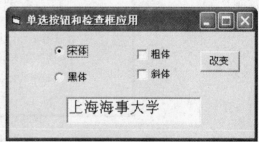

图 7.25　字体效果

【提示】

注意单选按钮的成组问题。

参考代码如下：

```
Private Sub Command1_Click()
    Text1.Font.Name = IIf(Option1, "宋体", "黑体")
    Text1.Font.Bold = IIf(Check1 = 1, True, False)
    Text1.Font.Italic = IIf(Check2 = 1, True, False)
End Sub
```

实验 7.3　调色板

设计一个调色板应用程序，如图 7.26 所示。用三个滚动条作为三种基本颜色的输入工具，合成的颜色显示在右边的颜色区中。用配置好的颜色分别为下面一个文本框设置前景色和背景色。

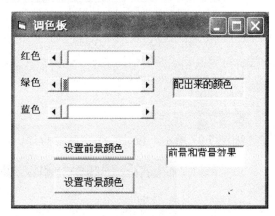

图 7.26　调色板

【实验目的】

（1）运用滚动条输入参数。

（2）利用文本框显示所配置的颜色。

【实验要求】

（1）设计红、绿、蓝三个滚动条。

（2）设计两个文本框用于显示颜色。

（3）添加两个命令按钮。

【提示】

上面一个文本框用作颜色显示区，用合成的颜色设置其 BackColor 属性。完成调色后，用两个命令按钮设置下面一个文本框的前景和背景颜色。三条滚动条按默认约定依次命名，其 Max、Min、SmallChange、LargeChange 和 Value 属性在设计状态都分别设置为 255、0、1、25 和 0。

参考代码如下：

```
Dim Red, Green, Blue As Long

Private Sub Command1_Click()
    Text1.BackColor = Label1.BackColor
End Sub

Private Sub Command2_Click()
    Text1.ForeColor = Label1.BackColor
End Sub

Private Sub HScroll1_Change()
    Red = HScroll2.Value
    Green = HScroll1.Value
    Blue = HScroll3.Value
```

```
    Label1.BackColor = Red + Green * 256 + Blue * 256 * 256
End Sub

Private Sub HScroll2_Change()
    Red = HScroll2.Value
    Green = HScroll1.Value
    Blue = HScroll3.Value
    Label1.BackColor = Red + Green * 256 + Blue * 256 * 256
End Sub

Private Sub HScroll3_Change()
    Red = HScroll2.Value
    Green = HScroll1.Value
    Blue = HScroll3.Value
    Label1.BackColor = Red + Green * 256 + Blue * 256 * 256
End Sub
```

实验 7.4　定时器

如图 7.27 所示，设计一个定时器程序。

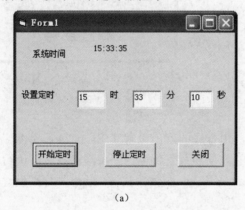
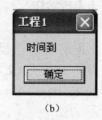

图 7.27　定时器

【实验目的】

（1）掌握定时器的使用。

（2）正确设置定时器的属性。

【实验要求】

（1）用标签显示系统时间。

（2）用文本框分别显示定时时间的小时、分、秒。

（3）编写启动定时、停止定时的代码。

【提示】

定时器是以一定时间间隔产生 Timer 事件从而执行相应的事件过程的控件。注意定时器的 Enabled 属性为 False 时不产生 Timer 事件。Interval 属性决定两个 Timer 事件之间的时间间隔，其值以 ms 为单位，当 Interval 属性为 0，定时器不产生 Timer 事件。所以应将 Enabled 属性设为 True，Interval 属性设置为非 0。

参考代码如下:

```
Option Explicit
Dim hour, minute, second

Private Sub Command1_Click()
    hour = Format(Text1.Text, "00")
    minute = Format(Text2.Text, "00")
    second = Format(Text3.Text, "00")
End Sub

Private Sub Timer1_Timer()
    Label2.Caption = Time$()
    If Mid$(Time$, 1, 8) = hour + ":" + minute + ":" + second Then
        MsgBox "时间到"
    End If
End Sub

Private Sub Command2_Click()
    hour = "**"
    minute = "**"
End Sub
Private Sub Command3_Click()
    End
End Sub
```

实验 7.5　蝴蝶飞舞

设计一个如图 7.28 所示的应用程序,用定时器控件蝴蝶在窗体内的飞舞。

【实验目的】

(1)学习用定时器实现简单动画。

(2)学习图像框控件的使用。

【实验要求】

(1)窗体上添加定时器控件,时间间隔设置为 0.1s。

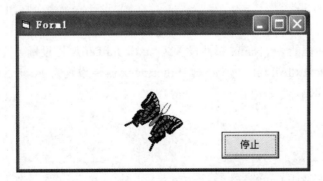

图 7.28　蝴蝶飞舞

(2)设计一个用于放蝴蝶的图像框 ImaMain,Visible 属性为 True。

（3）另外设计两个图像框 ImaOpenWings 和 ImaCloseWings，分别用于存放蝴蝶的两种状态下的图片。

（4）编写定时器控制的代码，实现图像框 ImaMain 的移动和将另外两个图像框中内容交替放入 ImaMain 图像框。

【提示】

要将另外两个图像框的 Visible 属性设置为 False，蝴蝶的移动要用 Move 方法。

参考代码如下：

```
Private Sub Timer1_Timer()
    Static ImaBmp As Integer
    ImaMain.Move ImaMain.Left + 20, ImaMain.Top - 5
    If ImaMain.Top <= 0 Then
        ImaMain.Left = 0
        ImaMain.Top = 1320
    End If
    If ImaBmp Then
        ImaMain.Picture = ImaOpenWings.Picture
    Else
        ImaMain.Picture = ImaCloseWings.Picture
    End If
    ImaBmp = Not ImaBmp
End Sub
Private Sub cmdEnd_Click()
    End
End Sub
```

实验 7.6   文本编辑器

设计一个如图 7.29 所示的简单文本编辑器。

【实验目的】

（1）掌握通用对话框的使用。

（2）学习文件打开的方法。

【实验要求】

（1）设计用于打开文本的文本框。

（2）设计六个命令按钮。

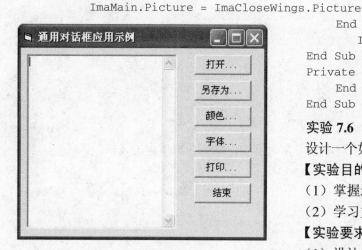

图 7.29   简单文本编辑器

（3）添加通用对话框。

（4）将通用对话框的 FileName 属性设置为*.txt，InitDir 属性设置为 C:\，Filter 属性设置为 Text Files(*.Text)|*.Txt|All Files(*.*)|*.*，FilterIndex 属性设置为 1。

（5）正确编写代码。

【提示】

参考代码如下：

```
Private Sub cmdOpen_Click()
    CommonDialog1.CancelError = True
    On Error GoTo nofile
    CommonDialog1.ShowOpen
    Text1.Text = ""
```

```
    Open CommonDialog1.FileName For Input As #1
    Do While Not EOF(1)
        Line Input #1, inputdata
        Text1.Text = Text1 + inputdata + vbCrLf
    Loop
    Close #1
    Exit Sub

nofile:
    If Err.Number = 32755 Then
        MsgBox "按取消按钮"
    Else
        MsgBox "其他错误"
    End If
End Sub

Private Sub cmdSaveas_Click()
    On Error Resume Next
    CommonDialog1.ShowSave
    Open CommonDialog1.FileName For Output As #1
    Print #1, Text1
    Close #1
End Sub

Private Sub cmdColor_Click()
    On Error Resume Next
    CommonDialog1.ShowColor
    Text1.ForeColor = CommonDialog1.Color
End Sub

Private Sub cmdFont_Click()
    On Error Resume Next
    CommonDialog1.Flags = cdlCFBoth Or cdlCFEffects
    CommonDialog1.ShowFont
    If CommonDialog1.FontName<>""ThenText1.FontName = CommonDialog1.FontName
    Text1.FontSize = CommonDialog1.FontSize
    Text1.FontBold = CommonDialog1.FontBold
    Text1.FontItalic = CommonDialog1.FontItalic
    Text1.FontStrikethru = CommonDialog1.FontStrikethru
    Text1.FontUnderline = CommonDialog1.FontUnderline
End Sub

Private Sub cmdPrint_Click()
    On Error Resume Next
    CommonDialog1.Action = 5
    For i = 1 To CommonDialog1.Copies
    Printer.Print Text1.Text
```

```
        Next i
        Printer.EndDoc
    End Sub

    Private Sub cmdQuit_Click()
        End
    End Sub
```

实验 7.7   下拉式菜单

设计下拉式菜单，其中包括文件、编辑和格式，如图 7.30 所示。

（a）

（b）

图 7.30   下拉式菜单

【实验目的】

（1）掌握下拉式菜单的制作和显示。

（2）学会编写菜单命令的事件代码。

【实验要求】

（1）在窗体上建立一个文本框和一个通用对话框。

（2）打开菜单编辑器对话框，设计菜单。

（3）编写菜单命令的事件代码。

【提示】

参考代码如下：

```
Dim st As String
Private Sub EditCopy_Click()
    st = Text1.SelText
    EditCopy.Enabled = False
    EditCut.Enabled = False
    EditPaste.Enabled = True
End Sub

Private Sub EditCut_Click()
    st = Text1.SelText
    Text1.SelText = ""
```

```
        EditCopy.Enabled = False
        EditCut.Enabled = False
        EditPaste.Enabled = True
    End Sub

    Private Sub EditPaste_Click()
        Text1.Text = Left(Text1, Text1.SelStart)+st+Mid(Text1,Text1.SelStart+1)
    End Sub
    Private Sub FileExit_Click()
        End
    End Sub

    Private Sub FileOpen_Click()
        On Error GoTo nofile
        CommonDialog1.InitDir = "C:\Windows"
        CommonDialog1.Filter = "文本文件 | *.txt"
        CommonDialog1.CancelError = True
        CommonDialog1.ShowOpen
        Text1.Text = ""
        Open CommonDialog1.FileName For Input As #1
        Do While Not EOF(1)
            Line Input #1, inputdata
            Text1.Text = Text1.Text + inputdata + vbCrLf
        Loop
        Close #1
        Exit Sub

    nofile:
        If Err.Number = 32755 Then Exit Sub
    End Sub

    Private Sub Text1_MouseMove(Button As Integer, Shift As Integer, X As Single,
    Y As Single)
        If Text1.SelText <> "" Then
            EditCut.Enabled = True
            EditCopy.Enabled = True
            EditPaste.Enabled = False
        Else
            EditCut.Enabled = False
            EditCopy.Enabled = False
            EditPaste.Enabled = True
        End If
    End Sub
```

实验 7.8　弹出式菜单

为实验 7.7 中的文本框配置图所示的弹出式菜单，当用鼠标右键单击文本框时，能弹出编辑菜单，并以鼠标指针的坐标为弹出菜单的中心。

图 7.31　弹出式菜单

【实验目的】

掌握弹出式菜单的设计。

【实验要求】

（1）弹出式菜单的设计。

（2）弹出式菜单的使用。

【提示】

参考代码如下：

```
Private Sub Text1_MouseDown(Button As
Integer, Shift As Integer, X As Single, Y
As Single)
    If Button = 2 Then PopupMenu EditMenu,
vbPopupMenuCenterAlign
    End Sub
```

第 8 章　数　据　文　件

8.1　基　本　要　求

（1）掌握顺序文件、随机文件及二进制文件的特点和使用。

（2）掌握各类文件的打开、关闭和读/写操作。

（3）学会在应用程序中使用文件。

8.2　基　本　概　念

文件是存储在外存储器（如磁盘）上的用文件名标识的数据集合。所有文件都有文件名，文件名是处理文件的依据。操作系统是以文件为单位对数据进行管理的。

根据文件的内容可分为程序文件和数据文件。程序文件存储的是程序，包括源程序文件和可执行程序文件。数据文件存储的是程序运行中所需的数据，如文本文件、Word 文档等。

根据存储信息的形式可分为 ASCII 码文件和二进制文件。ASCII 文件存放的是各种数据的 ASCII 代码，用记事本可打开。二进制文件存放的是数据的二进制代码，要用专用程序打开。

根据访问模式可分为顺序文件、随机文件和二进制文件。顺序文件要求从头到尾按顺序访问，访问模式简单，不能同时进行读和写。随机文件中每条记录的长度是相同的，按记录号直接访问，存取速度快。二进制文件与随机文件相似，是把字节看作是一条记录，随机访问。

文件的读 / 写概念如下：

（1）将数据从变量（内存）写入文件（存放在外存上）称为输出，使用规定的"写语句"。

（2）将数据从文件（存放在外存上）读到变量（内存），称为输入，使用规定的"读语句"。

文件打开后，Visual Basic 为文件在内存中开辟了一个文件缓冲区。对文件的读/写都经过缓冲区。使用文件缓冲区的好处是提高文件读 / 写的速度。

一个打开的文件对应一个缓冲区，每个缓冲区有一个缓冲区号，即文件号。文件号可在程序中指定，也可以用 FreeFile 函数自动获取。

处理数据文件的基本流程：打开文件→读写文件→关闭文件。文件操作结束一定要关闭文件，否则容易造成数据丢失。

8.3　顺序文件及其操作

顺序文件的访问规则最简单，即按顺序进行访问。读数据时从头到尾按顺序读，写入时也一样，不可以跳过前面的数据而直接读/写某个数据。

写顺序文件时，各种类型的数据自动转换成字符串后写入文件。因此，从本质上来说，顺序文件就是 ASCII 文件，可以用记事本打开。

读顺序文件时，可以按原来的数据类型读，原来是什么类型，读出来仍然是什么类型；

也可以按通常的文本文件来进行处理，即逐行地读，或逐个字符地读。

【例 8.1】　将数据先写入 Data.dat 文件，再读出并显示。

```
Private Sub Command1_Click()
    Open "C:\Data.dat" For Output As #1
    Write #1, "061023", "王海", 87
     Close #1
End Sub

Private Sub Command2_Click()
    i = Shell("notepad.exe  C:\Data.dat", 1)
End Sub

Private Sub Command3_Click()
```

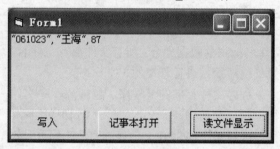

图 8.1　运行界面

```
    Open"C:\Data.dat"For Input As #1
    Do While Not EOF(1)
        Line Input #1, LineData
        Print LineData
    Loop
    Close #1
End Sub
```

其运行界面如图 8.1 所示。

顺序文件涉及的语句和函数如表 8.1 所示。

表 8.1　　　　　　　　　　　　　顺序文件的语句和函数

打开	Open	Open 文件名 For 模式 As[#]文件号	文件名可以是字符串常量，也可以是字符串变量
写文件	Print #	Print 文件号，输出列表	按标准输出格式输出数据
	Write #	Write #文件号，输出列表	按紧凑格式输出数据，即数据项之间插入 "，"，并给字符串加上双引号
读文件	Input	Input（文件号，变量）	变量可以是任何类型，读一个数据
	Line Input	变量=LineInput（文件号）	变量为字符串类型，读一行
关闭	Close	FileClose（[文件号]）	若缺省文件号，则关闭所有的文件
其他	LOF	LOF（文件号）	返回文件的字节数
	EOF	EOF（文件号）	到达文件末尾时 EOF 为 True，否则为 False

【例 8.2】　成绩登记程序。

```
Private Sub Command1_Click()
    Open "C:\ks.txt" For Append As #1
    Write #1, Text1.Text, Text2.Text, Val(Text3.Text)
    Close #1
    Text1.Text = ""
    Text2.Text = ""
    Text3.Text = ""
End Sub

Private Sub Command2_Click()
```

```
Open "C:\ks.txt" For Input As #1
Dim No As String
Dim Name As String
Dim Score, Sum, count As Integer
Text4.Text = ""
Do While Not EOF(1)
Input #1, No, Name, Score
Sum = Sum + Score
count = count + 1
Text4.Text = Text4.Text + No &
Space(2) + Name + Space(2) & Score & vbCrLf
Loop
Text4.Text = Text4.Text + "总 分:"
& Sum & vbCrLf
Text4.Text = Text4.Text + "平均成
绩:" & Int(Sum / count) & vbCrLf
Close #1
End Sub
```

运行界面如图 8.2 所示。

图 8.2　成绩登记

8.4　随机文件及其操作

随机文件中每条记录的长度都是相同的,每个记录有唯一的记录号,按记录号进行读 / 写,以二进制的形式存放数据。随机文件适宜直接对某条记录进行读/写操作。

一般用 Type…End Type 定义记录类型,然后再声明记录变量。

下面介绍一些常用的术语或文件操作。

(1)定长字符串:随机文件中记录类型的字符串成员必须是定长,声明时必须指明字符串长度。

(2)打开文件:Open 文件名 For Random As #文件号［Len＝记录长度］

(3)记录长度:通过 Len(记录变量)函数自动获得。

(4)写文件:Put [#] 文件号,［记录号］,变量名

(5)读文件:Get [#]文件号,［记录号］,变量名

省略记录号则表示在当前记录后插入或读出一条记录。

【例 8.3】　设计随机文件应用程序,先将学籍信息存入文件,然后读出并显示。

在标准模块中定义记录类型。

```
Type StudType
    No As String * 6
    Name As String * 8
    Mark As Integer
End Type
```

设计将数据写入和读出文件的代码。

```
Dim Std As StudType
Private Sub Command1_Click()
```

```
      Open "C:\Scores.dat" For Random As #1 Len = Len(Std)
      With Std
          .No = "071023"
          .Name = "王涛"
          .Mark = 66
      End With
      Put #1, 1, Std
      Close #1
  End Sub

  Private Sub Command2_Click()
      Open "C:\Scores.dat" For Random As #1 Len = Len(Std)
      Get #1, 1, Std
      Print Std.No, Std.Name, Std.Mark
      Close #1
  End Sub
```

其运行界面如图 8.3 所示。

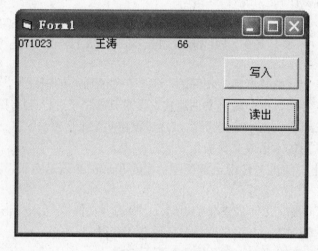

图 8.3　随机文件

8.5　二进制文件及其操作

任何一个文件都可以当作二进制文件处理：二进制文件的访问单位是字节，而随机文件的访问单位是记录。当记录的长度为 1 时，随机文件就成为二进制文件。二进制文件的读／写使用与随机文件一样的函数——Get 和 Put 函数。当一个程序需要处理不同类型的文件时（如文件复制往往把处理的文件当作二进制文件来处理）。

文件打开：Open 文件名 For Binary As #文件号

写文件：Get(文件号，[位置],变量)

读文件：Put (文件号,[位置],[变量])

【例 8.4】　按照二进制文件的读写方式，设计一个复制文件的程序。

```
    Option Explicit
    Private Sub Command1_Click()
        Dim ch As Byte
        Dim FileNum1 As Integer, FileNum2 As Integer
        FileNum1 = FreeFile
        Open "E:\教学\Visual Basic 程序设计\编写 Visual Basic 教材 new\例题\ch8\St.txt"
For Binary As #FileNum1
        FileNum2 = FreeFile
        Open "E:\教学\Visual Basic 程序设计\编写 Visual Basic 教材 new\例题\ch8\Stbak.txt"
For Binary As #FileNum2
        Do While Not EOF(FileNum1)
            Get #1, , ch
            Put #2, , ch
        Loop
        Close #FileNum1
        Close #FileNum2
    End Sub


    Private Sub Command2_Click()
        Dim no As Integer, name As String, sex As String, mark As Single
        Dim FileNum1 As Integer
        FileNum1 = FreeFile
        Open "E:\教学\Visual Basic 程序设计\编写 Visual Basic 教材 new\例题\ch8\St.txt"
For Input As #FileNum1
        Do While Not EOF(FileNum1)
            Input #FileNum1, no, name, sex, mark
            Print no, name, sex, mark
        Loop
        Close #FileNum1
    End Sub


    Private Sub Command3_Click()
        Dim no As Integer, name As String, sex As String, mark As Single
        Dim FileNum2 As Integer
        FileNum2 = FreeFile
        Open "E:\教学\Visual Basic 程序设计\编写 Visual Basic 教材 new\例题\ch8\Stbak.txt"
For Input As #FileNum2
        Do While Not EOF(FileNum2)
            Input #FileNum2, no, name, sex, mark
            Print no, name, sex, mark
        Loop
        Close #FileNum2
    End Sub

    Private Sub Command4_Click()
        Cls
    End Sub
```

程序运行界面如图 8.4 所示。

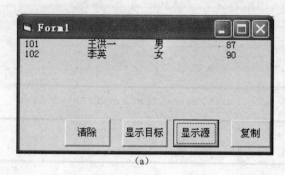
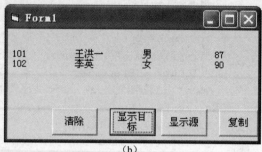

(a)　　　　　　　　　　　　　　　(b)

图 8.4　文件复制

8.6　错　误　和　难　点

1. 文件名设置错误

Open 语句中的文件名可以是字符串常量也可以是字符串变量，若使用者概念不清，会导致文件打开失败并显示出错信息。

【例 8.5】　若要从磁盘上读出文件名为 "C:\My\T1.txt" 中的数据，则应使用下列语句：

Open "C:\My\T1.txt" For Input As #1

错误的书写形式是文件名两边少双引号。

或

Dim F As String

F="C:\My\T1.txt"

Open F For Input As #1

错误的书写方式是变量 F 两边多了双引号。

2. 顺序文件重复打开

【例 8.6】　下列程序段存在错误：

```
Open   "C:\My\T1.txt" For  Output   As   #1
Print   #1," Visual Basic 程序设计"
Open "C:\My\T1.txt" For Output   As   #2
Print   #1,"C/C++程序设计"
```

当执行到第二个 Open 语句时会显示"文件已打开"的出错信息。

3. 随机文件的记录类型不定长

随机文件是按记录为单位存取的，而且每条记录长度必须固定，一般利用 Type 定义记录类型。当记录中的某个成员为 String 时，必须指定其长度，否则要影响对文件的存取。

4. 读出随机文件中的所有记录

一般来说，随机文件按记录号读取，当需要读出全部记录时，则可以使用读顺序文件相似的方式，采用循环结构加无记录号的 Get 语句即可。

【例 8.7】　读随机文件程序段。

```
Do While Not EOF(1)
```

```
    Get #1,,记录变量
Loop
```

随机文件读/写时可不写记录号，表示读时自动读下一条记录，写时插入到当前记录后。

习 题 八

一、选择题

1. 在下面关于顺序文件的描述中，正确的是_____。

　　（A）顺序文件中每行的长度都是相同的

　　（B）可以通过编程对文件中的某行方便地进行修改

　　（C）数据以 ASCII 码的形式存放在文件中，所以可通过记事本打开

　　（D）文件的组织结构复杂

2. 下面关于随机文件的描述不正确的是_____。

　　（A）每条记录的长度必须相同

　　（B）一个文件中记录号不必唯一

　　（C）可通过编程对文件中的某条记录方便地修改

　　（D）文件的组织结构比顺序文件复杂

3. 按存储信息的形式分类，文件可以分为_____。

　　（A）顺序文件和随机文件　　　　　　（B）ASCII 文件和二进制文件

　　（C）程序文件和数据文件　　　　　　（D）磁盘文件和打印文件

4. 顺序文件是因为_____。

　　（A）文件中的数据按每行的长度从小到大排序好的

　　（B）文件中的数据按某个关键数据项从大到小进行顺序

　　（C）文件中的数据按某个关键数据项从小到大进行顺序

　　（D）数据按进入的先后顺序存放的，读出也是按原写入的先后顺序读出

5. 随机文件是因为_____。

　　（A）文件中的内容是通过随机数产生的

　　（B）文件中的记录号是通过随机数产生的

　　（C）可对文件中的记录根据记录号的随机地读 / 写

　　（D）文件的每条记录的长度是随机的

6. 文件号最大可取的值为_____。

　　（A）255　　　　　　（B）511　　　　　　（C）512　　　　　　（D）256

7. Print #1,STR1$中的 Print 是_____。

　　（A）文件的写语句　　　　　　　　　　（B）在窗体上显示的方法

　　（C）子程序名　　　　　　　　　　　　（D）以上均不是

8. 为了建立一个随机文件，其中每一条记录由多个不同数据类型的数据项组成，应使用_____。

　　（A）记录类型　　　　　　　　　　　　（B）数组

　　（C）字符串类型　　　　　　　　　　　（D）变体类型

9. 要从磁盘上读入一个文件名为"C:\t1.txt"的顺序文件，如下_____是正确的。

（A）F="C:\t1.txt"   （B）F="C:\t1.txt"

     Open F For Input As #1   Open "F" For Input As #2

（C）Open "C:\t1.txt" For Output As #1 （D）Open C:\t1.txt For Input As #2

10. 要从磁盘上新建一个文件名为"C:\t1.txt"的顺序文件，如下_____是正确的。

（A）F="C:\t1.txt"

     Open F For Append As #2

（B）F="C:\t1.txt"

     Open F For Output As #2

（C）Open "C:\t1.txt" For Output As #2

（D）Open "C:\t1.txt" For Output As # 2

11. 记录类型定义语句应出现在_____。

（A）窗体模块   （B）标准模块

（C）窗体模块、标准模块都可以   （D）窗体模块、标准模块均不可以

12. 要建立一个学生成绩的随机文件，如下定义了学生的记录类型，由学号、姓名、三门课程成绩（百分制）组成，程序段_____正确。

（A）Type stud   （B）Type stud

      no As Integer   no As Integer

      name As String   name As String *10

      mark(1 To 3) As Single   mark() As Single

   End Type   End Type

（C）Type stud   （D）Type stud

      no As Integer   no As Integer

      name As String *10   name As String *10

      mark(1 To 3) As Single   mark(1 To 3) As String

   End Type   End Type

13. 为了使用上述定义的记录类型，对一个学生的各数据项通过赋值语句获得，其值分别为 9801，"李平"，78、88、96，如下_____程序段正确。

（A）Dim S As stud   （B）Dim S As stud

      stud.no=9801   S.no=9801

      stud.name="李平"   S.name="李平"

      stud.mark=78,88,96   S.mark=78,88,96

（C）Dim s As stud   （D）Dim s As stud

      s.no=9801   stud.no=9801

      s.name="李平"   stud.name="李平"

      s.mark(1)=78   stud.mark(1)=78

      s.mark(2)=88   stud.mark(2)=88

      s.mark(3)=96   stud.mark(3)=96

14. 对已定义好的学生记录类型, 要在内存存放 10 个学生的学习情况, 数组声明如下:

```
Dim s10(1 To 10) As stud
```

要表示第 3 个学生的第 3 门课程和该生的姓名, _____正确。

（A）s10(3).mark(3),s10(3).name　　（B）s3.mark(3),s3.name

（C）s10(3).mark,s10(3).name　　（D）With s10(3)

```
                                    .mark
                                    .name
                                  End With
```

15. 要建立一个只有一个学生成绩（上面第 14 题中的记录）的随机文件, 文件名为 stud.dat, 则在下列程序段中正确的是_____。

（A）Open stud.dat For Random As #1　（B）Open "stud.dat" For Random As #1

　　Put #1,1,s　　　　　　　　　　　　　Put #1,1,s

　　Close #1　　　　　　　　　　　　　　Close #1

（C）Open"stud.dat"For Output As #1　（D）Open"stud.dat"For Random As #1

　　Put #1,1,s　　　　　　　　　　　　　Put #1 s

　　Close #1　　　　　　　　　　　　　　Close #1

二、填空题

1. 顺序文件的建立。建立的文件名为 "C:\stud1.txt" 的顺序文件, 内容来自文本框, 每按下 Enter 键后写入一条记录, 然后清除文本框中的内容, 直到文本框内输入 "END" 字符串。

```
Private Sub Form_Load()
    __(1)__
    Text1=""
End Sub
Private Sub Text1_KeyPress(KeyAscii As Integer)
    If KeyAscii=13 Then
        If__(2)__Then
            Close #1
            End
        Else
            __(3)__
            Text1=""
        End If
    End If
End Sub
```

2. 将 C 盘根目录下的一个旧的文本文件 old.dat 复制到新文件 new.dat 中, 并利用文件操作语句将 old.dat 文件从磁盘上删除。

```
Private Sub Command1_Click()
    Dim str1$
    Open "C:\old.dat"__(4)__As #1
    Open "C:\new.dat"__(5)__
    Do While __(6)__
        __(7)__
        Print #2,str1
```

```
    Loop
        (8)
        (9)
End Sub
```

3. 文本文件合并。将文本文件"t2.txt"合并到"t1.txt"文件中。

```
Private Sub Command1_Click()
    Dim s$
    Open "t1.txt"  (10)
    Open "t2.txt"  (11)
    Do While Not EOF(2)
        Line Input #2,s
        Print #1,s
    Loop
    Close #1,#2
End Sub
```

4. 随机文件的修改。对已建立的有若干条记录的文件名为"C:\stud.dat"的随机文件，记录类型见本章选择题中第13题正确的结构。要读出记录号为5的那条记录，显示在窗体上，然后将其第2门课程成绩加5分，再写入原记录的位置，再读出，显示修改成功与否。

```
Private Sub Command1_Click()
    Dim s As stud, (12)
    Open "C:\stud.dat" For Random As #1
     (13)
    Print s.no,s.name,s.mark(1),s.mark(2),s.mark(3)
     (14)
    Put #1,5,s
     (15)
    Print d.no,s.name,d.mark(1),d.mark(2),d.mark(3)
    Close #1
End Sub
```

5. 顺序文件的修改。磁盘文本文件 C:\Zg.txt 存放了职工的工资和职称情况，每条记录由职工号、工资、职称组成，之间用逗号分隔。现对有职称的职工加工资，规定教授或副教授加 15%，讲师加 10%，助教加 5%，其他人员不加工资。本程序要求根据加工资的条件修改原文本文件内各类人员的相应工资。

分析：由于文本文件不能直接进行修改，只能增加一个临时文件，依次从旧文件读出内容，判断是否满足要修改的条件，若不修改，则将原内容写到临时文件中；若修改，则将新内容写入临时文件中，直到文件结束。

然后通过临时文件将内容重新依次写回到老文件；当然也可通过 Visual Basic 提供的文件操作命令，删除老文件，将临时文件改名为老文件或将临时文件复制为老文件。

由此可见，顺序文件修改某一条记录比较麻烦，但适合于批量数据的整体修改或处理。

```
Sub Command1_Click()
    Dim no%,gz!,zc$
    Open "C:\Zg.txt" For Input As #1
    Open "C:\Lszg.txt" For Output As #2
```

```
Do While Not EOF(1)
   (16)
Select Case zc
   (17)
   gz=gz*1.15
  Case "讲师"
   (18)
  Case "助教"
   gz=gz*1.05
  End Select
   (19)
  Loop
  Close #1,#2
Open "C:\my\zg.txt"   (20)
Open "C:\my\lszg.txt"   (21)
Do While Not EOF(2)
 Input #2,no,gz,zc
   (22)
Loop
Close #1,#2
End Sub
```

实 验 八

实验 8.1 顺序文件读写

编写应用程序。若单击"建立文件"按钮，则分别用 Print #和 Write #语句将三个同学的学号、姓名和成绩写入文件 mark.dat 和 mark1.dat；若单击"读取文件"按钮，则用 Line Input 语句按行将两个文件中的数据送往相应的文本框，如图 8.5 所示。

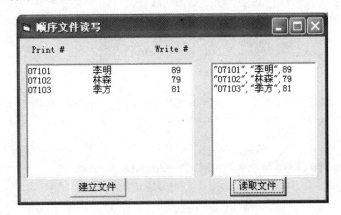

图 8.5　顺序文件读/写

【实验目的】

（1）学习顺序文件的打开操作。

（2）学习顺序文件的读/写操作。

（3）掌握顺序文件的关闭操作。

（4）区分 Print #和 Write #语句。

【实验要求】

（1）创建新工程，在窗体上设计两个命令按钮和两个文本框控件。

（2）为 Command1 命令按钮设计代码，实现文件写入的功能。

（3）为 Command2 命令按钮设计代码，实现文件读出并显示的功能。

【提示】

顺序文件能使用 Print #和 Write #语句将数据写入文件，随机文件则用 Put 语句和 Get 语句。

参考代码如下：

```
Option Explicit
Private Sub Command1_Click()
    Open "C:\mark.txt" For Output As #1
    Open "C:\mark1.txt" For Output As #2
    Print #1, "07101", "李明", 89
    Print #1, "07102", "林森", 79
    Print #1, "07103", "季方", 81
    Write #2, "07101", "李明", 89
    Write #2, "07102", "林森", 79
    Write #2, "07103", "季方", 81
    Close #1
    Close #2
End Sub


Sub Command2_Click()
    Dim InputData As String
    Text1 = ""
    Open "C:\mark.txt" For Input As #1
    Do While Not EOF(1)
        Line Input #1, InputData
        Text1.Text = Text1.Text + InputData + vbCrLf
    Loop
    Close #1
    Text2 = ""
    Open "C:\mark1.txt" For Input As #2
    Do While Not EOF(2)
        Line Input #2, InputData
        Text2.Text = Text2.Text + InputData + vbCrLf
    Loop
    Close #2
End Sub
```

实验 8.2　字符查找

设计应用程序，要求单击"打开文件"按钮弹出一个通用对话框，选择文件后显示在文本框中。单击"保存文件"按钮后弹出通用对话框，确定文件名后保存。单击"查找下一个"按钮就在文本文件中查找单词"Visual Basic"，找到后以高亮度显示。若再单击"查找下一个"，则继续查找，界面如图 8.6 所示。

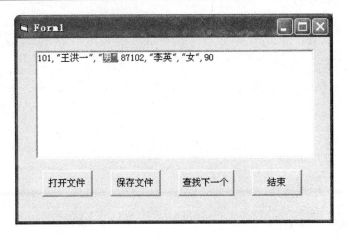

图 8.6　字符查找

【实验目的】

（1）掌握通用对话框。

（2）掌握顺序文件读/写的方法。

（3）字符串查找等的综合应用。

（4）掌握将一维数组按矩阵形式进行输出的方法。

【实验要求】

（1）创建新工程，在窗体上设计 Command1 命令按钮控件。

（2）为 Command1 命令按钮设计代码，实现相应的功能。

（3）要求使用 Rnd 函数。

【提示】

该实验题主要难度是在文本框中找特定的子串，并以高亮度显示。这个可以通过 Instr 函数实现查找，SelStart、SelLength 属性实现高亮度显示。

Instr 函数的另一种使用形式为：InStr（开始位置，字符串 1，字符串 2）

说明：

Instr 函数的功能是在字符串 1 中从开始位置后查找字符串 2 的出现位置。

参考代码如下：

```
Option Explicit
Private Sub Command1_Click()
    Dim InputData As String
    CommonDialog1.Action = 1
    Text1 = ""
    Open CommonDialog1.FileName For Input As #1
    Do While Not EOF(1)
        Line Input #1, InputData
        Text1.Text = Text1.Text + InputData + vbCrLf
    Loop
    Close #1
End Sub
```

```
Private Sub Command2_Click()
    CommonDialog1.Action = 2
    Open CommonDialog1.FileName For Output As #1
    Print #1, Text1.Text
    Close #1
End Sub
Sub Command3_Click()
    Static j%
    Text1.SetFocus
    j = InStr(j + 1, Text1, "男")
    If j > 0 Then
        Text1.SelStart = j - 1
        Text1.SelLength = 2
        j = j + 1
    Else
        MsgBox "找不到"
    End If
End Sub

Private Sub Command4_Click()
    End
End Sub
```

实验 8.3　文字加密

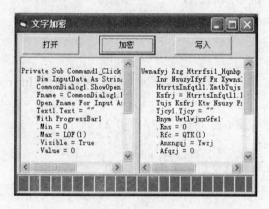

图 8.7　文字加密

设计文字加密程序。左边文本框显示待加密内容，右边文本框显示经过加密的内容，窗体底部是显示读写操作的进度条，如图 8.7 所示。

【实验目的】

（1）学习顺序文件的操作。

（2）学习通用对话框操作。

（3）学习进度条的使用。

（4）学习文字加密方法。

【实验要求】

（1）创建新工程，在窗体上设计三个命令按钮和两个文本框控件。

（2）在窗体上设计通用对话框和进度条。

（3）为 Command1 命令按钮设计代码，实现文件打开的功能。

（4）为 Command2 命令按钮设计代码，实现文字加密的功能。

（5）为 Command3 命令按钮设计代码，实现文件保存的功能。

【提示】

运行时通用对话框不显示。

参考代码如下：

```
Private Sub Command1_Click()
```

```
    Dim InputData As String * 1
    CommonDialog1.ShowOpen
    Fname = CommonDialog1.FileName
    Open Fname For Input As #1
    Text1.Text = ""
    With ProgressBar1
    .Min = 0
    .Max = LOF(1)
    .Visible = True
    .Value = 0
    End With
    Do While Not EOF(1)
    InputData = Input(1, #1)
    Text1.Text = Text1.Text + InputData
    ProgressBar1.Value = ProgressBar1.Value + 1
    Loop
    Close #1
End Sub

Private Sub Command2_Click()
    Dim strInput$, Code$, Record$, c As String * 1
    Dim i%, length%, iAsc%
    strInput = Text1.Text
    length = Len(RTrim(strInput))
    Code = ""
    For i = 1 To length
        c = Mid$(strInput, i, 1)
        Select Case c
          Case "A" To "Z"
                iAsc = Asc(C) + 5
                If iAsc > Asc("Z") Then iAsc = iAsc - 26
                Code = Code + Chr$(iAsc)
          Case "a" To "z"
                iAsc = Asc(C) + 5
                If iAsc > Asc("z") Then iAsc = iAsc - 26
                Code = Code + Chr$(iAsc)
                Case Else
                Code = Code + c
        End Select
    Next i
    Text2.Text = Code
End Sub

Private Sub Command3_Click()
    CommonDialog1.ShowSave
    Open CommonDialog1.FileName For Output As #1
    Print #1, Text2
    Close #1
End Sub
```

实验 8.4　学籍管理

设计学生学籍管理程序。如图 8.8 所示，单击"追加记录"按钮可将一名学生的信息作为一条记录添加到随机文件末尾，"显示记录"按钮的作用是在窗体上显示指定的记录。

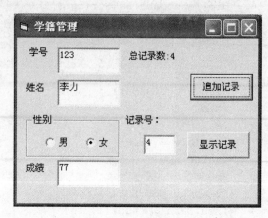

【实验目的】

（1）学习随机文件的基本操作。

（2）学习使用记录数据类型。

（3）学习随机文件的查找操作。

【实验要求】

（1）创建新工程，在窗体上设计两个命令按钮和四个文本框控件。

图 8.8　学籍管理

（2）在窗体上设计一组性别单选按钮。

（3）在窗体上设计相应标签进行说明。

（4）为 Command1 命令按钮设计代码，实现追加记录的功能。

（5）为 Command2 命令按钮设计代码，实现显示记录的功能。

【提示】

记录类型放在标准模块中定义。

参考代码如下：

```
Type StudType
    iNo As Integer
    strName As String * 20
    strSex As String * 1
    sMark As Single
End Type
Dim Student As StudType
Dim Record_No As Integer

Sub Form_Load()
    Open "C:\STUDENT.DAT" For Random As #1 Len = Len(Student)
    Label2.Caption = LOF(1) / Len(Student)
    Close #1
End Sub

Sub Command1_Click()
    With Student
    .iNo = Val(Text1.Text)
    .strName = Text2.Text
    .strSex = IIf(Option1.Value, "1", "0")
    .sMark = Val(Text3.Text)
    End With
    Open "C:\STUDENT.DAT" For Random As #1 Len = Len(Student)
```

```
    Record_No = LOF(1) / Len(Student) + 1
    Label2.Caption = "总记录数:" & Record_No
    Put #1, Record_No, Student
    Close #1
End Sub

Sub Command2_Click()
    Open "C:\STUDENT.DAT" For Random As #1 Len = Len(Student)
    Record_No = Val(Text4.Text)
    Get #1, Record_No, Student
    Text1.Text = Student.iNo
    Text2.Text = Student.strName
    If Student.strSex = "1" Then
    Option1.Value = True
    Else
    Option2.Value = True
    End If
    Text3.Text = Student.sMark
    Record_No = LOF(1) / Len(Student)
    Close #1
End Sub
```

实验 8.5　文件合并

编写一个能将任意两个文件的内容合并的程序。比如将 tl.dat 和 t2.dat 合并成 t3.dat。

【实验目的】

（1）学习二进制文件的读操作。

（2）学习二进制文件的写操作。

【实验要求】

（1）创建新工程，在窗体上设计一个命令按钮控件。

（2）为 Command1 命令按钮设计代码，实现文件合并的功能。

【提示】

若要能够处理任意一个文件，则文件必须按二进制模式打开。

参考代码如下：

```
Option Explicit
Dim char As Byte
    Open "C:\t1.dat" For Binary As #1
    Open "C:\t2.dat" For Binary As #2
    Open "C:\t3.dat" For Binary As #3
Do While Not EOF(1)
    Get 1, , char
    Put 3, , char
Loop
Do While Not EOF(2)
    Get 2, , char
    Put3 , , char
Loop
Close #1, #2, #3
```

第9章 图形操作

9.1 基 本 要 求

（1）了解 Visual Basic 的图形功能。
（2）掌握建立图形坐标系的方法。
（3）掌握 Visual Basic 图形控件和图形方法。
（4）掌握常用的几何图形绘制。
（5）掌握简单动画的设计方法。

9.2 坐 标 系

Visual Basic 中绘制图形的过程一般包括四个步骤：
（1）定义图形载体对象的坐标系。
（2）设置线宽、线型、色彩等。
（3）确定画笔的起点和终点。
（4）用绘图方法绘制图形。

【例 9.1】　绘制 $0 \sim 2\pi$ 之间余弦曲线图形，如图 9.1 所示。

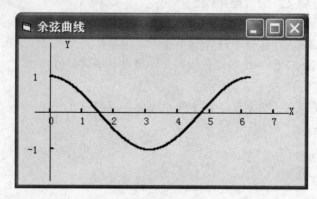

图 9.1　余弦曲线

程序代码如下：

```
Private Sub Form_Click()
    Form1.Scale (-1, 2)-(8, -2)
    Line (-0.5, 0)-(7.5, 0): Line (0, 1.9)-(0, -1.9)
    DrawWidth = 2
    CurrentX = 7.5: CurrentY = 0.2: Print "X"
    CurrentX = 0.5: CurrentY = 2: Print "Y"
    For i = 0 To 7
```

```
        Line (i, 0)-(i, 0.1)
        CurrentX = i - 0.2: CurrentY = -0.1: Print i
    Next i
    For i = -1 To 1
        If i <> 0 Then
            CurrentX = -0.7: CurrentY = i + 0.1: Print i
            Line (0.1, i)-(0, i)
        End If
    Next i
    For x = 0 To 6.283 Step 0.001
        PSet (x, Cos(x))
    Next x
End Sub
```

构成一个坐标系，需要三个要素：坐标原点、坐标度量单位、坐标轴的长度与方向。坐标度量单位由容器对象的 ScaleMode 属性决定为（有八种形式）。

默认的坐标原点(0,0)为对象的左上角，横向向右为 x 轴的正向，纵向向下为 y 轴的正向。

设置坐标系常用 Scale 方法，其语法如下：

[对象.[Scale[(左上角坐标)-(右下角坐标)]

Visual Basic 根据给定的坐标参数计算出 ScaleLeft、ScaleWidth 和 ScaleHeight 的值。

当 Scale 方法不带参数时，则取消用户自定义的坐标系，而采用默认坐标系。

【例 9.2】　以窗体中心为原点，设置直角坐标系。

```
Private Sub Form_Paint()
    Cls
    Form1.Scale (-300, 200)-(300, -200)
    Line (-300, 0)-(300, 0)
    Line (0, 200)-(0, -200)
    CurrentX = 0: CurrentY = 0: Print 0
    CurrentX = 260: CurrentY = 50: Print "X"
    CurrentX = 10: CurrentY = 180: Print "Y"
End Sub
```

图 9.2　直角坐标

效果如图 9.2 所示。

9.3　图　形　层

Visual Basic 在构造图形时，提供了三个不同的屏幕层次放置图形的可视组成部分。

最上层放置工具箱中除标签、线条、形状外的控件对象。由图形方法所绘制的图形在最下层。同一图形层内控件对象排列顺序可使用 Zorder[position]方法。

9.4　绘　图　属　性

绘图属性及用途如表 9.1 所示。

表 9.1   绘 图 属 性

绘 图 属 性	用 途
AutoRedraw、ClipControls	显示处理
Current X、Current Y	当前绘图位置
DrawMode、DrawStyle、DrawWidth	绘图模式、风格、线宽
FillStyle、FillColor	填充的图案、色彩
ForeColor、BackColor	前景、背景颜色

【例 9.3】　　在窗体上输出不同的线形，比较其风格。内实线线宽的计算从边界向内，实线以边界为中心，一半在边界内，一半在边界外。通过画矩形比较和。

程序代码如下：

```
Private Sub Command1_Click()
    Cls
    Dim j As Integer
    Print "DrawStyle 0      1      2      3      4      5      6"
    Print "线 型    实线 长划线 点线 点划线 点点划线 透明线 内实线"
    Print
    Print "图 示 "
    CurrentX = 600
    CurrentY = ScaleHeight / 3
    DrawWidth = 1
    For j = 0 To 6
        DrawStyle = j
        CurrentX = CurrentX + 300
        Line -Step(600, 0)
    Next j
End Sub

Private Sub Command2_Click()
    Cls
    DrawStyle = 6
    DrawWidth = 10
    Line (500, 100)-(2000, 1000), , B
    DrawStyle = 0
    Line (2500, 100)-(4000, 1000), , B
    Print
    Print "   DrawStyle =6          DrawStyle = 0     "
    Print "   DrawStyle =6画封闭图形时，线宽的计算从边界向内"
    Print "   DrawStyle =0画封闭图形时，以边界为中心，一半在边界内，一半在边界外"
End Sub
```

线型如图 9.3 所示，实线如图 9.4 所示。

【例 9.4】　　在窗体上演示颜色的渐变效果。

代码如下：

```
Private Sub Form_Click()
    Dim j As Integer, x As Single, y As Single
```

```
    x = Form1.ScaleWidth
    y = Form1.ScaleHeight
    sp = 255 / x
    For j = 0 To x
        Line (j, 0)-(j, y), RGB(j * sp, j * sp, j * sp)
    Next j
End Sub
```

颜色渐变效果图如图 9.5 所示。

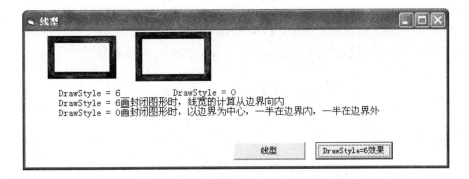

图 9.3　线型

图 9.4　实线

图 9.5　颜色渐变

9.5 图 形 控 件

图形控件如表 9.2 所示。

表 9.2   **图 形 控 件**

控 件 名	说 明
Picture Box（图形框）	Autosize 属性能调整图形框大小与显示的图片匹配，可作为容器
Image（图像工具）	Stretch 属性可调整加载的图形尺寸，以适应图像框的大小。内存开销少
Line（画线工具）	由 x1、y1 和 x2、y2 属性确定直线位置
Shape（形状）	有六种几何形状，由 Shape 属性确定所需的形状

Visual Basic 提供的图形框和图像框的 Picture 属性可以显示位图、图标、图元文件中的图形，也可处理 gif 和 jpeg 格式的图形文件。

运行时将图形添加到 Picture 属性的方法：

（1）使用 LoadPicture 函数将图形装入到 Picture 属性：LoadPicture（"图形文件名"）。

（2）对象的 Picture 属性的复制：对象 1.Picture=对象 2.Picture。

（3）将剪贴板内的图形复制到图形框或图像框：对象 1.Picture=Clipboard.GetData()。

运行时删除 Picture 属性内的图形：LoadPicture()。

把 Picture 属性内的图形保存到磁盘文件内：SavePicture 对象名.属性.文件名。

9.6 图 形 方 法

绘图方法如表 9.3 所示。

表 9.3   **绘 图 方 法**

方 法	说 明	语 法 格 式
Cls	清除	对象.Cls
Line	画直线或矩形	Line[[Step](x1,y1)]-(x2,y2)[,颜色][,B[F]]
Circle	画圆、圆弧和扇形	Circle[[Step](x,y),半径[,颜色][,起始角][,终止角][,长短轴比率]]]
Pset	用于画点	Pset[Step](x,y)[,颜色]
Point	返回指定点的颜色	Point(x,y)

用 Circle 方法绘制椭圆时，涉及椭圆长短轴比，当比值为 1，画圆；如果长短轴比小于 1，半径参数指定在 X 轴；如果长短轴比大于 1，半径参数指定在 Y 轴。无论哪一种情况，都使用 X 轴的度量单位。

由本节的问题 4 可知在绘制椭圆时，椭圆圆周上的 y 值按 X 轴的单位来推算。而跟踪绘制椭圆轨迹，需要用（x，y）的形式定位，这时 y 值使用的是 Y 轴上的单位，这就需要进行单位换算。换算比与窗体或图形框的实际可用长宽比 b 及用户坐标系长宽比 b1 有关，需要用 b/b1 调整。

【例9.5】　绘图法计算定积分。

```
Private Sub Picture1_Click()
    Picture1.Scale (-2, 1)-(2, -0.2)
    Picture1.Line (-2, 0)-(2, 0)
    Picture1.Line (0, 2)-(0, -2)
    s = 0
    For x = -1 To 1 Step 0.005
        Picture1.Line (x, 0)-(x, x * x), vbBlue
        s = x * x * 0.005 + s
    Next x
    Label1 = "面积为: " & s
End Sub
```

效果图如图9.6所示。

【例9.6】　绘制由圆环组成的艺术图案。

```
Private Sub Form_Click()
    Dim r, x, y, x0, y0, pi As Single
    Cls
    n = Val(Text1)
    If n <= 0 Then n = 10
    r = Form1.ScaleHeight / 4
    x0 = Form1.ScaleWidth / 2
    y0 = Form1.ScaleHeight / 2
    pi = 3.1415926
    st = pi / n
    For i = 0 To 2 * pi Step st
        x = r * Cos(i) + x0
        y = r * Sin(i) + y0
        Circle (x, y), r * 0.8, QBColor(4), , , 0.8
    Next i
End Sub
```

结果图如图9.7所示。

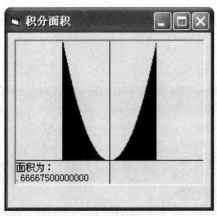

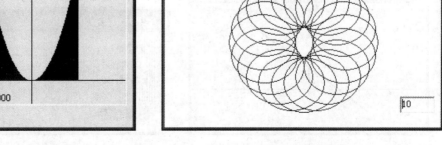

图9.6　面积计算　　　　　　　　　　　图9.7　艺术图形

【例 9.7】　绘制函数曲线并求解方程。

```
Private Sub Form_Click()
Dim x As Double, y1 As Double, y2 As Double
    Scale (-2, 4)-(2, -2)
    Line (-2, 0)-(2, 0)
    Line (0, 4)-(0, -2)
    For x = -1 To 1 Step 0.0001
        y2 = 2 * x + 1
        y1 = -9 * x * x + 2 * x + 3
        DrawWidth = 1
        PSet (x, y1), QBColor(4)
        DrawWidth = 2
        PSet (x, y2), QBColor(1)
        If Abs(y1 - y2) < 0.0001 Then Print Format(x, "#0.#####")
    Next x
End Sub
```

效果图如图 9.8 所示

【例 9.8】　仿真程序。

```
Private Sub Form_Click()
    Dim i, j As Integer, mcolor As Long
    Form1.Scale (0, 0)-(100, 100)
    Picture1.Scale (0, 0)-(100, 100)
    Picture1.Cls
    Picture1.Print "仿真信息"
    For i = 1 To 100
        For j = 1 To 100
            mcolor = Picture1.Point(i, j)
            If mcolor = False Then PSet (i, j), mcolor
        Next j
    Next i
End Sub
```

效果图如图 9.9 所示。

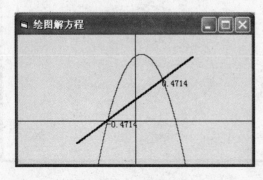

图 9.8　绘图解方程

图 9.9　仿真程序

9.7 错 误 和 难 点

1. Form_Load 事件内无法绘制图形

用绘图方法在窗体上绘制图形时，如果将绘制过程放在 Form_Load 事件内，由于窗体装入内存有一个时间过程，在该时间段内同步地执行了绘图命令，所以所绘制的图形无法在窗体上显示。有两种方法可解决此问题。

方法一，将绘图程序代码放在其他事件内，通常在 Paint 事件中完成绘图，当对象在显示、位移、改变大小和使用 Refresh 方法时，都会发生 Paint 事件。

方法二，将窗体的 AutoRedraw 属性设置为 True，窗体上任何以图形方式显示的图形对象都将在内存中建立一个备份，当窗体的 Form_Load 事件完成后，窗体将产生重画过程，从备份中调出图形。AutoRedraw 属性设置为 True 时，Paint 事件将不起作用。

与方法一相比，方法二将使用更多的内存。

2. Visual Basic 坐标系中旋转正向

在 Visual Basic 坐标系中，逆时针方向为正，各绘图方法都参照此坐标系。计算对象的坐标点时务必要注意这一点。

3. 如何清除已绘制的线条

Line 控件在窗体上移动时，原位置上不会留下图形痕迹。如果用 Line 方法来代替 Line 控件，则每次在新位置上画直线前，需要清除原来位置上的线条，清除原来位置上的线条，可将 DrawMode 属性设置为 Xor 模式，在原位置上重画一次直线，即可消除原来的线条。也可用背景色重画一次达到清除的目的。

4. 使用图形方法绘制图形，达不到预想的结果

使用图形方法绘制图形，会发生绘制的图形与预想的不同。

【例 9.9】 程序语句。

```
Private Sub Command1_Click()
    Scale (-1000, 1000)-(1000, -1000)
    Line (-1000, 0)-(1000, 0)
    Line (0, 1000)-(0, -1000)
    Line (100, 100)-(500, 500), , B
    Circle (300, -300), 200
End Sub
```

按代码所描述的功能，应该在坐标系的第一象限绘制一个正方形，第四象限内绘制一个圆形。程序运行后得到的却是矩形，圆形越出了第四象限的范围，如图 9.10 所示。

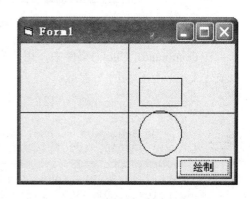

图 9.10 效果图

造成图形失真的原因与坐标系有关。在 Visual Basic 对象的坐标系中，每个坐标轴都有自己的刻度测量单位。当用 [对象.] Scale(xLeft,yTop)-(xRight,yBotton)定义了坐标系后，对象在 X 方向的坐标被分成 xRight-xLeft 等份，Y 方向的坐标分成 yBotton-yTop 等份；并使 ScaleMode 属性为 0。

如果绘制的图形对象位置采用数对（x，y）的形式定位，则 x 与 y 的值按各自坐标轴上等分单位测量。虽然 Scale(–1000,1000) – (1000,–1000)将窗体坐标系定义为正方形区域，X 轴与 Y 轴的等分数相同，但每个单位的实际大小可能不同（与窗体实际长宽有关），在屏幕上显示时将根据显示器的大小及分辨率的变化而变化（除非采用像素单位）。为了能得到正确的结果，设计时应考虑图形载体有效区域的长宽比。

当用 Circle 方法绘图时，圆心（x，y）按各自坐标轴的单位定位，而所绘图形轨迹的 y 值按 X 轴的单位来推算。当窗体的宽度大于窗体高度时，绘图时用 X 轴上的单位在 Y 轴上定位，就造成了如图 9.10 所示结果。正确的设计方法是在拖放窗体大小时，将有效区域的长宽比设置为 1（缺省坐标系下 ScaleHeight 与 ScaleWidth 的比）。

【例 9.10】　在绘制好的椭圆上用 Pset 语句标记出椭圆与坐标轴的交点，结果如图 9.11 所示。

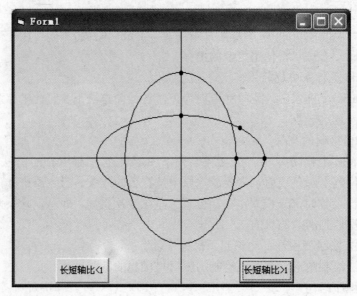

图 9.11　标记点

在 Command1_Click()事件中，用户坐标系长宽比为 1，Command2_Click()事件中，用随机值定义用户坐标系的 Y 参数。

```
Private Sub Command1_Click()
    Cls: Scale
    b = Me.ScaleWidth / Me.ScaleHeight
    Scale (-1000, 1000)-(1000, -1000)
    Me.DrawWidth = 1
    Line (-1000, 0)-(1000, 0): Line (0, 1000)-(0, -1000)
    Circle (0, 0), 500, , , , 0.5
    Me.DrawWidth = 5
    PSet (500, 0)
    PSet (0, 500 * 0.5 * b)
    x = 500 * 0.707
    y = 500 * 0.5 * b * 0.707
    PSet (x, y)
End Sub
Private Sub Command2_Click()
```

```
        Cls: Scale
        b = Me.ScaleWidth / Me.ScaleHeight
        yy = Rnd * (Me.ScaleHeight - 499) + 500
        Scale (-1000, yy)-(1000, -yy)
        b1 = Abs(Me.ScaleWidth / Me.ScaleHeight)
        Me.DrawWidth = 1
        Line (-1000, 0)-(1000, 0): Line (0, yy)-(0, -yy)
        Circle (0, 0), 500, , , , 1.5
        Me.DrawWidth = 5
        PSet (0, 500 * b / b1)
        PSet (500 / 1.5, 0)
End Sub
```

习 题 九

一、选择题

1. 坐标度量单位可由通过_____来改变。

　　（A）Drawstyle 属性　　　　　　　　（B）Drawwidth 属性

　　（C）Scale 方法　　　　　　　　　　（D）ScaleMode 属性

2. 以下的属性和方法中_____可重定义坐标系。

　　（A）Drawstyle 属性　　　　　　　　（B）DrawWidth 属性

　　（C）Scale 方法　　　　　　　　　　（D）ScaleMode 属性

3. 当使用 Line 方法画直线后，当前坐标在_____。

　　（A）(0,0)　　　　　　　　　　　　（B）直线起点

　　（C）直线终点　　　　　　　　　　（D）容器的中心

4. 指令"Circle(1000,1000),500,8,−6,−3"将绘制_____。

　　（A）画圆　　　　（B）椭圆　　　　（C）圆弧　　　　（D）扇形

5. 执行指令"Line (1200,1200)- Step(1000,500), B"后，CurrentX=_____。

　　（A）2200　　　　（B）1200　　　　（C）1000　　　　（D）1700

6. Cls 可清除窗体或图形框中_____的内容。

　　（A）Picture 属性设置的背景图案　　（B）在设计时放置的控件

　　（C）程序运行时产生的图形和文字　　（D）以上（A）～（C）全部

7. 下列_____途径在程序运行时不能将图片添加到窗体、图片框或图像框的 Picture 属性。

　　（A）使用 LoadPicture 方法　　　　（B）对象间图片的复制

　　（C）通过剪贴板复制图片　　　　　（D）使用拖放操作

8. 设计时添加到图片框或图像框的图片数据保存在_____。

　　（A）窗体的 Frm 文件　　　　　　　（B）窗体的 Frx 文件

　　（C）图片的原始文件内　　　　　　（D）编译后创建的 exe 文件

9. 窗体和各种控件都具有图形属性，下列_____属性可用于显示处理。

　　（A）Drawstyle,DrawMode　　　　　（B）AutoRedraw,ClipControls

　　（C）FillStyle,FillColor　　　　　（D）ForeColor,BorderColor

10. 当窗体的 AutoRedraw 属性采用默认值时，若在窗体装入时要使用绘图方法绘制图形，则应将程序放在_____。

   （A）Paint 事件   （B）Load 事件

   （C）Initialize 事件   （D）Click 事件

11. 当使用 Line 方法时，参数 B 与 F 可组合使用，下列组合中_____不允许。

   （A）BF   （B）F

   （C）B   （D）不使用 B 与 F

12. 下列所使用方法中，_____不能减少内存的开销。

   （A）将窗体设置得尽量小   （B）使用 Image 控件处理图形

   （C）设置 AutoRedraw=False   （D）不设置 Drawstyle

13. 命令按钮、单选按钮、复选框上都有 Picture 属性，可以在控件上显示图片，但需要通过_____来控制。

   （A）Appearance 属性   （B）style 属性

   （C）DisabledPicture 属性   （D）DownPicture 属性

14. 下面对象中不能作为容器的是_____。

   （A）窗体   （B）Image 控件

   （C）PictureBox 控件 `   （D）Frame 控件

15. 封闭图形的填充方式由下列_____属性决定。

   （A）Drawstyle, DrawMode   （B）AutoRedraw,ClipControls

   （C）FillStyle,FillColor   （D）ForeColor,BorderColor

16. Line(100,100)-Step(400,400)将在窗体上的_____画一条直线。

   （A）(200,200)!(400,400)   （B）(100,100)～(300,300)

   （C）(100,100)～(500,500)   （D）(100,100)～(400,400)

17. 执行命令 Line(300,300)-(500,500)后，CurrentX=_____。

   （A）500   （B）300   （C）200   （D）800

二、填空题

1. 改变容器对象的 ScaleMode 属性值，___(1)___改变容器的大小，但它在屏幕上的位置___(2)___改变。

2. 容器的实际可用高度和宽度由___(3)___和___(4)___属性确定。

3. 设 Picture1.ScaleLeft=-200, Picture1.ScaleTop=250, Picture1.ScaleWidth=500, Picture1.ScaleHeight=-400, 则 Picture1 右下角坐标为___(5)___。

4. 窗体 Form1 的左上角坐标为（-200,250），窗体 Form1 的右下角坐 标为（300，-150），X 轴的正向向___(6)___，Y 轴的正向向___(7)___。

5. 当 Scale 方法不带参数时，则采用___(8)___坐标系。

6. QBColor（C）函数可以表示 16 种颜色，C 的取值范围为___(9)___。

7. 使用 Line 方法画矩形，必须在指令中使用关键字___(10)___。

8. 使用 Circle 方法画扇形，起始角、终止角取值范围为___(11)___。

9. Circle 方法正向采用___(12)___时针方向。

10. DrawStyle 属性用于设置所画线的形状，此属性受到___(13)___属性的限制。

11. 试在下列程序的空格处填入正确的代码，使之实现定积分 $\int_a^b f(x)\mathrm{d}x$ 的计算，当单击菜单项"绘图"时，根据积分上限的值 b，设置图形框的左上角坐标为 $(-0.5,b\times b)$，右下角坐标为 $(b+0.5,-0.5)$，在图形框内画出 $f(x)=x^2$ 的积分面积区域。当单击菜单项"计算"时，用蒙特卡洛法计算积分值，并在标签内显示计算结果。所谓蒙特卡洛法就是在指定区域内产生随机点，统计分布在积分面积区域随机点出现的概率，用此数乘指定区域面积，可得到积分近似值。

```
Private Sub m1_Click()
    Dim a,b
    a=Val(Text1):b=Val(Text2)
    Picture1.Scale(-0.5,b*b)-(b+0.5, 0.5)
    Picture1.Cls
    Picture1.Line(-0.5,0)-(b+0.5,0)
    Picture1.Line(0,-0.5)-(0,b*b)
    For i=  (14)  Step 0.01
        (15)
    Next i
End Sub

Private Sub m2_Click()
    Dim s As Double,a,b,h,w,n,i,x,y
    s=0
    a=Val(Text1):b=Val(Text2)
    h=b*b
    w=b-a
    n=  (16)
    For i=1 To n
        x=Rnd*w+a
        y=  (17)
        If y<x*x Then  (18)
    Next i
    s=w*h*s/n
    Label1.Caption=Format(s,"0.00000000")
End Sub
```

12. 若窗体 Form1 左上角坐标为 $(-250,300)$，右下角坐标为 $(350,-200)$，则 X 轴的正方向向___(19)___，Y 轴的正方向向___(20)___。

实 验 九

实验 9.1 随机线段

用 Line 方法或 Line 控件对象在屏幕上随机产生 30 条长度、颜色、宽度各异的直线段，如图 9.12 所示。

【实验目的】

（1）掌握使用 Line 方法绘制直线。

（2）掌握随机坐标定位方法。

【实验要求】

（1）创建新工程，在窗体上设计 Command1 命令按钮控件。

（2）为 Command1 命令按钮设计代码，实现相应的功能。

【提示】

画直线段需要给出线段的起点、终点位置。为使画出的直线段随机分布在窗体可见区域内，用窗体有效高度和宽度来计算产生坐标点：

```
x=Rnd*Me.ScaleWidth
y=Rnd*Me.ScaleHeight
```

直线宽度和颜色参数也通过随机函数产生。

参考代码如下：

```
Private Sub Command1_Click()
    For i = 1 To 30
     lx1 = Rnd * Me.Width
     ly1 = Rnd * Me.ScaleHeight
     lx2 = Rnd * Me.Width
     ly2 = Rnd * Me.ScaleHeight
     Form1.DrawWidth = Rnd * 3 + 1
     c = QBColor(Rnd * 15)
     Line (lx1, ly1)-(lx2, ly2), c
    Next i
End Sub
```

实验 9.2 莲花图案

绘制参数方程 $x=r\cos 4\alpha\cos\alpha$，$y=r\cos 4\alpha\sin\alpha$ 在 $0\sim 2\pi$ 之间的图形，其中 r 为半径，取图形框坐标系宽度的一半，如图 9.13 所示。

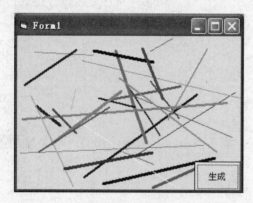

图 9.12 随机线段

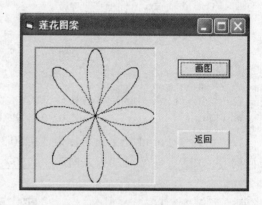

图 9.13 莲花图案

【实验目的】

（1）掌握坐标系的定义方法。

（2）练习 Pset 绘图语句。

【实验要求】

（1）窗体上画一个图形框、两个命令按钮。命令按钮的标题为“画图”和“返回”。

（2）为“画图”命令按钮设计代码，绘制参数方程 $x=r\cos 4\alpha\cos\alpha$，$y=r\cos 4\alpha\sin\alpha$ 在 $0\sim 2\pi$

之间的图形。

（3）为"返回"命令按钮设计代码，使单击"返回"按钮时，结束程序。

【提示】

（1）定义图形框的坐标系需要采用 Picture1.Scale(–4,4)-(4,–4)命令。

（2）通常用 Pset 方法绘制图形轮廓，为使曲线光滑，相邻两点的间距应适当小。

参考代码如下：

```
Private Sub Command1_Click()
    Picture1.Scale (-4, 4)-(4, -4)
    r = Picture1.ScaleHeight / 2
    For i = 0 To 6.28 Step 0.005
        x = r * Cos(4 * i) * Cos(i)
        y = r * Cos(4 * i) * Sin(i)
        Picture1.PSet (x, y)
    Next i
End Sub

Private Sub Command2_Click()
    End
End Sub
```

实验 9.3　网格图案

绘制网格艺术图案。构造图案的算法为：把一个半径为 r 的圆周等分为 n 份，然后用直线将这些点两两相连，如图 9.14 所示。

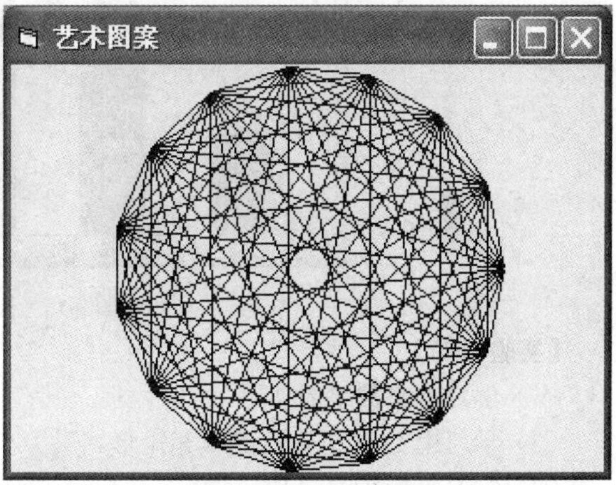

【实验目的】

（1）学习坐标系内动态点的坐标计算方法。

（2）学习 Line 绘图语句。

【实验要求】

（1）创建新工程。

（2）为窗体设计单击驱动事件过程。

图 9.14　网格艺术图

【提示】

（1）在圆心为(0,0)、半径为 r 的圆周上的第 i 个等分点坐标为：$xi=r\cos(ia), yi=r\sin(ia)$。其中 a 为等分角。如果圆心为(x_0,y_0)，则 x_i、y_i 分别为 $x_i=r\cos(ia)+x_0$，$y_i=r\sin(ia)+y_0$。

（2）点(x_i,y_i)到圆周上的点(x_i,y_i)的连线为：

line(x_i,y_i)–(x_i,y_i)。

要使圆周上所有的等分点两两相连，当选定（x_i，y_i）点后，只需将该点与它后面的各点相连即可，否则可能遗漏两点之间的连线。用循环控制改变 j 的值，可画出点（x_i，y_i）到圆周上其他点（x_j，y_j）的连线再用一个外循环改变 i 的值，就可将例周上的等分点两两相连。

参考代码如下：

```
Private Sub Form_Click()
    Dim r, xi, yi, xj, yj, x0, y0, n, aif As Single
    r = Form1.ScaleHeight / 2
    x0 = Form1.ScaleWidth / 2
    y0 = Form1.ScaleHeight / 2
    n = 15
    aif = 3.14159 * 2 / n
    For i = 1 To n - 1
        xi = r * Cos(i * aif) + x0
        yi = r * Sin(i * aif) + y0
        For j = i + 1 To n
            xj = r * Cos(j * aif) + x0
            yj = r * Sin(j * aif) + y0
            Line (xi, yi)-(xj, yj)
        Next j
    Next i
End Sub
```

实验 9.4　直方图

画直方图，如图 9.15 所示。

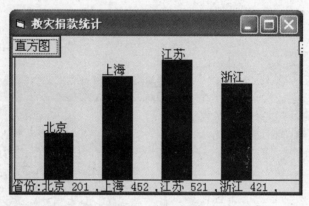

图 9.15　直方图

【实验目的】

（1）学习动态数组的使用。

（2）学习用 Line 语句绘制填充矩形。

（3）学习坐标系的定义。

【实验要求】

（1）创建新工程。设置命令按钮，标题改为"直方图"。

（2）设计生成坐标系的程序过程。

（3）设计绘直方图的程序。

【提示】

为提高程序的通用性，存放数据时采用动态数组，同时由最大值来定义坐标。直方图用带 BF 参数的 Line 语句来绘制，矩形框的宽度根据坐标系宽度和记录数通过计算得到。

参考代码如下：

```
Dim a(), b%(), n, max
Private Sub zbx()
```

```
      Cls
      n = 0
      max = 0
      Open "E:\教学\Visual Basic 程序设计\编写 Visual Basic 教材 new\自编实验与练习
\ch9\jk.txt" For Input As #1
      Do While Not EOF(1)
          n = n + 1
          ReDim Preserve a(n)
          ReDim Preserve b(n)
          Input #1, a(n), b(n)
          If b(n) > max Then max = b(n)
              Loop
          Close #1
          Form1.Scale (-3, max * 1.2)-(max * 1.2, -max * 0.1)
          Line (0, 0)-(max * 1.2, 0): Line (0, max * 1.2)-(0, 0)
          CurrentX = -3:    CurrentY = -1
      Print "省份:";
      For i = 1 To UBound(A)
      Print a(i); b(i); ",";
      Next i
End Sub

Private Sub Command1_Click()
zbx
      X1 = max / 2 / n
      w = X1
      For i = 1 To n
          X2 = X1 + w
          Y2 = b(i)
          Line (X1, 0)-(X2, Y2), QBColor(9), BF
          CurrentX = X1
          CurrentY = Y2 + max * 0.1
          Print a(i)
          X1 = X2 + w
      Next i
End Sub
```

实验 9.5   饼图

绘制饼图，如图 9.16 所示。

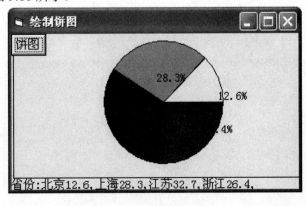

图 9.16   饼图

【实验目的】

（1）学习动态数组的使用。

（2）学习用 Circle 语句绘制填充扇形。

（3）学习坐标系的定义。

【实验要求】

（1）创建新工程。设置命令按钮，标题改为"饼图"。

（2）设计生成坐标系的过程。

（3）设计绘制饼图的过程。

（4）在扇形上标记百分比。

【提示】

为提高程序的通用性，存放数据时采用动态数组，同时由最大值来定义坐标。直方图用带 BF 参数的 Line 语句来绘制，矩形框的宽度根据坐标系宽度和记录数通过计算得到。

公用过程 zbx 从文件 jk.txt 读出绘图数据，程序中使用的数组 *a*、*b* 和变量 *n*、*max*、*sum*、*r*、*x* 变量必须在窗体的通用段声明。*max* 为绘图数据中的最大值，*n* 为数据文件 data.txt 中的记录数。

参考代码如下：

```
Dim a(), b%(), n, max, sum, r, x

Private Sub zbx()
    Cls
    n = 0
    max = 0
    Open "E:\教学\Visual Basic 程序设计\编写 Visual Basic 教材 new\自编实验与练习\
ch9\jk.txt" For Input As #1
    Do While Not EOF(1)
    n = n + 1
    ReDim Preserve a(n)
    ReDim Preserve b(n)
    Input #1, a(n), b(n)
    If b(n) > max Then max = b(n)
    Loop
    Close #1
    Form1.Scale (-3, max * 1.2)-(max * 1.2, -max * 0.1)
    Line (0, 0)-(max * 1.2, 0): Line (0, max * 1.2)-(0, 0)
    CurrentX = -3:    CurrentY = -1
    x = Abs(Me.ScaleHeight / 2) - 10
    r = max / 4
    sum = 0
    For i = 1 To n
    sum = sum + b(i)
    Next i
    Print "省份:";
    For i = 1 To UBound(A)
    Print a(i); Format(b(i) / sum * 100, "0.0"); ",";
    Next i
```

```
End Sub

Private Sub Command1_Click()
 zbx
    a1 = 0
    FontSize = 10
    For i = 1 To n
        a2 = a1 + 2 * 3.14159 * b(i) / sum
        Form1.FillStyle = 0
        FillColor = QBColor(Rnd * 15)
        Circle (x, x), r, , -a1, -a2
        CurrentX = x + r * Cos((a2 + a1) / 2)
        CurrentY = x + r * Sin((a2 + a1) / 2)
        Print Format(b(i) / sum * 100, "0.0"); "%"
        a1 = a2
    Next i
End Sub
```

实验 9.6 行星运动

绘制行星运动动画效果图，如图 9.17 所示。

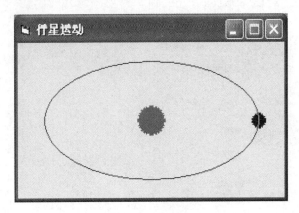

图 9.17 行星运动

【实验目的】

（1）学习简单动画设计。

（2）学习用 Circle 语句绘制运动轨道。

（3）学习图形擦除。

【实验要求】

（1）创建新工程。窗体标题改为"行星运动"。

（2）设计生成坐标系、行星轨道、太阳的过程。

（3）设计时钟控件的 Timer1_Time 事件过程。

【提示】

动画是有规律地改变对象的形状、尺寸或位置所形成的动态效果。用时钟控件的 Time1_Time 事件可控制动画进程，动画的快慢用时钟的 Interval 属性来控制。

行星的椭圆轨道方程为：x=rx*cos(alfa)，y=ry*sin(alfa)

当窗体的 **DrawMode** 属性值设置为 7(Xor)或 6(Invert)后，在相同位置上重复绘制相同图形，可起到擦除的作用。为了能在两个时间段内在同一位置上重复画行星，可以用静态变量。

参考代码如下：

```
Private Sub Form_Click()
    Scale (-2000, 1000)-(2000, -1000)
    FillStyle = 0
    FillColor = vbRed
    Circle (0, 0), 200, vbRed
    Me.FillStyle = 1
    Circle (0, 0), 1600, vbBlue, , , 0.5
    DrawMode = 6
    Timer1.Enabled = True
    Me.FillStyle = 0
End Sub

Private Sub Timer1_Timer()
    Static alfa, flag
    flag = Not flag
    If flag Then alfa = alfa + 0.314
    If alfa > 6.28 Then alfa = 0
    x = 1600 * Cos(alfa)
    y = 800 * Sin(alfa)
    Circle (x, y), 100, QBColor(12)
End Sub
```

第 10 章　数 据 库 应 用 基 础

10.1　基　本　要　求

（1）了解数据库应用程序开发过程。
（2）掌握 ADO 数据控件的使用。
（3）掌握数据绑定控件的使用。
（4）掌握结构化查询语言 SQL 的使用。

10.2　关 系 数 据 库 模 型

数据模型是数据库数据的组织方式，是数据库系统的核心和基础。目前关系数据模型应用最广泛，已成为数据库设计的标准。

关系数据库模型将数据以表的集合表示，无论表在数据库文件中的物理存放方式如何，都可看作是一组行和列的组合。表中的每一行被称为一条记录，表中的每一列被称为一个字段。每个表都应有一个主关键字，主关键字可以是表的一个字段或字段的组合，且对表中的每行都唯一。例如，图 10.1 是一张学生基本情况表。其中学号、姓名、性别等就是字段，记录了学生各项信息的一行就是记录。学号可以作为关键字或主键。

关系型数据库可分为单表数据库和多表数据库。在多表数据库中表与表之间按记录内容可以相互关联，如图 10.2 所示。

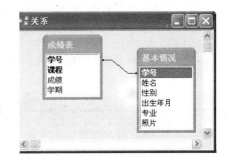

图 10.1　学生基本情况表　　　　　　　　图 10.2　表间关系

10.3　结构化查询语言 SQL

常用结构化查询语句如表 10.1 所示。

SQL 对数据的处理，最常见的是从数据库中获取数据：从数据库中获取数据称为查询数据库，查询数据库通过 SELECT 语句来实现，常见的 SELECT 语句其语法形式为：

表 10.1   常 用 SQL 语 句

常用 SQL 语句	描　　述	常用 SQL 语句	描　　述
SELECT	数据查询：查找满足特定条件的记录	UPDATE	修改记录：改变记录和字段的值
DELETE	数据删除：从数据表中删除记录	INSERT	插入记录：向表中插入记录

SELECT 目标表达式列表 FROM 表名

```
[WHERE 查询条件]
[GROUP BY 分组字段 HAVING 分组条件]
[ORDER BY 排序关键字段[ASC|DESC]]
```

其中，**SELECT** 和 **FROM** 子句是必选的。

目标表达式列表是查询结果中要显示的字段清单，**FROM** 子句指明从哪些表中查询。**WHERE** 子句指明查询的条件，筛选记录。

例如：`SELECT * FROM 基本情况`
　　　　`WHERE 专业="计算机"`

其中 "*" 表示表中所有字段。有时还需用表达式构造复杂查询要求，如：

```
SELECT 学号,(Year(Date())-Year(出生年月))AS 年龄
FROM 基本情况
```

其中 **AS** 短语是用于指定别名。

WHERE 子句可以使用大多数的 Visual Basic 内部函数和运算符，以及 SQL 特有的运算符组成表达，构造出查询条件。如：

```
SELECT * FROM 基本情况
WHERE 出生年月  BETWEEN #1980-01-01# AND #1982-12-31#
```

再如：

```
SELECT * FROM 基本情况
WHERE 专业="计算机" OR 专业="数学"
```

表 10.2　　　合 计 函 数

合计函数	描　　述
AVG	统计平均值
COUNT	统计记录的个数
SUM	计算总和
MAX	返回最大值
MIN	返回最小值

SQL 提供了一些合计函数，对记录作一些统计操作，如表 10.2 所示。

例如：`SELECT COUNT(*) AS 人数`
　　　　`FROM 基本情况`
　　　　`WHERE 专业="化学"`

GROUP BY 子句对数据进行分组，根据字段进行合并，如果指定的字段有 n 种值，则生成 n 条记录。如：

`SELECT 专业,COUNT(*) AS 各专业人数 FROM 基本情况`

GROUP BY 专业

如果对分组后的数据还要进行过滤，可在 **GROUP BY** 子句后结合 **HAVING** 子句用于在分组中选择，如：

```
SELECT 学号,AVG(成绩) AS 平均分 FROM 成绩表
GROUP BY 学号
HAVING AVG(成绩)>=80
```

WHERE 子句是对整个记录集进行过滤,而 HAVING 子句是对各个分组的数据进行过滤。

ORDER BY 子句决定查询结果的排列顺序。可以指定一个或多个字段作为排序关键字,ASC 选项代表升序, DESC 代表降序。若查询的数据分布在多个表中,则必须建立连接查询,如:

```
SELECT 学号.姓名,课程,成绩  FROM 基本情况,成绩表
WHERE   基本情况.学号=成绩表.学号
```

10.4 ADO 数 据 控 件

ADO 数据访问技术使应用程序能通过任何 OLE DB 提供者来访问和操作数据库中的数据,OLE DB 是一种数据访问模式。ADO 实质上是一种提供访问各种数据类型的连接机制,它通过内部的属性和方法提供统一的数据访问接口。

ADO 是一种 ActiveX 对象,是独立于开发工具和开发语言的数据接口。采用 OLE DB 的数据访问模式,几乎所有的数据源都可以通过 ADO 控件来访问。ADO 的优点是容易使用、速度快、低内存开销和较小的磁盘占用。在 Visual Basic 中提供了一个图形控件 ADO Data Control。

用 ADO 控件实现数据访问的过程如下:

(1)在窗体上设置 ADO 数据控件。

(2)使用 ADO 连接对象建立与数据源的连接。

(3)用 ADO 命令对象操作数据源,从数据源中产生记录集并存放在内存中。

(4)建立记录集与数据绑定控件的关联,在窗体上显示数据。

【例 10.1】 设计简单的数据库应用程序。要求在窗体上以网格形式浏览 Student.mdb 数据库中"基本情况"表中的内容,如图 10.3 所示。

图 10.3 浏览表

(1)创建新工程。选择"工程"→"部件"菜单项,打开"部件"对话框,选定 Microsoft

ADOData Control 6.0 和 Microsoft DataGrid Control 6.0 部件，如图 10.4 所示。

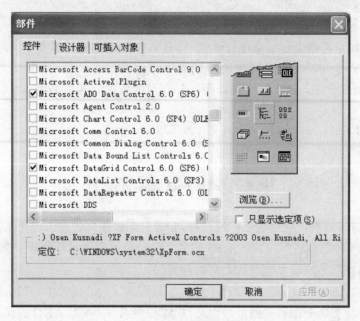

图 10.4　添加部件

在窗体上设置 ADO Data Control 和 DataGrid 两个控件，如图 10.5 所示。ADO 控件的默认名为 Adodc1。

（2）使用 ADO 连接对象建立与数据源的连接时先选择数据源连接方式。右击 ADO 控件，执行 "ADODC" 属性命令，打开 "属性页" 对话框，选择 "使用连接字符串"，如图 10.6 所示。连接字符串中有用于和数据源建立连接的相关信息。

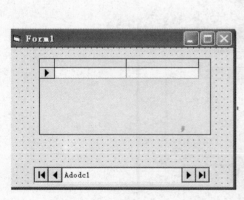

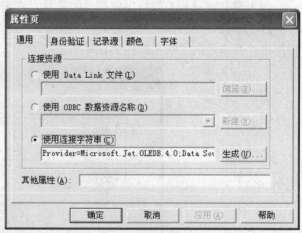

图 10.5　设置控件　　　　　　　　　　　　　图 10.6　属性页

单击 "生成" 按钮，打开如图 10.7 所示的 "数据链接属性" 对话框，连接 Access 2000 及更高版本的数据库时，在 OLE DB 提供驱动程序中选择 Microsoft Jet 4.0 OLE DB Provider。

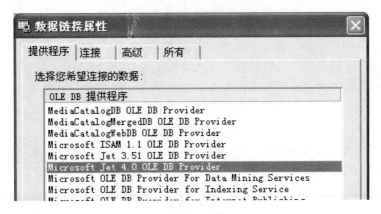

图 10.7　选择驱动程序

单击"下一步"按钮，如图 10.8 所示，选择数据库文件名，为保证连接有效，可用"测试连接"按钮测试。

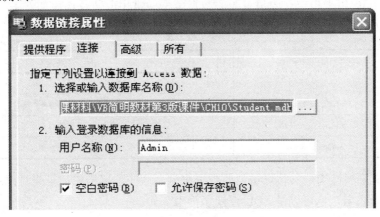

图 10.8　设置连接

（3）选择"记录源"选项卡，如图 10.9 所示。在"命令类型"下拉列表框指定用于获取记录源的命令类型，在列表中选择"2-adCmdTable"选项。"表或存储过程名称"框指定具体可访问的记录源。

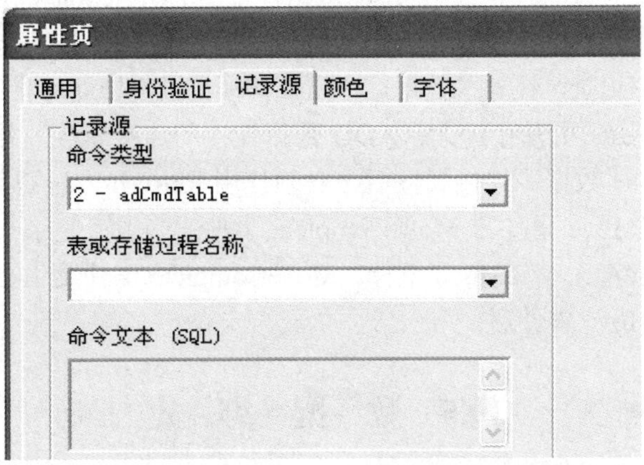

图 10.9　记录源

（4）选定上面的 DataGrid 控件，在属性窗口中将其 DataSource 属性设置为 Adodc1 控件，将网格绑定到产生的记录集，建立记录集与数据绑定控件的关联，在窗体上显示数据。

通过［例 10.1］的分析，可以总结出 Visual Basic 访问数据库的过程为：先用 ADO 数据控件建立与数据库的连接，使用命令对象对数据库发出 SQL 命令，从数据库选择数据构成记录集，应用程序对记录集进行操作。记录集表示的是内存中来自基本表或命令执行的结果的集合，由记录和字段构成，可当作一个数据表来操作。

与数据库的连接用从数据库中选择数据构成记录集，其核心是设置 ADO 数据控件的 ConnectionString、CommandType 和 RecordSource 三个基本属性。

ConnectionString 属性是一个字符串，包含了用于与数据源建立连接的相关信息，使连接概念得到具体化。如：

```
Provider=Microsoft.Jet.OLEDB.4.0;Data Source=Student.mdb;
```

其中 Provider 指定连接提供程序的名称，Data Source 指定数据源文件。

CommandType 用于指定获取记录源的数据类型。常用取值及作用如表 10.3 所示。

表 10.3   常   量

属性值	常 量	描 述
1	adCmdText	命令文本，用 SQL 语句
2	adCmdTable	RecordSource 设置为单个表名
4	adCmdStoredProc	RecordSource 设置为存储过程名
8	adCmdUnknown	命令类型未知，设置为 SQL 语句

RecordSource 属性确定具体可访问的数据来源，这些数据构成记录集对象 Recordset。属性值可以是单个表名，也可以是 SQL 查询字符串。如：

```
RecordSource="Select * From 基本情况 Where 专业='物理'"
```

ADO 控件还有其他的属性。

Recordset 属性产生实际可操作的记录集对象。记录集是一个类似电子表格结构的集合。记录集对象中的每个字段值用 Recordset.Fields（"字段名"）获取。

当记录指针记录集对象的开始或结束时，数据控件的 EOFAction 和 BOFAction 属性值决定了数据控件要采取的操作。当设置 EOFAction 为 2 时，记录指针到达记录集的结束处，在记录集尾部自动加入一条空记录，在输入数据后，只要移动记录指针就可将新记录写入数据库。

ADO 控件的 Refresh 方法用于刷新 ADO 数据控件的连接属性，并能重建记录集对象，当在运行状态改变 ADO 数据源连接属性后，必须使用 Refresh 方法激活这些变化。

ADO 控件的 WillMove 事件与 MoveComplete 事件。当改变记录集的指针使其从一条记录移到另一条记录，会产生 WillMove 事件。MoveComplete 事件发生在一条记录成为当前记录后，它出现在 WillMove 事件后。

10.5 数 据 绑 定

在 Visual Basic 中，数据控件不能直接显示数据源中的数据，必须通过控件来实现，这些控件称为绑定控件。数据绑定是一个过程，在运行时绑定控件自动连接到 ADO 数据控件生成的记录集中的某字段，从而允许绑定控件上的数据与记录集数据之间自动同步。

绑定控件通过 ADO 数据控件使用记录集内的数据，再由 ADO 控件将记录集连接到数据库加的数据表。要使绑定控件能自动连接到记录集的某个字段，需要对控件的两个属性进行设置。

（1）DataSource 属性设定一个 ADO 数据控件将绑定控件连接到数据源。

（2）DataField 属性设置记录集中的字段，使绑定控件与之建立联系。

窗体可以进行两种类型的数据绑定：简单数据绑定和复杂数据绑定。

（1）简单数据绑定。简单数据绑定就是将控件绑定到单个数据字段。每个控件仅显示数据集中的一个字段值能实现简单数据绑定的控件通常是 Visual Basic 内置控件。

【例 10.2】 建立学生基本情况信息窗。

界面设计如图 10.10 所示。添加 ADO 数据控件、三个文本框、两个组合框、五个标签。

建立连接和产生记录集。使相关属性填入相关参数，如表 10.4 所示。

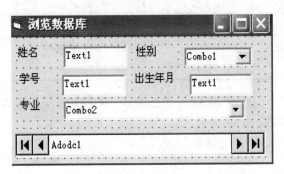

图 10.10　浏览数据

表 10.4　　　　　　　　　　　属 性 填 入

属　性	属 性 值	描　　述
ConnectionString	Provider=Miicrosoft.Jet.OLEDB.4.0;	数据连接提供者
	Data Source=Student.mdb;	连接到 Student.mdb
	Persist Security Info=False	对数据库的管理不使用安全信息
CommandType	adCmdTable	从单个表中获取记录源
RecordSource	基本情况	用基本情况表的数据构成记录集

将三个文本框控件的 DataSource 属性都设置成 Adodc1，再设置 DataField 属性使其与相应字段对立约束关系。如图 10.11 所示。设置 DataFormat 属性可调整绑定控件数据的显示格式。

程序运行后可用数据控件对象上的四个箭头按钮遍历整个记录集。除了可浏览数据库中的记录外，还可以编辑数据。将 ADO 数据控件的 EofAction 属性的值设置为 2，则就具有添加新记录的功能。

（2）复杂数据绑定。复杂数据绑定允许将多个数据元素绑定到一个控件，同时显示记录源中的多行或

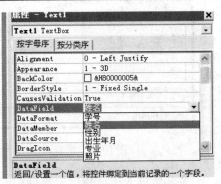

图 10.11　设置 DataField 属性

多列。支持复杂数据绑定的控件包括数据网格控件 DataGrid 和 MSHFlexGrid、数据列表框

DataList 和数据组合框 DataCombo 等。

常见的复杂数据绑定控件及属性设置如表 10.5 所示。

表 10.5   属 性

控 件	属 性	说 明
DataGrid	DataSource	设置绑定的数据源
DataList DataCombo	DataSource	设置绑定的数据源
	DataField	设置数据源中的字段
	Rowsource	设置下拉表用的数据源
	ListField	设置下拉表用的字段
	BoundColumn	指定控件传递出来的字段
	BoundText	返回 BoundColumn 指定字段的值

【例 10.3】 设计窗体，在数据网格上可分别显示基本情况表和成绩表中的内容。界面如图 10.12 所示。

代码如下：

```
Private Sub Command1_Click()
    Adodc1.RecordSource = "基本情况"
    Adodc1.Refresh
End Sub

Private Sub Command2_Click()
    Adodc1.RecordSource = "成绩表"
    Adodc1.Refresh
End Sub
```

【例 10.4】 设计应用程序，在数据网格显示基本情况表中男学生的姓名、学号、性别和出生年月，界面如图 10.13。

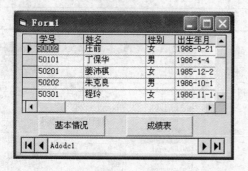

图 10.12   内容表

图 10.13   界面

要从数据表中选择部分数据构成记录集需要使用 SQL 语句。在建立连接时，在 ADO 控件"属性页"对话框的"记录源"选项卡内的命令类型下拉列表中选择"8-adCmd UnKnown"，还要在命令文本（SQL）框内输入：Select * From 基本情况 Where 性别="男"，如图 10.14 所示。

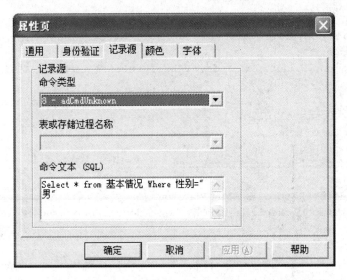

图 10.14　SQL 命令输入

10.6　记　录　集

记录集（Recordset）对象表示的是来自基本表或命令执行的结果的集合（例如，一个查询的结果就是一个记录集）。所有 Recordset 对象都是由记录（行）和字段（列）构成，可以把它当作一个数据表来进行操作。

在 Visual Basic 中由于数据库内的表不允许直接访问，只能通过记录集对象进行操作和浏览，因此，记录集是一种浏览数据库的工具。

10.7　数　据　导　航

对数据记录的浏览，主要通过记录集的属性与方法实现，记录集常用属性与方法如表 10.6 所示。

表 10.6　　　　　　　　　　　　　　　　　记录集属性方法

属性或方法	说　　明
AbsoloutPostion	返回当前记录指针值
BOF 和 EOF	BOF 判定是否在首记录前，EOF 判定是否在尾记录后
RecordCount	返回记录集中的记录数，为只读
Move	用代码实现遍历记录集，有五种方法：MoveFirst、MoveLast、MoveNext、MovePrevious、Move[n]
Find	查找与指定条件相符的第一条记录

【例 10.5】　用命令按钮代替数据控件上的四个箭头的功能，另外增加查找按钮，输入学号进行查找。

代码如下：

```
    Private  Sub  Adodc1_MoveComplete(ByVal  adReason  As  ADODB.EventReasonEnum,
ByVal pError As ADODB.Error, adStatus As ADODB.EventStatusEnum, ByVal pRecordset
As ADODB.Recordset)
    Adodc1.Caption = Adodc1.Recordset.AbsolutePosition & "/" & Adodc1.Recordset.
RecordCount
    End Sub
    Private Sub Command1_Click(Index As Integer)
        Select Case Index
        Case 0
            Adodc1.Recordset.MoveFirst
        Case 1
            Adodc1.Recordset.MovePrevious
            If Adodc1.Recordset.BOF Then Adodc1.Recordset.MoveFirst
        Case 2
            Adodc1.Recordset.MoveNext
            If Adodc1.Recordset.EOF Then Adodc1.Recordset.MoveLast
        Case 3
            Adodc1.Recordset.MoveLast
        Case 4
        Dim mno As String
        mno = InputBox("请输入学号", "查找窗")
        'Adodc1.Recordset.MoveFirst
        Adodc1.Recordset.Find "学号 like  '" & mno & "'", , , 1
        If Adodc1.Recordset.EOF Then MsgBox "无此学号!" & Adodc1.Recordset.
AbsolutePosition, , "提示"
        End Select
    End Sub
```

界面如图 10.15 所示。

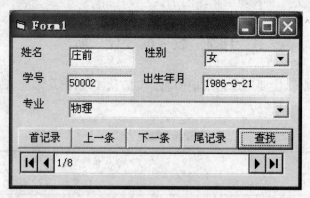

图 10.15 数据导航

10.8 记 录 的 编 辑

记录的编辑包括新增、删除、修改等操作，主要通过调用 AddNew、Delete、Update 和 Cance1Update 方法完成。

它们的语法格式为：

数据控件.记录集.方法名

增加一条记录要先用 AddNew 方法在记录集内增加一条记录，再给记录各字段赋值，最后用 Update 方法，将缓冲区数据存入数据库。

删除记录要先定位好，再调用 Delete 方法，最后移动指针。

ADO 数据控件有较高的智能，当改变数据项的内容时，ADO 自动进入编辑状态，修改后，只要改变记录集指针或用 Update 方法，就确定。

【**例 10.6**】 在［例 10.5］有基础上再增加"新增"、"删除"、"更新"、"放弃"和"结束"五个按钮，实现相应的功能，如图 10.16 所示。

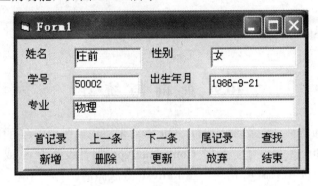

图 10.16 数据编辑

代码如下：

```
Private Sub Command1_Click(Index As Integer)
    Select Case Index
    Case 0
        Adodc1.Recordset.MoveFirst
    Case 1
        Adodc1.Recordset.MovePrevious
        If Adodc1.Recordset.BOF Then Adodc1.Recordset.MoveFirst
    Case 2
        Adodc1.Recordset.MoveNext
        If Adodc1.Recordset.EOF Then Adodc1.Recordset.MoveLast
    Case 3
        Adodc1.Recordset.MoveLast
    Case 4
    Dim mno As String
    mno = InputBox("请输入学号", "查找窗")
    'Adodc1.Recordset.MoveFirst
    Adodc1.Recordset.Find "学号 like  '" & mno & "'", , , 1
    If Adodc1.Recordset.EOF Then MsgBox "无此学号!", , "提示"
    End Select
End Sub
Private Sub Command2_Click(Index As Integer)
    Dim ask As Integer
    Select Case Index
    Case 0
        Adodc1.Recordset.AddNew
    Case 1
```

```
            ask = MsgBox("删除否？", vbYesNo)
            If ask = 6 Then
            Adodc1.Recordset.Delete
            Adodc1.Recordset.MoveNext
            If Adodc1.Recordset.EOF Then Adodc1.Recordset.MoveLast
            End If
        Case 2
            Adodc1.Recordset.Update
        Case 3
            Adodc1.Recordset.CancelUpdate
        Case 3
            End
        End Select
End Sub
```

10.9　查　询　与　统　计

对数据的查询与统计功能要通过执行 SQL 语句来实现。在程序运行中要设置 ADO 数据控件的 ConnectionString 属性值，并将 CommandType 属性设置为 8 或 AdCmdUnlnown，RecordSource 属性值设置为 SQL 语句，用 Refresh 方法激活。

【例 10.7】　　根据输入的专业名称，在网格内显示该专业的学生信息，如图 10.17 所示。

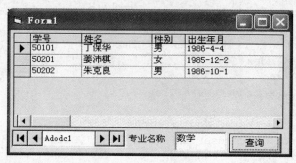

图 10.17　查询数据

```
Private Sub Command1_Click()
    If Text1 > " " Then
    Adodc1.RecordSource = "select * from 基本情况 where 专业='" & Text1 & "'"
    Else
    Adodc1.RecordSource = "select * from 基本情况 "
    End If
    Adodc1.Refresh
End Sub

Private Sub Form_Load()
    Dim mpath$, mlink$
    mpath = App.Path
    If Right(mpath, 1) <> "\" Then mpath = mpath + "\"
    ' 以下两行代码可合成一句，mlink 存放 ConnectionString 属性的设置值
    mlink = "Provider=Microsoft.Jet.OLEDB.4.0;"
    mlink = mlink + "Data Source=" + mpath + "Student.mdb"
```

```
        Adodc1.ConnectionString = mlink
        Adodc1.CommandType = adCmdUnknown
    End Sub
```

【例 10.8】 在数据列表框内显示专业名称，根据选定的专业名称在网格内显示学生信息。
代码如下：

```
Private Sub DataList1_Click()
    Adodc1.RecordSource = "select * from 基本情况 where 专业='" & DataList1.
BoundText & "'"
    Adodc1.Refresh
    Print DataList1.BoundColumn
End Sub

Private Sub Form_Load()
    Dim mpath$, mlink$
    mpath = App.Path
    If Right(mpath, 1) <> "\" Then mpath = mpath + "\"
    ' 以下两行代码可合成一句，mlink 存放 ConnectionString 属性的设置值
    mlink = "Provider=Microsoft.Jet.OLEDB.4.0;"
    mlink = mlink + "Data Source=" + mpath + "Student.mdb"
    Adodc1.ConnectionString = mlink
    Adodc1.CommandType = adCmdUnknown
End Sub
```

对应查询结果如图 10.18 所示。

图 10.18 对应查询

10.10 BLOB 数 据 处 理

二进制大型对象（Binary Large Object, BLOB）是指任何需要存入数据库的随机大块字节
流数据。数据库中存放 BLOB 数据的字段需要使用二进制类型（Access 中为 OLE 对象）。在
数据库中对 BLOB 数据的写 ty 与读出操作通过 ADO 的 AppendChunk 方法和 GetChunk 方法。

（1）把 BLOB 数据写入数据库。

① 以二进制访问方式打开 BLOB 数据文件。

② 定义一个字节类型的数组，数组大小为文件长度。

③ 将文件读入到数组。

④ 使用 ADO 对象的 AppendChunk 方法。

（2）从数据库中读出 BLOB 数据。

变量=ADO 对象.Recordset.Fields(字段).GetChunk(Size)

参数 Size 可以是长整型表达式，如果 Size 大于数据的实际长度，则 GetChunk 仅返回数据，而不填充空白。如果字段为空，则 GetChunk 方法返回 Null。每个后续的 GetChunk 调用将检索从前一次 GetChunk 调用停止处开始的数据。

当 BLOB 数据为图形数据时，可以直接使用图形框或图像框绑定到存放图形数据的字段显示出图形。

【例 10.9】　设计程序，要求能浏览、输入照片，如图 10.19 所示。

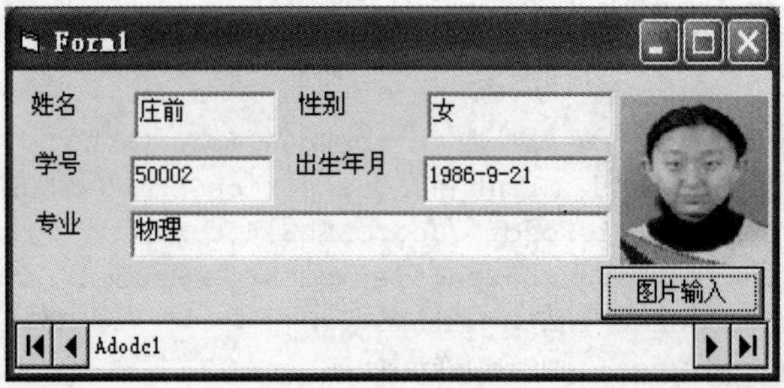

图 10.19　信息管理

```
Private Sub Command1_Click()
    Dim strb() As Byte
    CommonDialog1.ShowOpen
    Open CommonDialog1.FileName For Binary As #1
    Image1.Picture = LoadPicture(CommonDialog1.FileName)
    fl = LOF(1)
    ReDim strb(fl)
    Get #1, , strb
    Adodc1.Recordset.Fields("照片").AppendChunk strb
    Close #1
End Sub
```

10.11　错 误 和 难 点

1. 不能绑定到字段

绑定控件 DataField 属性设置的字段在记录集中不存在，运行时将产生不能绑定到字段或数据成员的错误，可检查数据表，重新指定字段。

2. 绑定控件无法获取记录集内的数据

数据控件的连接设置必须先于绑定控件的 DataSource 和 DataField 属性的设置。否则绑定控件无法获取记录集内的数据，通常会给出"未发现数据源名称并且未指定默认驱动程序"的提示信息。OLE DB 类型的绑定控件的 DataSource 只能使用 ADO 数据控件。

3. 记录删除后被删记录还显示在屏幕上

执行了 Delete 命令删除记录后，显示屏上显示的内容还是被删除的那一条记录，必须移动记录指针才能刷新显示屏。

4. Find 方法找不到所要的记录

采用 Find 方法查找，必须指明查找的出发点，如果不指明，从当前位置开始查找，另外，Find 方法查找还与查找方向有关。

5. 在更新表内数据时，产生错误，数据无法写入

在更新表内数据时，产生如图 10.8 所示的多步操作错误提示信息，其原因可能是数据类型不正确、字段长度太小或索引不唯一。

6. 复制应用程序后运行，出现找不到数据库文件的错误

可能是数据库文件没有拷下来，或程序中数据库的连接采用的是绝对路径。建议将数据库文件和程序文件放在同一文件夹中，用 ADO 控件连接数据库时一定采用相对路径，或用代码实现连接。

7. 数据控件的 RecordSource 属性重新设置后记录集无变化

数据控件的 RecordSource 属性重新设置后，必须用 Refresh 方法激活这些变化。否则数据控件连接的数据源还是原来的记录集。

8. SQL 语句出错

（1）在 ADO 对象通过 SQL 语句选择数据源时，CommandType 属性必须指定记录源类型为 adCmdUnknown 或 adCmdText，否则会产生"From 子句语法错"。

（2）使用 SQL 语句时，必须保证各关键字与前后内容之间用空格分界。特别是当 SQL 语句的内容较长时，为便于阅读程序，将语句分割成几部分通过字符拼接构成一条完整的 SQL 语句时，更要注意空格的使用。

（3）在 SQL 语句中使用字段名时，若字段名中存在空格，必须在字段名两侧加上方括号。

（4）在多表操作中，当两个表中具有相同的字段时，可以从中任意选取一个，但必须在字段名前加上表名前缀，表名与字段之间的连接必须用西文符号"."。

9. DataList 列表区段不显示记录集的内容

DataList 和 DataCombo 控件与标准控件 ListBox 和 ComboBox 的不同之处在于，ListBox 和 ComboBox 控件中的列表需要在程序中通过调用 AddItem 方法填充数据来得到，而 DataList 和 DataCombo 控件是直接从与它相连的 ADO 控件的记录集对象的字段中取得数据并自动填充到列表中。在操作时需先设置 RowSource 属性，指定数据控件，然后 ListField 才能从数据控件中取得相关的字段信息。

习　题　十

一、选择题

1. 下列字符串中，_____不包含在 ADO 数据控件的 ConnectionString 属性内。

　（A）Microsoft　Jet　4.0　OLE　DB　Provider　　（B）Data Source=C:\Mydb.mdb

　（C）Persist Security Info=False　　　　　　　　（D）2-adCmdTable

2. 数据控件的 Adodcl_MoveComplete 事件发生在_____。

(A) 移动记录指针前   (B) 修改与删除记录前

(C) 记录成为当前记录前   (D) 记录成为当前记录后

3. 在记录集中用 Find 方法向后进行查找，如果找不到相匹配的记录，则记录定位在_____。

(A) 首记录之前   (B) 末记录之后   (C) 查找开始处   (D) 随机位置

4. 下列_____组关键字是 Select 语句中不可缺少的。

(A) Select、From   (B) Select、Where

(C) From、Order By   (D) Select、All

5. 设置 ADO 数据控件 RecordSource 属性为数据库中的单个表名，则 CommandType 属性需设置为_____。

(A) adCmdText   (B) adCmdTable

(C) ad CmdStoreProc   (D) adCmdUnknown

6. 假定数据库 Student.mdb 含有学生成绩表和基本情况表，如果数据控件 Adodc1 在设计时已连接了数据库 Student.mdb 中的学生成绩表，执行下列 Form_Click 事件后，将发生_____。

```
Private Sub Form_Click()
Adodc1.RecordSource="基本情况"
End Sub
```

(A) 程序提示产生连接错误

(B) 数据控件连接的当前记录集是基本情况表，但绑定控件不显示基本情况表的记录

(C) 数据控件连接的当前记录集还是学生成绩表，绑定控件显示学生成绩表的记录

(D) 数据控件连接的当前记录集是基本情况表，绑定控件显示基本情况表的记录

7. 在使用 Delete 方法删除当前记录后，记录指针位于_____。

(A) 被删除记录上   (B) 被删除记录的上一条

(C) 被删除记录的下一条   (D) 记录集的第一条

8. 在新增记录调用 Update 方法写入记录后，记录指针位于_____。

(A) 记录集的最后一条   (B) 记录集的第一条

(C) 新增记录上   (D) 添加新记录前的位置上

9. 在 AddNew 方法后调用 CancelUpdate 方法放弃写入，记录指针位于_____。

(A) 记录集的最后一条   (B) 记录集的第一条

(C) 新增记录记上   (D) 添加新记录前的位置上

10. 用 ADO 数据控件建立与数据源的连接，设置操作过程按_____顺序进行。①选择数据源连接方式；②选择数据库类型；③指定数据库文件名；④指定记录源。

(A) ①②③④   (B) ②③④①   (C) ③①②④   (D) ①③②④

11. 数据绑定列表框 DataList 和下拉式列表框 DataCombo 控件中的列表数据通过属性_____从数据库中取得。

(A) Datasource 和 DataField   (B) RowSource 和 ListField

(C) BoundColumn 和 BoundText   (D) DataSource 和 ListField

12. 已知当前记录在记录集的第 5 条，字段"学号"的类型为数值型，现要查找学号为 50102 的学生记录，正确的语句_____。

（A）Adodc1.Recordset.Find"学号"='50102'"

（B）Adodc1.Recordset.Find"学号"='50102'",,1

（C）Adodc1.Recordset.Find"学号"=50102",,1

（D）Adodc1.Recordset.Find"学号"=50102",adSearchBackward,1

13. 使用 Adodc1 数据控件从基本情况表中获取计算机专业的学生数据构成记录集，正确的语句_____。

（A）Adodc1.RecordSource="Select * from 基本情况 where 专业=计算机"

（B）Adodc1.RecordSource="Select * from 基本情况 where '计算机'"

（C）Adodc1.RecordSource="Select * from 基本情况 where 专业('计算机')"

（D）Adodc1.RecordSource="Select * from 基本情况 where 专业='计算机'"

14. 以下关于 DataGrid 控件的叙述，_____是不正确的。

（A）设置 DataGrid 的 DataSource 属性为有效的 ADO 控件后，网格会被自动填充

（B）DataGrid 控件网格的列标题显示记录集内对应的字段名

（C）网格可显示文本内容和图形

（D）在数据绑定后 DataGrid 控件具有编辑操作功能

15. 要将 Text1 绑定到 Adodc1 产生的记录集对象的姓名字段，正确的设置是_____。

（A）Datasource=姓名，DataField=Adodc1

（B）Datasource= Adodc1 , DataField=姓名

（C）DataMember=Adodc1,DataField=姓名

（D）DataMember=姓名,DataField=Adodc1

16. 要在 Adodc1 上显示当前记录的序号和记录总数，在 Adodc1_MoveComplete 事件中加入代码_____。

（A）Adodc1.Caption=Adodc1.Recordset.AbsolutePosition&"/"& Adodc1.Recordset .Recordcount

（B）Adodc1.Caption=Adodc1.AbsolutePosition &"/"& Adodc1.RecordCount

（C）Adodc1.Caption=Adodc1.Recordset.AbsolutePosition

（D）Adodc1.Caption=Adodc1.Recordset.RecordCount

二、填空题

1. 关系数据库中，行被称为___(1)___，列则被称为___(2)___。

2. 复杂数据绑定允许在一个控件上绑定记录集的___(3)___个数据元素，同时显示记录集中的___(4)___数据。

3. 要使绑定控件 Label1 能通过 Adodc1 连接到记录集上，必须设置控件的___(5)___属性为___(6)___，要使控件能与有效的字段建立联系，则需设置控件的___(7)___属性。

4. 用 SQL 语句设置 ADO 控件的 RecordSource 属性，则 CommandType 属性需要设置成___(8)___。

5. 根据文本框 Text1 的输入值，从基本情况表中选择记录构成记录集，对应的字段为"姓名"，则设置 Adodc1 控件 RecordSource 属性的语句是___(9)___。

6. 当在运行状态改变 ADO 数据控件的数据源连接属性后，必须使用＿＿(10)＿＿方法激活这些变化。

7. 使用记录集的＿＿(11)＿＿属性可得到记录总数。

8. 在 Do 循环中判断 Adodc1 建立的记录集是否处理结束，则需使用语句　(12)　。

9. 将 Adodc1 的记录集对象中姓名字段值赋于变量 name，使用语句＿＿(13)＿＿。

10. 若 Adodol.Rocordset.BOF=Adodcl.Recordset.EOF，则记录集＿＿(14)＿＿。

11. 在 Recordset 对象中使用 Find 方法向前查找，如果条件不符合，则当前记录指针位于＿(15)＿。

12. 试在下列程序的空格处填入正确的代码，使之能将数据库 Mydb.mdb 中的表 student 中的记录输出到文本文件 Student.txt。

```
Filename=App.Path
If Right(filename,1)<>"\" Then  (16)
Mfile=filename+"Student.txt"
Open mfile For Output As #1
Print #1,"学生基本情况表"
Print #1,"姓名    学号        专业        性别"
Print #1,
Adcdc1.RecordSet.MoveFirst
Do While Not Adodc1.Recordset.Eof
   Print #1,Adodc1.RecordSet.Fields("姓名");"";
   Print #1,Adodc1.RecordSet.Fields("学号");"";
    (17)
   Print #1,Adodc1.RecordSet.Fields("性别")
    (18)
Loop
Close #1
```

实 验 十

实验 10.1　简单数据绑定

设计一个窗体，界面如图 10.20 所示。使 ADO 数据控件连接 Student.mdb 数据库中的"基本情况"表，通过简单数据绑定以浏览"基本情况"表的内容，对数据控件属性进行设置，使之可以对记录集直接进行增加、修改操作。性别和专业的数据输入使用组合框从列表中选取。

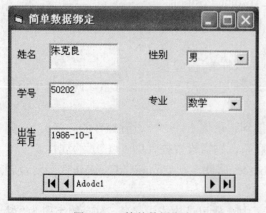

图 10.20　简单数据绑定

【实验目的】
（1）掌握 ADO 数据控件的使用方法。
（2）掌握文本框或组合框控件的绑定设置。

【实验要求】
（1）在窗体中设置 ADO 数据控件。
（2）在窗体中设置三个文本框，两个组合框。

（3）添加"说明"标签。

（4）设置控件属性。

（5）将程序保存，文件名为 sy01-01.vbp。

【提示】

ADO 数据控件从数据库中选择数据构成记录并与文本框或组合框控件绑定后，可直接改变文本框或组合框的内容，只要移动记录指针（单击数据控件上的箭头按钮）就可将修改的数据写入数据库。

当 ADO 数据控件的 EofAction 属性设置为 2（adDoAddNew）后，要向记录集加入空记录，需要单击数据控件对象最右边的按钮到达最后一条记录，然后再单击其旁边下一条记录的按钮，才能进入 EOF 状态。当数据编辑后，必须单击数据控件对象上的按钮移动记录，使所做的改变存入数据库中。

实验 10.2　记录集编辑

设计一个窗体，通过菜单对"基本情况"表提供新增、删除、修改和浏览功能。

【实验目的】

（1）了解记录集常用的属性和方法。

（2）掌握握记录集对象 AddNew、Delete、Update 方法的使用。

【实验要求】

（1）在窗体上放置 ADO 数据控件、标签、文本框和命令按钮。隐藏命令按钮，用 ADO 数据控件连接 Student.mdb 数据库中"基本情况"表，建立窗体菜单，布局如图 10.21 所示。

（2）当单击"新增"菜单项时，出现空白的输入框，并显示"确认"和"放弃"按钮，如图 10.22 所示。当一条记录输入完毕，单击"确认"按钮，当前输入写入到数据表内，若单击"放弃"按钮当前输入无效，并返回到如图 10.21 所示状态。

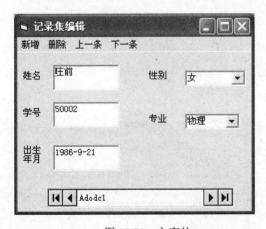
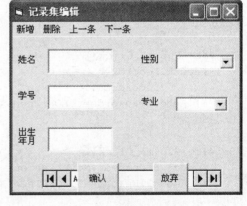

图 10.21　主窗体　　　　　　　　　　图 10.22　新增窗体

（3）单击"删除"菜单项时可删除当前记录。

（4）单击"上一条"或"下一条"菜单项时可改变当前记录。

【提示】

（1）增加新记录使用 AddNew 方法，写入记录使用 Update 方法。AddNew 方法的调用必须在调用 Update 方法前。

（2）当单击"增加"菜单项后，要出现空白的输入窗口，只需要在新增菜单的 Click 事件中调用 AddNew 方法，窗体上就出现"确认"和"放弃"按钮，只需要将命令按钮的 Visible 属性设置为 True。

（3）当一条记录输入完毕后，要将当前的输入存入到数据表内，只需要在"确认"按钮的 Click 事件中调用 Update 方法。若要放弃输入，可在"放弃"按钮的 Click 事件中调用 CancelUpdate 方法。然后隐藏"确认"按钮和"放弃"按钮。

（4）删除当前记录使用 Delete 方法。当记录删除后，显示屏上显示的记录还是被删除的那一条记录，必须移动记录指针才能刷新显示屏。

（5）移动记录指针可调用 MoveNext、MovePrevious 方法。移动记录后，必须判断当前记录位置是否在有效范围内，否则下一次操作将产生越界错误。

参考代码如下：

```
Private Sub Command1_Click()
    Adodc1.Recordset.Update
    Command1.Visible=False
    Command2.Visible=False
End Sub

Private Sub Command2_Click()
    Adodc1.Recordset.CancelUpdate
    Command1.Visible=False
    Command2.Visible=False
End Sub

Private Sub m1_Click()
    Adodc1.Recordset.AddNew
    Command1.Visible=True
    Command2.Visible=True
End Sub

Private Sub m2_Click()
    Adodc1.Recordset.Delete
    Adodc1.Recordset.moveNext
    If Adodc1.Recordset.EOF Then Adidc1.Recordset.MoveLast
End Sub

Private Sub m3_Click()
    Adodc1.Recordset.MovePrevious
    If Adodc1.Recordset.BOF Then Adodc1.Recordset.MoveFirst
End Sub

Private Sub m4_Click()
    Adodc1.Recordset.MoveNext
    If Adodc1.Recordset.EOF Then Adodc1.Recordset.MoveLast
End Sub
```

实验 10.3　数据查询

设计程序，统计各专业的人数和年龄的分布，如图 10.23 所示。

图 10.23　数据查询

【实验目的】

（1）掌握绑定控件 DataGrid 的使用方法。

（2）掌握使用 SQL 语句设置记录源的方法。

（3）掌握使用 SQL 语句进行统计和查询。

【实验要求】

（1）在窗体中设置 ADO 数据控件。

（2）在窗体中添加 DataGrid 控件。

（3）用 SQL 语句设置记录源。

（4）设计查询代码。

【提示】

（1）DataGrid 控件、DataList 控件都是 ActiveX 控件，需要先经过"工程|部件"对话框将它们添加到工具箱中。

（2）各专业的人数统计可直接使用"Group By 专业"短语分组一，结合 Count 函数得到统计结果。

参考代码如下：

```
Private Sub Command1_Click()
    Adodc1.RecordSource = "Select 专业,count(*) as 人数 from 基本情况  group by
专业"
    Adodc1.Refresh
End Sub
Private Sub Command2_Click()
    Adodc1.RecordSource = "Select year(出生年月) as 出生年月,count(*) as 人数
from 基本情况  group by year(出生年月)"
    Adodc1.Refresh
End Sub

Private Sub Form_Load()
    Dim mpath$, mlink$
    mpath = App.Path
    If Right(mpath, 1) <> "\" Then mpath = mpath + "\"
    ' 以下两行代码可合成一句, mlink 存放 ConnectionString 属性的设置值
    mlink = "Provider=Microsoft.Jet.OLEDB.4.0;"
    mlink = mlink + "Data Source=" + mpath + "Student.mdb"
    Adodc1.ConnectionString = mlink
    Adodc1.CommandType = adCmdUnknown
End Sub
```

实验 10.4　航班信息查询

设计一个航班信息查询应用程序，要求有记录的增加、编辑、删除和查询等功能。运行界面如图 10.24 和图 10.25 所示。

【实验目的】

（1）系统掌握数据查询程序设计的方法。

（2）掌握使用 SQL 语句设置 RecordSource 的方法。

（3）掌握使用 SQL 语句进行统计和查询。

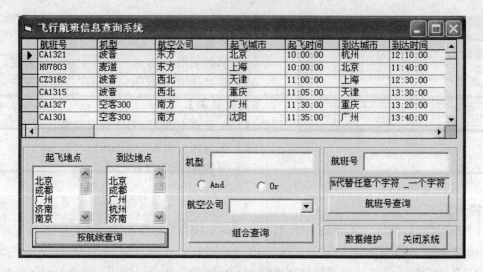

图 10.24　主界面

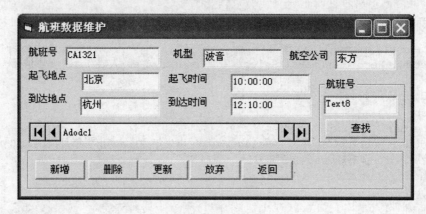

图 10.25　维护界面

【实验要求】

（1）设计主界面。

（2）设计维护界面。

（3）用 SQL 语句设置记录源。

（4）设计代码。

【提示】

（1）飞行航班数据表 airplane 的数据结构如下：

No	字符型	航班号
Stsrtcity	字符型	起飞地点
Landcity	字符型	到达地点
Airco	字符型	航空公司
Times	时间型	起飞时间
Timee	时间型	到达时间

（2）在主窗体上添加 ADO 控件、DataGrid 控件、列表框、组合框、单选按钮、文本框、

标签和命令按钮等控件。设置航班数据维护窗体。

（3）飞行航班信息的查询可按航班查询、航线查询或航空公司查询。

主界面参考代码如下：

```
Private Sub Command1_Click()
    sc = List1.Text
    lc = List2.Text
    If sc > " " And lc > " " Then
        Adodc1.RecordSource = " Select * from airplane  where startcity='"
& sc & "' and landcity='" & lc & "'"
    ElseIf sc > " " Then
        Adodc1.RecordSource = " Select * from airplane  where startcity='"
& sc & "' "
    ElseIf lc > " " Then
        Adodc1.RecordSource = " Select * from airplane  where landcity='"
& lc & "'"
    Else
        Adodc1.RecordSource = " Select * from airplane"
    End If
    Adodc1.Refresh
End Sub
Private Sub Command3_Click()
    If Text1 > " " Then
        Adodc1.RecordSource = "Select * from airplane  where no like  '" &
        Text1 & "'"
    Else
        Adodc1.RecordSource = " Select * from airplane"
    End If
        Adodc1.Refresh
    End SubPrivate Sub Command4_Click()
        Form2.Show
    End SubPrivate Sub Command5_Click()
        End
End Sub
Private Sub Form_Load()
    Dim mpath$, mlink$
    mpath = App.Path
    If Right(mpath, 1) <> "\" Then mpath = mpath + "\"
    ' 以下两行代码可合成一句，mlink 存放 ConnectionString 属性的设置值
    mlink = "Provider=Microsoft.Jet.OLEDB.4.0;"
    mlink = mlink + "Data Source=" + mpath + "plane.mdb"
    Adodc1.ConnectionString = mlink
    Adodc1.CommandType = adCmdUnknown
    Adodc1.RecordSource = "  Select Startcity from airplane group by
Startcity"
    Adodc1.Refresh
    List1.AddItem " "
    Do While Not Adodc1.Recordset.EOF
    List1.AddItem Adodc1.Recordset.Fields(0)
    Adodc1.Recordset.MoveNext
    Loop
```

```
    Adodc1.RecordSource = "  Select landcity from airplane group by landcity"
    Adodc1.Refresh
    List2.AddItem " "
    Do While Not Adodc1.Recordset.EOF
    List2.AddItem Adodc1.Recordset.Fields(0)
    Adodc1.Recordset.MoveNext
    Loop
    Adodc1.RecordSource = " Select airco from airplane group by airco"
    Adodc1.Refresh
    Combo1.AddItem " "
    Do While Not Adodc1.Recordset.EOF
If Not IsNull(Adodc1.Recordset.Fields(0)) Then Combo1.AddItem Adodc1.Recordset.
Fields(0)
    Adodc1.Recordset.MoveNext
    Loop
        Adodc1.RecordSource = "  Select * from airplane "
        Adodc1.Refresh
    Set DataGrid1.DataSource = Adodc1
    End SubPrivate Sub Command2_Click()
        If Text2>"" Then
        Adodc1.RecordSource="Select * from 基本情况 where 姓名 like '" &Text2&"'"
    Else
        Adodc1.RecordSource="Select * from 基本情况"
    End If
    Adodc1.Refresh
    End Sub
Private Sub From_Load()
    Dim mpath$,mlink$
    Mpath=App.Path
    If Right(mpath,1)<>"\ " Then mpath=mpath+"\"
    Mlink="Provider=Microsoft.jet.OLEDB.4.0;"
    mLink=mlink+"DataSource="+mpath+"student.mdb"
    Adodc1.ConnectionString=mlink
    Adodc1.CommandType=adCmdUnKnown
    Adodc1.RecordSource="Select * from 基本情况"
    Adodc1.Refresh
    Set DataGrid1.DataSource=Adodc1
End Sub
```

维护界面参考代码如下：

```
Private Sub Command1_Click()
    Adodc1.Recordset.MoveFirst
    Adodc1.Recordset.Find "no like  '" & Text8 & "'"
    If Adodc1.Recordset.EOF Then MsgBox "无此航班号!", , "提示"
End SubPrivate Sub Command2_Click(Index As Integer)
    Dim ask As Integer
    Select Case Index
    Case 0
        Adodc1.Recordset.AddNew
    Case 1
        ask = MsgBox("删除否? ", vbYesNo)
```

```
            If ask = 6 Then
            Adodc1.Recordset.Delete
            Adodc1.Recordset.MoveNext
            If Adodc1.Recordset.EOF Then Adodc1.Recordset.MoveLast
            End If
        Case 2
            Adodc1.Recordset.Update
        Case 3
            Adodc1.Recordset.CancelUpdate
        Case 4
            Unload Me
        End Select
    End Sub
```

附录 A　ASCII 编码表

ASCII 值	控制字符	ASCII 值	字符	ASCII 值	字符	ASCII 值	字符
000	NUL	032	空格	064	@	096	'
001	SOH	033	!	065	A	097	a
002	STX	034	"	066	B	098	b
003	ETX	035	#	067	C	099	c
004	EOT	036	$	068	D	100	d
005	END	037	%	069	E	101	e
006	ACK	038	&	070	F	102	f
007	BEL	039	'	071	G	103	g
008	BS	040	(	072	H	104	h
009	HT	041	)	073	I	105	i
010	LF	042	*	074	J	106	j
011	VT	043	+	075	K	107	k
012	FF	044	,	076	L	108	l
013	CR	045	−	077	M	109	m
014	SO	046	.	078	N	110	n
015	SI	047	/	079	O	111	o
016	DLE	048	0	080	P	112	p
017	DC1	049	1	081	Q	113	q
018	DC2	050	2	082	R	114	r
019	DC3	051	3	083	S	115	s
020	DC4	052	4	084	T	116	t
021	NAK	053	5	085	U	117	u
022	SYN	054	6	086	V	118	v
023	ETB	055	7	087	W	119	w
024	CAN	056	8	088	X	120	x
025	EM	057	9	089	Y	121	y
026	SUB	058	:	090	Z	122	z
027	ESC	059	;	091	[	123	{
028	FS	060	<	092	\	124		
029	GS	061	=	093	]	125	}
030	RS	062	>	094	↑	126	~
031	US	063	?	095	←	127	DEL

附录B 参 考 答 案

习题一

一、选择题

1. B　　2. C　　3. D　　4. D　　5. C　　6.C　　7. B　　8. A　　9. C

10. C　　11. A　　12. B　　13. C　　14. D　　15. D　　16. C　　17. A　　18. B

19. A　　20. D　　21. D　　22. C　　23. D　　24. D　　25. B　　26. A　　27. B

28. B　　29. B　　30. D

二、填空题

（1）exe　　　　　　（2）Shift　　　　　（3）按字母顺序　　　（4）按分类顺序

（5）编辑区　　　　（6）菜单项显示区　　（7）标准模块　　　　（8）类模块

（9）工具菜单　　　（10）选项　　　　　（11）编辑器　　　　　（12）"查看代码"

（13）"切换文件夹"　　　　　　　　　　（14）对象的特征　　　（15）Picture

（16）窗体　　　　　（17）Font　　　　　（18）不能在运行时设置

（19）Style　　　　　（20）工程菜单　　　（21）工程属性　　　　（22）通用

（23）Form1.Show　　（24）SelStart　　　（25）Locked　　　　　（26）TabIndex

（27）0　　　　　　　（28）代码窗口　　　（29）标准模块的通用声明段

（30）ListIndex

习题二

一、选择题

1. B　　2. C　　3. A　　4. D　　5. B　　6. A　　7. D　　8. B　　9. B

10. D　　11. A　　12. B　　13. C　　14. B　　15. A　　16. B　　17. C　　18. C

19. C　　20. A　　21. D　　22. D　　23. A　　24. B　　25. B　　26. C　　27. D

28. C　　29. C　　30. A

二、填空题

（1）整型　　　　　（2）长整型　　　　　（3）单精度　　　　　（4）双精度

（5）Int(Rnd*101+500)

（6）sin(45*3.14/180)+(exp(10)+log(10))/sqr(x+y+1)

（7）x<=100 And y>100 Or X>100 And y<=100

（8）x Mod 6=0 Or x Mod 9=0

（9）False　　　　　（10）−9　　　　　（11）3　　　　　　（12）−4

（13）6　　　　　　（14）−3　　　　　（15）4　　　　　　（16）#12/25/2008#

（17）x*y<0　　　　（18）Shell("Mspaint.exe",1)　　　（19）11

（20）Ucase(s)>="A" And Ucase(s)<="B"

（21）(35\6)*6=30　　　　　　（22）030.00

习题三

一、选择题

1．A   2．B   3．A   4．C   5．D
6．A   7．C   8．B   9．C   10．A

二、填空题

（1）x Mod 3=2   （2）输入若干个数，求出奇数的和、统计偶数的个数

（3）Chr(KeyAscii)>="A" And Chr(KeyAscii)<="Z"

（4）Chr(KeyAscii)>="a" And Chr(KeyAscii)<="z"

（5）Chr(KeyAscii)>="0" And Chr(KeyAscii)<="9"

（6）CC=CC+1   （7）13   （8）x>20   （9）x<10

（10）Is>20   （11）Is<10   （12）y Mod 4=0 And y Mod 100<>0

（13）n<1 Or n>40   （14）Loop   （15）1/9i* (i + l))

习题四

一、选择题

1．B   2．A   3．B   4．B   5．D   6．D   7．B

二、填空题

（1）6   （2）-3   （3）1   （4）6

（5）Len(a)   （6）Int(n\2) （7）Mid(a, n-I+1, 1)

（8）Mid (a,n−i+l,1)   （9）n Mod 9=5 And n Mod 17=5

（10）Until CountN=10 或 While CountN<10

（11）n Mod 3=2 And n Mod 4=3 And n Mod 5=4 And n Mod 6=5

（12）Exit For   （13）x+l   （14）x<> y And y<>z And x<>z

（15）n =n+l   （16）Label1.Text&=   （17）min1=mark

（18）minl=mark   （19）max1=mark   （20）aver=aver+mark

（21）（aver-maxl-minl）/ 5   （22）Exit For   （23）pl And p2

（24）p2

习题五

一、选择题

1．B   2．C   3．C   4．D   5．B   6．B   7．A   8．B

二、填空题

（1）Opation Base 4

（2）Variant

（3）LBound

（4）UBound

（5）List1.Text

（6）List1.RemoveItem List1.ListIndex

（7）Style

（8）2

（9）(Flag=False And Middle<>Bottom)

（10）x>a(middle)

（11）Key=a(i)

（12）I+1

（13）Preserve　a (Ubound(a)−1)

（14）Preserve　a (n+l)

（15）a (i+1)=a(i)

（16）a (i+1)=m

（17）n=i

（18）m*10

（19）m Mod i=0

（20）m & "=" &i&"*"&m\i

（21）ReDim a(n)

（22）Chr(Int(Rnd*26)+65)

（23）a (i)>a(i−1)

（24）a (1)>a(n)

（25）count; "对"

（26）Rnd*10+65

（27）i+1 To N

（28）k=j

（29）count+1

（30）i+count

习题六

一、选择题

1. C　　2. B　　3. D　　4. C　　5. A

6. B　　7. D　　8. D　　9. C　　10. A

二、填空题

（1）存储单元

（2）Fk(c1%,c2%()) As　Integer

（3）Ubound()

（4）全局变量

（5）局部变量

（6）通用声明

（7）所有过程

（8）2

（9）用辗转相减法求 m、n 的最大公约数

（10）True

（11）m Mod I=0

（12）100 To 150

（13）And prime(n−k)

（14）i=i+1

（15）Tag

（16）c=a(0)

（17）Ubound(a)−1

（18）a(Ubound(a))=c

（19）c=a(Ubound(a))

（20）To 1 Step −1

（21）a(0)=c

（22）List1.AddItem

（23）ByRef num%(),ByVal s As String

（24）Mid(s,i,1)

（25）num(j)+1

（26）i,k,t

（27）m*10+i Mod 10

（28）i\10

（29）True

（30）KeyAscii=13

（31）str1,num,n

（32）Mid(str1,1,j−1)

（33）InStr(str1,",")

（34）I

（35）m>0

（36）m to n

（37）n=n−1

（38）m=m−1

（39）b()

（40）bb(),Val(Text1)

（41）j<n And x>a(j)

（42）a(i+1)=a(i)

习题七

一、选择题

1．C　　2．D　　3．D　　4．D　　5．C　　6．B　　7．B　　8．A　　9．D

10．C　　11．A　12．C　13．B　14．C　15．C　16．A　17．D　18．C

19．C　　20．D

二、填空题

（1）Value

（2）Alignment

（3）Style

（4）Enabled

（5）Scroll

（6）LargeChange

（7）Value

（8）250

（9）Time$

（10）ProgressBar

（11）下划线或者""

（12）Checked

（13）PopupMenu

（14）CommonDialog1.ShowColor

（15）Flags

（16）vbModal

（17）Activate

（18）Main 子过程

（19）vbRightButton 或者 2

（20）vbShiftMask or vbCtrlMask 或者 3

（21）KeyPreview

（22）8,12

习题八

一、选择题

 1．C   2．B   3．A   4．D   5．C   6．B   7．A 8．A   9．A

10．D 11．B 12．C 13．C 14．A 15．B

二、填空题

（1）Open   "C:\stud1.txt"   For   Output   As #1

（2）Ucase (Text1)="END"

（3）Print   #1,Text1

（4）For   Input

（5）For Output   As   #2

（6）Not   EOF(1)

（7）Line   Input   #1,str1

（8）Close   #1,#2

（9）KILL   "C:\old.dat"

（10）For   Append   As   #1

（11）For   Input   As   #2

（12）d   As stud

（13）Get   #1,5,s

（14）s,mark (2)=s.mark (2)+5

（15）Get   #1,5,d

（16）Input   #1,no,gz,zc

（17）Case "教授", "副教授"

（18）gz=gz*1.1

（19）Write #2,no,gz,zc

（20）For Output As #1

（21）For Input As #2

（22）Write #1,no,gz,zc

习题九

一、选择题

1．D   2．C   3．C   4．D   5．A   6．C   7．D   8．B   9．B

10．A   11．B   12．D   13．B   14．B   15．C   16．C   17．A

二、填空题

（1）不会

（2）不会

（3）ScaleHeight

（4）Scalewidth

（5）(300,−150)

（6）右

（7）上

（8）默认

（9）0~15

（10）B

（11）在 0～−2π

（12）逆

（13）Drawwidth 七种线型仅当 Drawwidth 属性值为 1 时才能产生。

（14）a To b

（15）Picture1.Line (I,0)-(I,i*i)

（16）Val(Text3.Text)

（17）Rnd*h

（18）s=s+1

（19）右

（20）上

习题十

一、选择题

1．D   2．D   3．C   4．A   5．B   6．C   7．A   8．C   9．D

10．A   11．B   12．C   13．D   14．C   15．B   16．A

二、填空题

（1）记录

（2）字段

（3）多

（4）多行或多列

（5）DAatasource

（6）Adodc1

（7）DataField

（8）1 (adCmdText)或 8 (adCmdUnknown)

（9）Adodcl.RccordSource ="Select *　frorn 基本情况 where 姓名 like ' " & 'Text1 & "' "

（10）Refresh

（11）RecordCount

（12）Do While　Not　Adodcl.Recordset.Eof

（13）name= Adodcl.Recortset.Fields("姓名")

（14）为空记录集

（15）EOF

（16）filename=filename& "\"

（17）Print #l,Adodcl.Recordset.Fields("专业")

（18）Adodcl.Rcordset.MoveNext

参 考 文 献

［1］全国计算机等级考试新大纲研究组．全国计算机等级考试考纲·考点·考题透解与模拟（2008 版）——二级 Visual Basic．北京：清华大学出版社，2008.

［2］李雁翎．Visual Basic 程序设计 ［M］．北京：清华大学出版社，2007.

［3］龚沛曾，陆慰民，杨志强．Visual Basic 程序设计教程 ［M］．北京：高等教育出版社，2007.

［4］教育部考试中心．全国计算机等级考试二级教程——Visual Basic 语言程序设计．北京：高等教育出版社，2008.

［5］李兰友．Visual Basic 应用程序设计 ［M］．北京：清华大学出版社，2008.

［6］刘彬彬，高春艳，孙秀海．Visual Basic 从入门到精通 ［M］．北京：清华大学出版社，2008.

［7］苏宝莉．Visual Basic 程序设计案例教程 ［M］．北京：中国电力出版社，2007.

［8］郭迎春，刘恩海．Visual Basic 上机实践指导与水平测试 ［M］．北京：清华大学出版社，2007.

［9］彭澎，Visual Basic 程序设计 ［M］．北京：中国电力出版社，2006.

［10］贺世娟．Visual Basic 6.0 程序设计 ［M］．北京：中国水利水电出版社，2006.

［11］许微，方修丰，谢艳新．Visual Basic 程序设计教程 ［M］．北京：清华大学出版社，2008.

［12］闵忠保，肖守柏，金玲．Visual Basic 程序设计 ［M］．北京：人民邮电出版社，2008.

［13］艾德才．Visual Basic 6.0 程序设计实用教程 ［M］．北京：中国水利水电出版社，2008.

［14］陈冬亮．Visual Basic 6.0 程序设计实用教程 ［M］．北京：机械工业出版社，2008.

［15］吴师通．Visual Basic 实用编程百例 ［M］．北京：清华大学出版社，2005.

［16］李春葆，金晶，曾平．Visual Basic 程序设计教程 ［M］．北京：中国人民大学出版社，2008.

［17］王晓敏，李海波，杨红兵．Visual Basic 程序设计 ［M］．北京：中国铁道出版社，2006.

［18］郭静，李利平．Visual Basic 可视化程序设计 ［M］．北京：中国铁道出版社，2006.

［19］罗朝盛，郑玲利．Visual Basic 6.0 程序设计实用教程 ［M］．北京：清华大学出版社，2008.

［20］张翼英，侯荣旭，张翼飞．Visual Basic 课程设计 ［M］．北京：清华大学出版社，2008.